LES VIKINGS

DE LA BALTIQUE

Coulommiers. — Imprimerie ALBERT PONSOT et P. BRODARD.

G. W. DASENT

LES VIKINGS
DE LA BALTIQUE

ÉPISODE DE L'HISTOIRE DU NORD AU Xe SIÈCLE

ROMAN TRADUIT DE L'ANGLAIS

AVEC L'AUTORISATION DE L'AUTEUR

PAR

ÉMILE MONTÉGUT

TOME SECOND

PARIS

LIBRAIRIE HACHETTE ET Cie

79, BOULEVARD SAINT-GERMAIN, 79

1877

LES VIKINGS DE LA BALTIQUE

DEUXIÈME PARTIE

CHAPITRE I

PRÉPARATIFS DES VIKINGS.

Pendant que ces événements se passaient en Norwége, les Vikings poursuivaient leurs préparatifs avec continuité et rapidité ; et si les dieux en qui le jarl Hacon croyait si fermement avaient été aussi bons pour lui qu'il leur était fidèle, ils lui auraient donné quelque avis du péril qui s'approchait de lui.

Enfin tout fut prêt. Les cent cinquante vaisseaux étaient au repos dans le Sund, en face de la grange d'Harold le Superbe ; les plus petits navires de la flotte Viking avaient été séparés de la flotte d'expédition ; les équipages avaient été choisis ; des armes et des instruments de formes étranges et de poids énormes — haches d'armes, hallebardes, haches en croissant, étoiles du matin, masses d'armes — avaient été forgés en grand nombre pour briser les crânes et les membres des Norwégiens. En outre de ces armes, chaque homme avait sa lance, son épée, sa large hache, son arc et ses flèches. Ils n'emportèrent pas avec eux les pierres qui, ainsi que nous l'avons vu, étaient indispensables dans les batailles navales de cette époque. Ils pouvaient trouver en abondance cette portion de leur poids mort sur le rivage granitique de la Norwége ; mais pour tout le reste, vaisseaux, approvisionnements, armes, hommes, on pouvait dire que jamais flotte pareille n'était partie de mémoire d'homme des rivages du Danemark.

Il faut avouer aussi que le roi Sweyn tint bien sa parole. Il ne la tint peut-être que pour assurer sa vengeance soit sur les Vikings, soit sur le jarl Hacon, soit sur les uns et sur l'autre, mais il la tint. Les coques des navires qu'il fournit étaient grandes et fortes, les quelques hommes qu'il donna étaient de braves et habiles guerriers. Il fit en outre soigneusement fermer tous les ports du royaume, en sorte qu'au jour où les Vikings furent prêts à mettre à la voile, pas un bateau pêcheur n'était sorti des eaux danoises pour porter des informations à l'ennemi.

Alors vint la séparation — la séparation d'Astrida d'avec Sigvald ; — quant au reste de la bande, ils n'étaient pas encore embarrassés de femmes en sorte qu'ils n'avaient pas d'adieux à faire. Mais cette unique séparation pouvait compter pour tous, car Astrida aimait maintenant son époux autant que femme puisse aimer un homme.

Néanmoins il y avait à certains égards une différence entre l'amour de cette époque et celui du nôtre. Il n'était pas si démonstratif, et il était, peut-être, plus senti par le cœur. Nulle femme de cette époque n'aurait songé à empêcher par ses larmes son mari de faire son devoir. Non ! ses larmes elle les avalait, et considérait la bataille comme l'affaire ordinaire de la vie. Il ne se présenta jamais à la pensée d'Astrida que son mari pût être tué alors qu'il allait combattre ; mais, malgré tout, elle ne pouvait supporter la pensée de se séparer de lui.

« Heureuse femme, dit-elle à Gunnhilda, d'être reine et de rester au logis avec le roi Sweyn, tandis que tous les autres vont à la guerre.

— Ah ! sœur, dit la reine, mais vous oubliez donc que

le roi Sweyn a fait vœu de chasser le roi Ethelred de son royaume d'ici à trois ans ?

— Trois ans ! répéta Astrida, qu'est-ce que trois ans !

— Une durée bien courte, dit Gunnhilda ; il me semble qu'ils seront passés en un rien de temps.

— Et à moi, dit Astrida, ils me semblent une éternité. Combien je serais heureuse pendant tout ce temps-là avec Sigvald, s'il ne devait pas partir immédiatement pour la Norwége !

— Mais vraiment cela est de votre propre fait ! Qui, si ce n'est vous, a précipité l'attaque contre le jarl Hacon ?

— Je l'ai précipitée, dit Astrida, parce que je pensais que c'était pour le bien de Sigvald et pour le bien de la compagnie. Quiconque veut lutter avec le jarl Hacon, et ravager la Norwége, doit se lever de bon matin, et ne pas laisser croître l'herbe sous ses pieds. »

Nous ne savons si nos lecteurs ont remarqué que parmi ceux qui firent des vœux au festin des funérailles était un certain Sigurd le champion, frère de Bui. Ce Sigurd était, nous le craignons bien, un mari peu ardent. Sacrifié aux intérêts de sa famille par son mariage, il avait dû épouser, lors de la réconciliation d'Harold le Superbe avec Veseti de Bornholm, une fille du jarl de Scanie, nommée Tofa. Soit qu'il lui déplût d'être ainsi offert en sacrifice sur l'autel de l'amitié, soit que le caractère de Tofa fût incompatible avec le sien, ce que nous tenons pour très-probable, il est certain que peu de temps après son mariage il alla rejoindre son frère Bui à Jomsburg, laissa sa femme entre les mains de son père et s'affilia aux Vikings.

Nous ne savons pas s'il y eut quelques scènes entre ces deux époux, lorsque Sigurd arriva avec son frère en Scanie pour boire la bière des funérailles de son beau-père ; en tout cas il y trouva Tofa, et il eut nécessairement à rendre compte de sa conduite. Si cette explication fut ou non satisfaisante le lecteur en décidera mieux par le récit de la scène suivante. Elle se passa le matin qui précéda le départ des Vikings.

« Eh bien, Sigurd, dit Tofa, le jour est proche où vous allez mettre à la voile, et vous avez fait vœu de suivre jusqu'à la fin votre frère Bui.

— J'ai fait ce vœu, dit Sigurd, et je compte le tenir.

— Si vous faites cela, dit Tofa, j'attendrai votre retour, et je jure de ne me marier jamais à aucun autre homme. »

Ces paroles amenèrent-elles Sigurd à être honteux de lui-même, comme il aurait dû l'être depuis longtemps, et lui donnèrent-elles le sentiment de sa longue désertion du foyer conjugal, on ne saurait le dire ; mais il répondit comme s'il s'y sentait obligé :

« Cela est bien à vous, Tofa.

— C'est beaucoup mieux que vous ne méritez, je le sais, dit Tofa, mais si vous gardez votre vœu, je garderai le mien.

— J'aimerais à savoir une chose, dit Sigurd, c'est l'usage que vous entendez faire de ces deux hommes maigres et de mauvais visage qui sont toujours à rôder autour de la maison sans rien faire?

— J'avais songé à leur faire faire une solide pièce d'ouvrage, dit Tofa, et c'était de vous ôter la vie pour votre mauvaise conduite ; maintenant j'y ai mieux pensé, et j'ai l'intention de les employer à un autre usage.

— Et quel est-il, je vous prie? dit Sigurd.

— J'ai l'intention de les donner à Bui, mon vieil amour, dit Tofa. Il était l'homme que je désirais épouser, seulement il ne voulut jamais me demander, et quoique vous soyez un beaucoup plus bel homme, vous ne pouvez cependant vous comparer à Bui. »

Après ces mots Sigurd ne jugea pas digne de pousser la conversation plus loin, et heureusement à ce moment même Bui l'intrépide entra.

« Venez ici, beau-frère, dit Tofa, » et lorsque le laid mais robuste champion fut devant elle, elle ajouta : « J'ai un don à te faire, Bui ; tout ce que je souhaiterais, ce serait de pouvoir me donner aussi bien à toi.

— Je suis sûr que je n'accepterais pas, dit Bui, je n'ai

aucun désir de me marier, et moins encore avec la femme
de mon frère qu'avec toute autre.

— Mais vous accepterez mon présent, dit Tofa.

— Non pas avant que je sache ce qu'il est.

— C'est un présent que vous pouvez accepter parfaitement, dit Tofa, et vous pourrez le trouver utile. Le présent consiste en deux de mes hommes, l'un appelé Havard
le rude tireur, l'autre Aslak la tête chauve de Bornholm,
et je te les donne parce que je sais qu'ils resteront fermes
à tes côtés.

— Je les prendrai, dit Bui, car les hommes braves sont
rares. Je garderai Havard pour moi, et je donnerai Aslak
à Vagn.

— Les hommes braves sont rares, dit Tofa, et les
bons maris aussi. Combien je voudrais être mariée avec
toi !

— Cela ne peut être, dit Bui.

— Je le sais, dit Tofa, et par conséquent il n'y a pas de
remède. »

Le lecteur verra par cet exemple que toutes les femmes du Nord n'étaient pas pareilles à Astrida, pas plus
que tous les maris n'étaient pareils à Sigvald.

Le soir qui précéda le départ des Vikings, le roi Sweyn
leur donna un grand festin à l'une de ses granges de
l'autre côté du Sund, à peu près sur l'emplacement même
de la Copenhague actuelle. Copenhague, c'est-à-dire le
hâvre des marchands ; car les traficants de cette époque
avaient coutume d'amarrer leurs navires dans son port
excellent, et il s'y tenait de grandes foires et de grands
marchés pour les marchandises.

Nous ne nous arrêterons pas à décrire le festin, qui fut
comme tous les festins ; nous dirons seulement que lorsque le repas fut fini, et que les tables furent desservies,
le roi Sweyn se leva, fit remplir une large corne d'hydromel par la reine, et puis portant un toast à Sigvald cria
à haute voix :

« Je bois à toi, jarl Sigvald, et à la rapide destruction
de tous mes ennemis. »

Alors Sigvald prit la corne que la reine lui tendait et dit :

« J'accepte le toast, seigneur, et je bois à la destruction de tous vos ennemis et des miens.

— Remarquez cela, fils d'armes, dit Beorn à Vagn. Ils feraient tout aussi bien de boire à la destruction l'un de l'autre, car sauf le jarl Hacon, il n'y a pas un homme que le roi haïsse autant que Sigvald, et j'oserais dire que Sigvald ne haïssait personne autant qu'il hait maintenant le roi pour l'avoir conduit dans ce piége.

— Je n'appelle pas cela un piége, dit Vagn, et je ne vois pas pourquoi ils ne seraient pas bons amis. Lorsque nous aurons renversé le jarl Hacon, il n'y aura personne de plus glorieux dans tout le Nord que nous Vikings de Jomsburg.

— Lorsque nous l'aurons renversé, dit Beorn. Avez-vous quelquefois songé, fils d'armes, à cet homme brun et sombre que vous vîtes dans votre vision assis sur une pièce de bois pendant que nous étions tous liés? peut-être était-ce le jarl Hacon.

— Je n'ai pensé ni à lui, ni à la vision, dit Vagn; mais cela peut bien être le jarl Hacon, car on dit qu'il est brun et de regard sombre.

— Pourquoi ne vîtes-vous pas la fin de cette vision, fils d'armes? dit Beorn; peut-être aurions-nous pu savoir tout ce qui doit nous arriver.

— Je ne me soucie pas de ce qui peut arriver, dit Vagn, pourvu que nous allions en Norwége, que nous fassions station dans la baie, que je voie Ingibeorg la blonde et que je remplisse mon vœu.

— Et moi aussi, dit Beorn, j'espère que nous irons en Norwége, que vous ne verrez pas Ingibeorg, et que je pourrai remplir mon vœu et vous sauver du mariage.

— Nous verrons, nous verrons, dit Vagn avec impatience.

— Mais voyez, dit Beorn, le roi se lève, et avec lui Sigvald, la reine et Astrida. Ce soir, il faut aller au lit de bonne heure et se lever de table de bonne heure, afin que le jarl puisse prendre congé de sa femme. Grâce au ciel, demain soir nous serons bien en route, et à l'abri de toute femme qui pourrait nous troubler dans notre boire et notre dormir. »

Et tout en grognant ainsi, le vétéran quitta son siége et alla chercher son lit.

« Et ainsi vous vous en allez réellement, vous partez réellement demain, dit Astrida à Sigvald, et quand reviendrez-vous ?

— Peut-être jamais, peut-être bien vite, dit Sigvald, cela dépend du jarl Hacon.

— Et les Norwégiens sont-ils vraiment si terribles dans la bataille ? demanda Astrida.

— Cela reste à voir, dit Sigvald ; pour moi, une chose seule me semble terrible, c'est me séparer de toi.

— Tout est dans l'ouvrage d'un jour, doux amour, dit Astrida. Mettez donc à la voile avec un cœur vaillant, et ne doutez pas que vous ne reveniez triomphant. »

CHAPITRE II

LES VIKINGS METTENT A LA VOILE.

Malgré toute leur rapidité les Vikings ne mirent à la voile qu'à la mi-novembre, et en novembre les jours du Nord sont courts, et les mers grosses et houleuses. Cependant le matin du jour où ils partirent du Sund était clair et brillant, et une bonne brise du sud-ouest accéléra leur voyage.

De la colline où s'élevait la grange d'Harold le superbe, le roi Sweyn et la reine Gunnhilda virent pour la dernière fois, pour cette époque au moins, leurs convives indisciplinés et mal venus, tandis qu'à leurs côtés Astrida sentait son cœur se gonfler d'orgueil au grand spectacle de cette brave flotte étendant ses ailes et marchant vers ce que la princesse espérait passionnément devoir être un nouveau triomphe pour son mari et pour les Vikings.

« Les voilà partis, dit le morose Sweyn, pour leur lutte avec notre traître de jarl Hacon. Quand bien même mes vaisseaux ne reviendraient jamais, ce serait une maigre perte pour le Danemark si les Vikings qui les montent se perdaient avec eux.

— Non, roi! cria Astrida ; disons plutôt, les voilà qui partent, vos vaillants alliés qui renverseront le jarl Hacon et ses enfants, et qui vous rendront la Norwége, à vous son légitime souverain.

— Non, sœur, dit Gunnhilda, disons plutôt : les voilà qui partent, ce jarl ambitieux et ses hommes sans loi, qui, de leur nid de voleurs, ont si souvent troublé les rivages de la Baltique, et défié et humilié les rois, leurs seigneurs-liges.

— Pourquoi cherchez-vous querelle à l'homme qui vous a faite reine de Danemark, sœur? riposta Astrida. Pourquoi poussez-vous du pied l'échelle qui vous permit de monter à votre élévation présente ? N'eussent été Sigvald et son habile conseil, vous seriez encore dans la grange de notre père, et les Wendes seraient encore tributaires des Danois.

— Habile conseil, en vérité, sœur! cria Gunnhilda. Je connais quelqu'un dont le jarl Sigvald fut heureux de recevoir le conseil, et ce fut vous, ma sœur. Ce ne fut pas de son propre fonds que le jarl Sigvald tira la ruse et le stratagème qui lui ont permis de faire si bonne figure.

— Stratagème dont vous avez principalement profité, ce me semble, ma sœur. Pourquoi enviez-vous à Sigvald l'honneur qu'il a si noblement gagné? »

Il est difficile de dire combien de temps les sœurs auraient continué à se renvoyer mutuellement la balle, si le roi Sweyn n'avait pas terminé la querelle en se disposant à quitter la colline et en disant :

« Comme les langues des femmes caquettent! Le jarl

Sigvald est un vaillant homme, mais il n'est pas possible à mon cœur d'oublier ou de pardonner toutes les insultes qu'il m'a faites, quoiqu'il m'ait obtenu une noble reine. En outre, lui et ses Vikings sont une épine au côté du Danemark, aussi ai-je le désir de les voir humiliés et leur pouvoir brisé. Quand cela sera fait, ils pourront être utiles comme vassaux et comme alliés; mais maintenant ils sont trop puissants pour être autre chose que des rebelles. Et, continua-t-il en fronçant le sourcil, s'ils peuvent couper les ailes du jarl Hacon, et mutiler leurs propres mains en le faisant, je n'en serai que plus charmé, car je serai vengé de mes deux ennemis à la fois, et tous deux se seront estropiés en accomplissant ma vengeance. Mais voyez, les voilà tous en route ; puissent maintenant vents et rames les pousser sans accident vers le jarl Hacon, et puissent leur rencontre être sanglante et leur bataille douteuse ! »

Sur ces mots le roi Sweyn descendit au rivage avec la reine pour s'embarquer sur sa *Couleuvre de guerre* qui devait le transporter à une de ses granges, dans Séeland.

Quant à Astrida elle se dirigea lentement vers la grange d'Harold le superbe où elle devait attendre les nouvelles bonnes ou mauvaises de l'expédition de son mari. Nous l'y laisserons passer son temps à filer, à coudre, à souhaiter, à attendre, Lucrèce du Nord heureusement sans Tarquin, et nous suivrons les Vikings dans leur voyage aventureux.

Toute cette journée les vaisseaux des Vikings ayant un bon vent d'arrière marchèrent rapidement. Dans la nuit ils longèrent les rivages du Jutland, cette péninsule qui se termine en pointe par le Scaw d'infâme réputation pour les récits, les brisants et les orages, et que, à toutes les époques, les marins ont été si soigneux d'éviter.

Mais la flotte n'avait pas encore atteint le Scaw. Dans la nuit, longtemps avant que ce promontoire fût découvert, le vent hésitant souffla tantôt du nord et tantôt de l'est, et Sigvald et ses vaisseaux préférèrent battre en retraite dans le *fiord* de Liim plutôt que de passer le

reste de la nuit à supporter les assauts de ces courtes
lames qui montaient en se roulant les frapper droit au visage.

Si quelque lecteur nous demandait ce qu'est et où est
le *fiord* de Liim, nous répondrions que c'est une longue
bouche que la mer a ouverte presque au travers du Jutland
et qui, quoique inaccessible aux grands vaisseaux dans
nos temps modernes, était un véritable port de refuge pour
les longs vaisseaux du xe siècle. La flotte du jarl Sigvald
resta deux jours tapie dans ses eaux non sans que le chef
et ses capitaines s'impatientassent du retard et se persua-
dassent que toute la Norwége serait debout et en armes
pour les recevoir lorsqu'ils atteindraient la côte.

Nous pouvons bien être sûr que Beorn était un des
plus bruyants de ces grognards.

« Nous avons encore ici, dit-il à Vagn, un autre exemple de ce que le capitaine appelle prudence. J'appelle
plutôt cela lâcheté. Nous voici pris comme des rats dans
une souricière, fermés par le vent et fermés par la terre,
tandis que quelque rapide yole danoise, dont le patron
n'a rien de la prudence du capitaine, aura traversé la
Baie et porté les nouvelles de notre arrivée à Thorkell
de Leira. Croyez-en ma parole, à cette heure même ils
ont envoyé la flèche de guerre et soulevé tout le pays.

— Mais vous savez bien, Beorn, dit Vagn, que, quoi que
ait pu faire cette yole rapide, nos longs vaisseaux n'auraient
jamais pu traverser la Baie par ce temps. Personne n'est
plus pressé que moi de rencontrer Thorkell de Leira, mon
vieil ennemi; mais malgré cela, je pense qu'il vaut mieux
attendre ici un peu de temps que de laisser mes os dans
la Baie. Les poissons seraient pour l'heure occupés à brou-
ter nos membres à trente brasses de profondeur si nous
avions essayé de traverser la Baie la dernière nuit. Rappelez-vous le détroit de Calmar.

— Oui, oui, enfant! dit Beorn, je me rappellerai toute
ma vie le détroit de Calmar; mais il y a autre chose que
je me rappelle, et c'est le vieux proverbe : qui n'aventure
rien n'a rien. C'est tout à fait une expédition pour l'ex-

pédition même que nous faisons, et c'est pour cela que je l'aime. Elle est toute d'élan, et sans préméditation, ou pour mieux parler, le temps de la préméditation est passé, et le temps de l'élan est arrivé, et si le capitaine se réfugie dans le premier abri venu parce qu'une brise lui soufflera contre les dents, nous ne renverserons jamais le jarl Hacon. J'aurais aimé à savoir ce qu'aurait dit le vieux Palnatoki s'il nous avait vus interrompre notre route pour nous réfugier dans cette bouche-ci.

— Palnatoki, dit Vagn, s'il avait commandé une flotte comme celle-ci, montée par tant de milliers des plus braves cœurs du Nord, aurait fait ce que fait Sigvald. Le chef d'une flotte puissante est tenu à plus de prudence que le commandant d'une escadre Viking. »

A cette réplique, le vieux Beorn partit d'un long éclat de rire.

« Nous pouvons dire que nous suivons le courant comme des pommes sur l'eau, cria-t-il à la fin. Penser que j'ai pu vivre assez pour entendre comparer Palnatoki, le plus hardi marin qui ait jamais existé, le plus avisé aussi et le plus rusé, à notre politique Sigvald que vous forçâtes à tourner les talons! Bon! les étonnements ne cesseront jamais, et plus on vit, plus on apprend.

— Mon grand-père était un grand et sage capitaine, père d'armes, dit Vagn, et il fonda notre Jomsburg, mais il n'eut jamais derrière lui la force qui suit maintenant Sigvald. Il laissa la compagnie à l'état de plant, et maintenant nous la contemplons arbre. Il aurait pu être un chef comparable à Sigvald, mais il ne le fut jamais; et je suis tout à fait sûr d'une chose, c'est que s'il avait été aussi puissant que Sigvald l'est à cette heure, il aurait fait ce que Sigvald fait maintenant et aurait épargné à cette noble flotte, tenue comme elle l'est à une aventure telle que le Nord n'en a encore jamais vue, les assauts d'un horrible vent dans les vagues de la Baie, surtout lorsque la première nuit d'hiver est passée depuis longtemps.

— Dites ce que vous voudrez, enfant, répondit Beorn

avec indignation, je dis, moi, que l'époque empire, que les hommes deviennent plus indolents, et les vaisseaux plus lents qu'ils n'étaient autrefois. Cordages de chanvre et mâts de sapin n'étaient jamais cassés ou renversés lorsque je pris pour la première fois la mer. Je vous le dis, vous êtes tous une génération de soupes au lait comparés aux durs à cuire que conduisait Palnatoki. »

Les deux guerriers laissèrent dans ces conversations couler les heures du jour tandis que la flotte restait tanguant à l'ancre dans le *fiord* où l'eau n'était pas fort tranquille, même sous l'abri des falaises de sable du Jutland. En dehors du *fiord*, dans la Baie, ou ce que nous appelons aujourd'hui le Skager-rack, les courtes lames devenaient de plus en plus longues, les chevaux blancs secouaient leurs crinières de neige, et on aurait rencontré peu d'hommes qui eussent partagé avec Beorn le regret que la flotte ne fût pas exposée à leur furie.

Donc tout ce jour et la nuit suivante, le jarl Sigvald et ses vaisseaux reposèrent en sûreté. De bonne heure dans la matinée du second jour, le vent revint au côté d'où il soufflait au départ de la flotte. C'était en réalité une tempête circulaire, et quoique les vagues fussent encore fortes, le vent était bon pour la Baie, aussi la flotte prit-elle la mer aussitôt qu'elle put lever l'ancre.

Lorsque le vaisseau de Beorn bondit sur les vagues, le visage du vieux Viking s'illumina, et il hurla à Vagn, dont le vaisseau tenait étroite compagnie au sien :

« Une course sur Tunsberg, fils d'armes.

— De tout mon cœur, dit Vagn, dont la *couleuvre de guerre* s'élevait sur la vague tandis que le navire de Beorn était comme enseveli entre deux lames. De tout mon cœur, père d'armes. Leira n'est pas loin de Tunsberg. »

Comme le vent et les vagues séparèrent les deux vaisseaux, les paroles que prononça Beorn en réponse furent perdues, mais sa physionomie put être vue, et on put y lire clairement qu'à ce moment-là il pensait que son fils d'armes chéri méritait beaucoup plus le nom de soupe au lait que tout autre.

Toute cette journée, la nuit suivante, et le jour suivant, ils naviguèrent à travers la mer du Jutland, que nous appelons maintenant Cattégat, et traversèrent la Baie pour atteindre la ville de Tunsberg, capitale de la province. A mesure que les collines de cette partie de la Norwége apparaissaient de plus en plus grandissantes, les cœurs des Vikings battaient plus fort en sentant qu'ils apportaient eux-mêmes les nouvelles de leur arrivée et qu'à la fin de la nuit suivante ils s'abattraient dans Tunsberg sur leurs ennemis. Lorsqu'ils approchèrent de la terre, le politique Sigvald fit passer l'ordre d'abaisser les voiles à milieu du mât, et même de renverser les rames dans quelques-uns des vaisseaux les plus rapides de crainte qu'ils ne fussent aperçus du rivage avant la tombée de la nuit et que les Norwégiens ne pussent être surpris à l'improviste.

Ce stratagème réussit complétement. Dans cette nuit noire de novembre, la flotte sous ses voiles à demi baissées, inaperçue de tout œil humain, entra silencieusement dans la rivière sur laquelle s'élève Tunsberg ; et tandis que les gens de la ville dormaient chaudement dans leurs lits, les Vikings se préparaient furtivement à porter le fer et le feu dans les rues. Si quelqu'un demandait si c'est là une guerre loyale, nous répondrons oui, le plus grand homme de guerre est celui qui prépare le plus de surprises à son ennemi. Il en a été ainsi à la guerre dans tous les temps, il en sera toujours ainsi. La guerre ne fut jamais faite à l'eau de rose, et le capitaine qui néglige de tomber sur son ennemi à l'improviste, ne fait autre chose que préparer d'innombrables cercueils pour ses propres soldats.

Sigvald et quelques centaines de ses Vikings poussèrent donc en avant en descendant de leurs noirs navires dans des bateaux qui furent lentement dirigés vers le rivage.

Si Tunsberg avait été une moderne forteresse, elle aurait eu découvert les vaisseaux de Sigvald longtemps avant que les Vikings pussent débarquer et les aurait réduits en atomes, ou bien ces mêmes vaisseaux, s'ils avaient été armés de canons de fort calibre, auraient traité Tunsberg de la même manière ; mais il faut se rappeler que Tunsberg était une ville ouverte bâtie de bois, avec des rues et des places où croissait l'herbe. Nous parlons d'un temps où il n'y avait en réalité que peu de forteresses, et où les Vikings devaient précisément leur existence à la possession de l'une de ces rares exceptions.

Nous avons maintenant conduit les Vikings et les Norwégiens en présence, à cette nuance près que la nuit est noire et brumeuse, et que les Vikings sont armés jusqu'aux dents dans leurs bateaux, tandis que les Norwégiens dorment chaudement dans leurs lits ne rêvant guères que quelque chose puisse leur arriver dans cette saison d'hiver.

CHAPITRE III

LE DÉBARQUEMENT DES VIKINGS.

Quelques-uns de nos lecteurs demanderont : quoique Tunsberg ne fût pas une forteresse au xe siècle, n'y avait-il donc ni gouverneur, ni maire ? N'y avait-il seulement rien qui répondît soit à nos anciens gardes de nuit, soit à nos modernes *policemen* ? A cette question nous répondrons qu'il y avait en effet au xe siècle quelque autorité de ce genre, seulement cette nuit-là elle se trouvait au lit et fut littéralement surprise endormie.

Quelques mots suffiront pour expliquer la nature de cette autorité. Dans toute la Norwége, même à cette époque, il y avait une classe d'officiers appelés les hommes-liges du roi. C'étaient des hommes libres qui s'étaient remis, comme on disait, entre les mains du roi, et qui étaient devenus ses vassaux pour un salaire ou pour des terres. Cette classe d'hommes répondait assez bien aux barons féodaux, avec cette différence que les hommes-liges de Norwége étaient pour la couronne des serviteurs plus profitables que ne le furent souvent nos barons normands. En quelque lieu ou district qu'ils pussent être, ils étaient tenus de représenter l'autorité et les intérêts du roi contre ceux de l'homme libre possesseur d'alleu qui ne tenait pas sa terre d'une concession de la couronne et dont les intérêts étaient souvent en opposition avec ceux de la maison royale. Il y avait donc à Tunsberg à ce moment même un homme de cette classe, seulement il était au lit, et quoique le proverbe dise que les yeux du roi ont la vue perçante, et que ses oreilles sont longues, parce qu'il voit et entend par les yeux et les oreilles de ses serviteurs, — de quelle utilité sont ces oreilles et ces yeux à n'importe quel serviteur royal lorsqu'il est au lit et endormi ?

Non-seulement nous savons qu'il y avait un tel officier dans Tunsberg lorsque les Vikings débarquèrent, mais nous pouvons dire son nom. Il se nommait Ogmund, Ogmund le blanc, et il n'était pas seul, car il avait avec lui une bande de domestiques et d'esclaves. Ajoutez à cette force les gens de la ville, tous les hommes libres qui pouvaient brandir une épée ou bander un arc; mais hélas! comme Ogmund et ses hommes, tous dans la ville étaient profondément endormis lorsque les bateaux des Vikings grincèrent sur le gravier du rivage.

Non! Dans tout Tunsberg — ce n'était pas une ville très-considérable quoique ce fût la capitale de la province — il n'y avait pas même un garde de nuit d'éveillé. Pourquoi donc, pensait le bon peuple de Tunsberg, veillerions-nous à cette saison de l'année, lorsque la nuit d'hiver est depuis longtemps passée, lorsque les marchands et les Vikings ont mis leurs vaisseaux au repos, lorsque nous sommes en paix avec tout le monde, que ni Suédois ni Danois ne nous troublent, que nous avons le jarl Hacon pour maintenir en tranquillité les esprits turbulents, et enfin, dernière sauve-garde mais non la moindre, lorsque nous avons ici Ogmund le blanc, l'homme-lige du roi pour prendre soin de nous?

Ils sommeillaient donc tous, et Ogmund le blanc avec eux ; en même temps Sigvald, et Bui, et Vagn, et Beorn, et une armée entière de Vikings débarquaient et se précipitaient dans la ville à l'heure de minuit.

Quand ils s'élancèrent de la rive du fleuve, ils poussèrent leur cri de guerre qui rendit beaucoup le même son qu'avait coutume de rendre, et que rend peut-être encore, le hourrah guerrier des Modocs ou des Mohicans. L'homme est identique à lui-même dans tous les siècles et, par conséquent, nous pouvons être sûrs que lorsque les sept chefs qui étaient ligués contre Thèbes poussèrent leur cri d'alarme sur les murailles de cette ville, ou que lorsque l'infanterie anglaise poussa ses clameurs de joie en se précipitant sur la brèche à Badajoz, ou que lorsque l'indien rouge hurle en se précipitant sur son ennemi pour le scalper, l'effet ressenti par les oreilles des gens attaqués est beaucoup le même. N'importe lequel de ces cris ou de ces hourrahs de guerre doit être autre chose qu'un son agréable aux oreilles de gens profondément endormis qui sont surpris dans leurs lits, et qui, avant même d'avoir pu frotter leurs yeux, ont la gorge coupée et rendent le souffle pour toujours.

Cela c'est encore la guerre, très-agréable aux conquérants et tout à fait le contraire aux conquis, et en cela encore, elle a été la même dans tous les siècles.

Ainsi, d'un côté nous avons tous les habitants de Tunsberg endormis, et de l'autre les Vikings, Sigvald à leur tête, se précipitant dans la ville comme un ouragan.

Nous savons tous que dans la guerre moderne les villes ne sont livrées au pillage que dans des cas extrêmes, et lorsque la rage des assiégeants a été exaspérée par une résistance obstinée. Mais dans les anciens temps, guerre signifiait toujours pillage, et les Vikings ne faisaient pas exception aux coutumes de leur siècle. Aussitôt donc qu'ils entrèrent dans Tunsberg ils commencèrent à forcer les maisons de bois et à en massacrer les habitants, qu'ils eussent ou n'eussent pas les armes à la main. Pour dire la vérité, chacun dans la ville avait ses armes toutes prêtes, et s'il ne s'en était pas saisi c'était simplement qu'il était appesanti par le sommeil.

Les Vikings coururent donc le long des rues, ouvrant de force les maisons, et les pillant après que la mort ou la fuite les avait débarrassés des propriétaires de leur butin. Comment pouvaient-ils y voir pour commettre ces actes, demandera quelqu'un, puisqu'on était dans une nuit de novembre noire à l'excès? Il est facile de répondre à cette question. Les maisons étaient en sapin, et des braises brillaient dans tout foyer. Dès que la première maison eût été pillée elle fut incendiée ; et le travail ultérieur des Vikings fut ainsi éclairé par une lueur qui aurait rendu honteuses toutes nos compagnies de gaz et les auraient fait rougir de la pauvreté de la lumière qu'elles fournissent à la communauté.

A cette lueur éblouissante et rouge, tout habitant de Tunsberg qui aurait été assez froid pour considérer avec calme ce qui se passait, aurait pu voir les formes robustes de Sigvald et de ses hommes entrant dans chaque maison, puis après une lutte vive et courte, revenant et trainant après eux les femmes, les enfants, et les monceaux de butin qu'ils déposaient au milieu de la rue. Parfois il aurait vu tel ou tel des habitants·de la ville s'élançant hors de la porte de son logis, mais seulement pour être, dans la plupart des cas, poursuivi et mis à mort avant qu'il eût fait quelques pas, et n'échappant que très-rarement par la vitesse de sa course.

Par-dessus tout, dominaient le rugissement et le pétillement des flammes à mesure que le feu passait de maison en maison, et au milieu de ce bruit les clameurs des pillards, les cris des femmes et des enfants, le hurlement des chiens et le mugissement des bestiaux ne s'entendaient plus que comme une rumeur secondaire.

Tout cela, disons-nous, aurait pu être vu et entendu par tout habitant de Tunsberg qui aurait eu souci de regarder et d'écouter; mais à ce moment suprême chacun était beaucoup trop préoccupé de son propre péril

pour avoir souci d'autre chose que de sa propre défense
et de sa propre sûreté.

Bien des actes de bravoure furent sans doute accomplis,
bien des coups puissants furent portés, et plus d'un
homme vaillant périt en résistant aux Vikings, à mesure
que maison après maison était envahie. Mais tous ces actes
isolés de bravoure furent inutiles. Les hommes tombèrent
les uns après les autres, les maisons furent pillées et livrées
aux flammes les unes après les autres, et les Vikings se
frayèrent rapidement leur chemin jusqu'au centre de la
ville.

Enfin ils atteignirent un édifice en bois plus grand que
les autres, et surmonté d'un grenier dans lequel dormaient des hommes. Les Vikings firent halte devant cet
édifice et tinrent un conseil de guerre, si cela peut s'appeler ainsi.

« Bienvenu en Norwège, noble jarl, dit Vagn à Sigvald. Voilà que vous êtes en train de faire une belle
saisie du pays.

— Ne parlez pas de saisie jusqu'à ce que toute la ville
soit à nous, répondit Sigvald. Même avec toutes les circonstances désavantageuses contre eux, ces Norwégiens
portent de rudes coups. Rien qu'à la dernière maison le
propriétaire a abattu avec sa hache trois de nos hommes
avant de tomber

— Celui qui chasse l'ours, et qui le cherche dans son
antre, ne doit pas se plaindre quoiqu'il sente son étreinte,
dit Beorn. Cela vous rend fier de votre ennemi de
penser qu'il peut frapper si vaillamment. Mais qu'était-
ce là ? »

Comme il prononçait ces mots, une flèche traversa l'air,
et un Viking tomba mort à terre à côté de Sigvald.

« Ne disais-je pas la vérité ? dit Sigvald. Chose à demi
conquise peut encore être perdue. Cette forte maison
est à coup sûr pleine d'hommes et ils ne céderont pas sans
une lutte. En avant, mes hommes ! entourons la maison,
et puis entrons-y d'assaut. »

Cet édifice, nous devons en avertir nos lecteurs, était

— la grande maison de la ville, mairie, château, ou maison
du gouvernement, et dans cette maison bâtie de poutres
solides se trouvaient Ogmund le blanc et ses hommes, qui
réveillés trop tard pour résister aux Vikings hors des
portes, s'étaient décidés à s'y défendre aussi longtemps
qu'ils le pourraient. Dans ce dessein, une partie d'entre eux
occupait le passage de la porte, unique accès à la salle, —
car les fenêtres étaient de simples ouvertures haut percées,
— tandis qu'une autre occupait le grenier ou la chambre
supérieure au-dessus de la salle, grenier où les fenêtres
quoique plus semblables à celles des maisons modernes
étaient encore plus haut percées. C'était d'une de ces
fenêtres du grenier qu'avait été lancée la flèche fatale
qui avait apporté le coup de la mort au Viking tombé à
l'instant même à côté de Sigvald.

Les ordres de Sigvald furent aussitôt obéis. De tous les
côtés, et derrière, et de front, les Vikings entourèrent la
maison d'Ogmund, qui était maintenant dans tous les
sens son château, et cherchèrent comment ils pourraient
en forcer l'entrée. Tous les efforts des Vikings furent
alors concentrés sur ce siége, comme on peut appeler cette
action de guerre, en sorte que dans le reste des maisons
les habitants eurent temps et avis pour échapper au
danger approchant.

Pendant un temps, il faut le dire, la défense d'Ogmund
eut le dessus sur l'attaque. Postés derrière les demi-portes
du double porche Ogmund et une bande choisie de ses
hommes lançaient des javelots et faisaient pleuvoir des
flèches sur les Vikings avec tant d'adresse et de rapidité
que tout ce qu'ils purent faire fut de tenir bon sous leurs
boucliers dans la rue. Quant à s'approcher de la porte
il n'y fallait pas songer.

En même temps les archers du grenier étaient tout aussi
occupés que leurs camarades d'en bas, et plus d'un Viking suivant les pas de celui qui avait mordu la poussière
devant la maison d'Ogmund, prit, selon le cas, le chemin
de l'enfer ou le chemin du Valhalla.

Cependant, en voyant ses hommes tomber rapidement,

Sigvald s'impatientait et se courrouçait, et se perdait en combinaisons sur le moyen d'enlever la maison.

« Nous serons obligés d'y mettre le feu à la fin, à ce que je vois, dit-il, et de les brûler ou de les enfumer ; mais il me répugna toujours de traiter de vaillants hommes comme des chats ou des renards dans des trous.

— Et moi de même, dit Vagn. La bonne épée de Frey est autrement noble que la flamme de Loki. Attendez encore un peu avant de mettre le feu, capitaine, et tâchons de forcer notre passage par un autre moyen.

— Pourquoi ne pas essayer du moyen de Hrolf Kraka ? dit le vieux Beorn, qui arriva en ce moment avec une grosse bourse d'argent à la main. Ceci, dit-il, est pour le fonds commun, capitaine, — et sur ces mots il lança la bourse sonnante sur une pile de butin. — Mais il sera temps de parler du butin demain sous la lance ; pensons pour l'instant à dompter les gens de cette ville. Pourquoi, dis-je, ne pas essayer du moyen de Hrolf Kraka ?

— Et quel fut ce moyen ? dit Sigvald.

— J'aurais cru que vous le connaissiez tous, dit Beorn, et que vous n'auriez pas besoin de l'apprendre d'un Gallois comme moi. Bon ! vous savez, lorsque Hrolf Kraka fut enfermé dans sa salle d'Upsala comme un renard dans son trou par le roi Adel, lui et ses champions prirent une longue poutre qui se trouvait dans la salle et s'en servant comme de bélier ils brisèrent la charpente sur l'un des côtés de la muraille, et s'échappèrent ainsi. Maintenant une chose qui est bonne pour permettre de sortir est également bonne pour permettre d'entrer ; mon avis est donc qu'il faut se procurer une longue poutre dans quelqu'une de ces maisons, et l'employer à battre la muraille avec toute la force d'autant d'hommes qu'il en faudra pour la pousser, et de la sorte nous aurons bientôt ouvert notre passage dans la maison, et éclairci ces camarades là-bas de manière à débarrasser le porche.

— Très-bon conseil, dit Sigvald. Ici, camarades ! que quelques-uns d'entre vous suivent Beorn, et apportent la plus longue et la plus forte poutre que vous pourrez soulever, et puis poussez-la contre la muraille jusqu'à ce qu'elle cède devant vous. »

L'ordre fut exécuté. Peu de temps après la poutre fut apportée et employée comme bélier avec la force de vingt hommes, le vieux Beorn se tenant le premier en tête et donnant le mot de commandement avant chaque coup. Ils choisirent, cela va sans dire, le côté du château opposé à celui que surmontaient les fenêtres du grenier, et ne furent pas exposés ainsi aux flèches des archers. Il fallut quelque temps pour forcer la charpente massive, et les vingt hommes durent être changés deux fois, à l'exception du vieux Beorn qui ne voulut pas quitter son bélier ; mais à la fin le dur bois de pin commença à gémir, et à craquer, et à se briser, et un instant après la poutre tombait à l'intérieur avec fracas, et le rez-de-chaussée du château était ouvert pour quiconque oserait y entrer par cette brèche.

Les hourrahs de Beorn et de sa bande avertirent Sigvald et le reste des Vikings de l'autre côté de l'édifice du succès de ce stratagème ; mais quand bien même ce rugissement de triomphe n'aurait pas atteint leurs oreilles, ils se seraient aperçus que l'heure de compter avec Ogmund était arrivée par la disparition soudaine de la plupart des hommes qui occupaient le porche. Beaucoup de ces derniers avaient suivi Ogmund à l'intérieur pour défendre l'entrée de la brèche, et il ne restait que quelques archers près du passage de la porte.

Rapide comme la pensée, Sigvald vola vers Beorn pour le consulter sur le meilleur plan d'attaque.

« La porte de l'antre de l'ours est ouverte, dit Beorn, mais peut-être le premier qui y pénètrera aura-t-il les côtes brisées par Bruin lui-même.

— Que ferons-nons, Beorn ? demanda le capitaine.

— Ce que nous ferons, capitaine ! rugit Beorn d'un ton qui ressemblait beaucoup au mépris. Ce que nous ferons ! Parbleu ! nous allons envahir le château par cette brèche et par le passage de la porte, des deux côtés à la fois. Pourquoi, dites-le-moi, avons-nous fait ce trou si ce n'est pas pour entrer en y passant ? »

Sur ce conseil Sigvald revint en hâte au front de l'édifice pour ordonner l'assaut de ce côté, tandis que Vagn se dirigea vers la brèche pour s'y précipiter en compagnie de son vieux père d'armes.

En le voyant approcher, le vétéran hurla :

« Voilà de bel ouvrage, fils d'armes ! nuées de flèches, heurtements de lances, cliquetis d'épées, et rugissement de flammes ! Quel plus beau spectacle pourrait avoir un homme ! voilà qui est autrement beau que les charmes de n'importe quelle femme ! » Et il chanta alors :

Les rouges blessures sont pour moi plus aimables que la rose,
Ou que les lèvres roses...

— Le capitaine me recommande de vous dire, père d'armes, qu'il se lancera à l'assaut aussitôt qu'il entendra notre hourrah de guerre.

— Eh bien alors, en avant ! Jomsburg à jamais ! rugit Beorn d'une voix de tonnerre qui domina le rugissement des flammes. Jomsburg à jamais ! Et maintenant, fils d'armes, nous allons faire une course pour savoir qui entrera le premier par la brèche de ce mur là-bas.

— De tout mon cœur, père d'armes, » dit Vagn. Et tous deux se précipitèrent alors vers la brèche.

Beorn courut de son mieux, mais Vagn était le plus jeune et le plus agile, et il fut le premier entré, en recevant sur son chapeau d'acier un coup d'épée qui lui fit tinter les oreilles, et sur son bouclier un coup de lance qui l'aurait renvoyé au dehors, si Beorn ne l'avait pas suivi de si près qu'il put se jeter entre l'ouverture de la brèche et lui. Tout en suivant son fils d'armes le vieux vétéran asséna le coup de mort à l'un des Norwégiens qui brandissait son épée et menaçait le cou de Vagn.

A ce moment même Sigvald et ses hommes forcèrent leur entrée à travers le porche, et Ogmund et ses compagnons, se trouvant attaqués en tête et en queue, montèrent aussi rapidement qu'ils purent l'échelle qui conduisait au grenier ; mais si le lecteur veut bien se représenter com-

bien il est difficile pour beaucoup d'hommes de monter
à la fois une même échelle, il concevra aisément que si
Ogmund, et un ou deux autres à sa suite, arrivèrent sains
et saufs dans le grenier, ce fut autant qu'ils en purent
faire. Les autres, et c'était de beaucoup le plus grand
nombre, se trouvèrent abandonnés à la merci des Vikings
et furent tués jusqu'au dernier homme, mais eux aussi
avant de tomber imprimèrent leur marque sur l'ennemi.

Cependant l'édifice n'était pas encore enlevé. Aussitôt
qu'Ogmund et les quelques hommes qui furent assez for-
tunés pour le suivre eurent monté l'échelle, elle fut retirée dans le grenier, et par la trappe du plancher, de
moment à autre, un javelot était lancé ou une flèche tirée
sur la foule des Vikings attroupés en bas dans la salle.

« Ces gens prennent goût à tuer, capitaine, dit Beorn
à Sigvald. Voyez, voici André le rouge qui tombe le crâne
traversé par une flèche partie d'en haut.

— Il n'y a qu'un moyen, dit Sigvald de mauvaise humeur. C'est un combat où toute la perte sera de notre
côté, car ils peuvent nous atteindre et nous ne pouvons
pas les atteindre. Ils ne céderont jamais, excepté au feu
ou à la famine.

— Alors, que ce soit le feu, capitaine ! dit Beorn, car si
nous devons attendre que nous les ayons fait crever de
faim là-haut, nous pourrons avoir nous-mêmes à céder
au feu. Ces flammes rouges vont faire lever tous les en-
virons de la Baie.

— Vagn, dit Sigvald, prenez un archer, qu'il attache
une mèche de chanvre à sa flèche, qu'il l'allume et qu'il
la lance au-dessous du toit ; maintenant nous autres vidons la salle et emportons les morts des deux côtés ;
puis allumons un feu au-dessous d'eux, ils seront bien
vite forcés de céder lorsqu'ils seront entre deux feux. »

Cela fut encore presque aussitôt fait que dit. L'archer
de Vagn lança sa flèche enflammée sur les bardeaux
de bois du toit ; elle s'y consuma lentement, puis elle
lança tout à coup un jet de brillante flamme. Pendant
ce temps-là les morts avaient été emportés sur des bou-

cliers, et durant toute cette cérémonie les archers placés dans le grenier s'interdirent de tirer et recommencèrent à ajuster leurs flèches aussitôt que la lugubre procession fut achevée.

A peu près au même instant la fumée commença à monter dans le grenier du sol de la salle, et une braise rouge tomba à travers un des chevrons du toit. Alors Ogmund et ses hommes sentirent qu'ils étaient littéralement entre deux feux et qu'il ne leur restait d'autre chance que de céder ou de mourir.

« Maintenant, mes hommes, dit Ogmund le blanc qui, quoique jeune d'années, était un des hommes liges du jarl Hacon les plus dignes de confiance, maintenant, mes hommes, le moment est venu où nous devons nous décider ou bien à céder ou bien à être brûlés vivants. Pour ma part, il ne sera jamais dit qu'un des hommes liges du jarl Hacon aura cédé à un ennemi inconnu; car nous ne savons pas d'où viennent ces hommes, nous ne savons rien d'eux, si ce n'est que ce sont des guerriers robustes, pleins de ressources et nombreux. J'ai encore moins d'envie de me laisser brûler ici, et cependant il faut en arriver à l'une ou à l'autre de ces alternatives si nous devons rester ici et ne rien faire. »

Sur ces mots quelques-uns de ses hommes dirent une chose, et d'autres en dirent une différente, et la fin de cette discussion fut que la plupart étaient d'opinion de demander la paix aux Vikings s'ils pouvaient l'obtenir.

« En ce cas, dit Ogmund, comme vous êtes d'avis de céder et de demander la paix à ces étrangers et Vikings, quoique je n'aie jamais vu jusqu'à ce jour une pareille bande de Vikings, mon commandement sur vous a pris fin, et maintenant je suis libre d'aviser pour moi-même et de ne plus prendre souci de vous. Dites, mes hommes, suis-je libre, et ai-je fait pour vous tout ce que je pouvais faire?

— Vous l'avez fait, vous l'avez fait, crièrent-ils tous d'une seule voix.

— Eh bien, en ce cas, dit Ogmund, il est mauvais de parler avec un feu au-dessous, un feu au-dessus de nous,

et une bande de Vikings qui nous enveloppe de tous les
côtés ; je vous dirai donc, en un mot, quel est mon plan.
Je vais sauter par la fenêtre dans la cour sur cet amas
de litière qui est sous le pignon, et voir si je ne puis pas
réussir à sortir de la ville pour porter ces nouvelles au
jarl Hacon.

— Mieux vaut céder avec nous et demander la paix à
l'ennemi, Ogmund, dit un de ses hommes. La hauteur est
de vingt bons pieds, et quoiqu'un homme puisse sauter
d'une pareille hauteur et tomber sur ses pieds, de quelle
utilité est-il d'arriver debout là-dessous si votre tête doit
voler aussitôt que vous atteindrez le sol? Mieux vaut rester
avec nous.

— Mon parti est pris, dit Ogmund. Dites le mot, car
le temps et le feu pressent, et je puis à peine respirer
grâces à la fumée. Quelqu'un de vous veut-il sauter de
cette fenêtre avec moi, et essayer avec moi de nous ouvrir passage à travers l'ennemi?

— J'y consens ; — et moi aussi, dirent deux de ses
hommes.

— Chose dite, chose faite, » cria Ogmund, et sans plus
de délibération, il sauta de la fenêtre du pignon, et les
deux autres le suivirent aussi rapidement qu'ils purent.

On dit quelquefois que le chef d'une entreprise est
celui qui court le plus grand risque, mais il n'en fut
pas ainsi dans ce cas. Il arriva que lorsque Ogmund
sauta par la fenêtre, il n'y avait aucun des Vikings qui
fût proche de là si ce n'est Vagn, et il ne fut pas assez
proche pour atteindre Ogmund avant que, revenu du
choc de sa chute, il eût pris sa course pour se sauver.
Tout ce que le chef Viking put faire fut de lui porter
un rude coup de sa longue épée lorsqu'il passa près
de lui, et ce coup fut assez fort pour couper la main
d'Ogmund. Celui-ci n'en continua pas moins à courir, et
Vagn se mit en devoir de le poursuivre, mais à ce moment deux autres hommes tombèrent du grenier presque
sur sa tête. D'un seul coup Vagn fit voler la tête de l'un
d'eux, et le malheureux eut ainsi le sort prédit pour

Ogmund. L'autre fut tué de la même façon par Bui qui était accouru en toute hâte en entendant le tumulte.

« Vraiment, dit-il à Vagn, est-ce qu'il pleut des hommes cette nuit ? Qu'ils pleuvent tant qu'ils voudront, si nous pouvons les dépêcher aussi promptement que ceux-là. Deux morts, et un bras coupé à un troisième, et voyez quelle prise vous avez faite, Vagn, fils d'Aki ! Le bras de ce troisième homme portait un grand bracelet d'or qui a glissé lorsque vous avez fait sauter sa main ; le voici à vos pieds.

— Ce n'est pas une si mauvaise prise, Bui, dit Vagn. Ce n'est pas toutes les nuits de l'année que même nous, Vikings de Jomsburg, nous attrapons un bracelet d'or comme celui-là. »

En parlant ainsi il fit glisser le bracelet par-dessus sa main et le laissa à son bras. Puis il se dirigea sur le front de l'édifice pour dire à Sigvald ce qui était arrivé.

Pendant ce temps qu'était il advenu d'Ogmund ? Il ne courut pas bien loin avant de sentir que sa main était coupée, et prenant avantage de la confusion causée par le saut de ses hommes, il revint en arrière, se coucha dans un fossé tout proche du pignon de la maison de ville, et surprit ce qui s'était dit entre Vagn et Bui. Il employa péniblement tout ce temps-là à serrer étroitement autour de son poignet mutilé un bandage de linge arraché à sa propre chemise pour arrêter l'écoulement du sang. Cela fait il resta quelques instants encore dans le fossé, puis il se glissa dans le bois qui était au bas de la ville, et murmura en s'en allant :

« Vagn, fils d'Aki, et Bui, et les Vikings de Jomsburg ! ce sont là en vérité des nouvelles à porter au jarl Hacon. »

A peu de distance dans le bois il entra dans la maison d'un homme libre de sa connaissance. Cet homme et sa femme qui s'entendait en médecine, comme presque toutes les femmes de ce vieux temps, pansèrent son moignon saignant, et lui firent passer le *fiord* dans un bateau. Puis de maison en maison, et de bateau en bateau, Ogmund le blanc continua son voyage vers la grange du jarl Hacon.

CHAPITRE IV

BEORN ET VAGN DÉFIENT THORKELL.

Tandis qu'Ogmund le blanc prêtait l'oreille aux Vikings, bandait son bras et faisait son évasion, les affaires dans le château arrivaient à leur inévitable fin. A demi étouffés par la fumée et la chevelure déjà grillée par les poutres à demi-consumées qui tombaient en pluie brûlante à travers les bardeaux, les Norwégiens qui étaient dans le grenier crièrent par la trappe du plancher qu'ils imploraient la paix et qu'ils céderaient sans plus de résistance si leurs vies étaient épargnées. Ce message fut porté à Sigvald, et les hommes qui le portèrent ajoutèrent : « Le feu les serre dur et de près, capitaine, et si vous ne leur accordez pas la paix tout de suite, il n'en restera pas un pour la recevoir.

— Je vais leur parler moi-même, » dit Sigvald, à qui Vagn venait justement de rapporter ce qui s'était passé sous le pignon.

Il fut bientôt dans la salle dont un des coins était aussi enflammé et rempli de suffocants nuages de fumée, et il cria sous la trappe :

« A qui appartiennent les hommes qui nous demandent la paix à cette heure après nous avoir fait tant de mal ?

— Nous sommes les hommes d'Ogmund, et Ogmund était l'homme lige du jarl Hacon, et était notre chef; mais vous, qui êtes-vous ?

— Peu importe qui nous sommes, dit Sigvald durement. La question est maintenant de savoir si vous obtiendrez la paix et la vie, quoique vous ne les méritiez guères. Où est à cette heure votre chef Ogmund?

— Cela, vous pouvez le dire mieux que nous, fut-il répondu. Il y a quelques instants Ogmund le blanc a sauté par la fenêtre du pignon et deux d'entre nous avec lui. Ce qui leur est advenu, nous le savons bien, car nous avons vu leurs têtes voler et leurs troncs tomber à plat; mais Ogmund le blanc s'est enfui à travers la fumée et la flamme. Si vous n'avez de lui aucune nouvelle, il est à cette heure en sûreté dans le bois.

— Portait-il un beau bracelet d'or à son bras lorsqu'il a sauté? demanda Sigvald.

— Oui.

— En ce cas, quoique son corps se soit échappé, il a laissé sa main et son bracelet derrière lui pour quelqu'un de notre compagnie. » Puis il continua : « Mais ceux qui restent d'entre vous demandent la paix? bien, vous l'aurez, car vous vous êtes conduits comme des hommes braves et loyaux, et vous garderez vos armes, vos habits et tout ce que vous pouvez avoir sur vous, mais rien de plus. Tout le reste est prise de guerre et nous appartient.

— Merci, noble capitaine, cria celui qui avait porté la parole pour les Norwégiens, et maintenant permettez-nous de passer l'échelle et de sortir de ce four aussi vite que possible, car nous sommes tous roussis et grillés, et presque étouffés par la fumée.

— Descendez aussi vite qu'il vous plaira, » dit Sigvald.

Alors se glissèrent jusqu'à la salle au-dessous quelque vingtaine de misérables qui purent à peine prononcer un mot, et encore moins lever une main, lorsqu'ils passèrent à travers la file des Vikings qui s'ouvrait de chaque côté pour les laisser échapper.

Brûlants de soif, ils se dirigèrent vers la rivière, et rafraîchirent leurs gosiers desséchés dans le froid courant.

Quant aux Vikings, ils se mirent à fouiller le reste des maisons pour le butin, mais ils n'y trouvèrent ni homme, ni femme, ni enfant. Tous avaient fui à la faveur du temps que leur avait gagné la bravoure d'Ogmund et de ses hommes.

Lorsque tout le butin eut été assemblé, les Vikings se répandirent çà et là dans les maisons que les flammes avaient épargnées afin d'y dormir. Quelques-uns, cependant, furent appostés pour garder les dormeurs et le butin. C'est ainsi que Tunsberg, qui le soir de cette nuit de novembre, s'élevait florissante sur le bord de sa rivière au sein de la paix et de la prospérité, gisait le lendemain en poussière et en cendres. Sur les ruines de ses maisons s'élevaient des nuages de fumée, et par intervalles, jaillissaient des langues de flammes, lorsque les poutres et les chevrons carbonisés tombaient sur la masse embrasée en provoquant une nouvelle explosion du feu.

Le lendemain, selon l'invariable loi de la compagnie, tout le butin fut apporté à la perche ou lance, ou comme nous dirions aujourd'hui, au marteau. Il fut vendu pour le bien commun, et l'argent qu'il produisit fut divisé selon certaines proportions parmi toute la bande.

Nous avons déjà décrit cette coutume à l'occasion de la mort d'Atli et de la capture de ses vaisseaux par Beorn et Vagn pendant leur croisière d'automne. Nous nous contentons donc de la mentionner, et nous passons.

Après que le butin eut été ainsi vendu et partagé, le capitaine donna des ordres pour que la flotte prît un jour de repos afin de se refaire avant de continuer à ravager la Norwége, en attendant qu'ils pussent trouver le jarl Hacon, tomber sur lui, et amener leur querelle à une issue finale.

Ce délai n'était pas du tout du goût de Beorn. Pourquoi donner aucun repos à l'ennemi? N'en avait-il pas besoin autant qu'eux pour le moins? Le vieux Palnatoki n'aurait jamais fait cela, il aurait poussé en avant, et n'aurait pris aucun repos avant d'avoir placé l'ennemi sous ses pieds.

Ces choses et bien d'autres encore, le vieux grognard ne les exprima pas ouvertement, mais il les dit confidentiellement à l'oreille de Vagn, qui dut les supporter du mieux qu'il put.

A la fin, ne pouvant plus y tenir, il dit :

« Bien, Beorn, si vous êtes opposé à prendre du repos aujourd'hui, que dites-vous de venir avec moi à une entreprise d'audace?

— Dites le mot, enfant, et je suis votre homme, grogna le vieux Viking ; tout me convient, sauf le repos. J'aurai assez de repos lorsque je serai mort.

— Mais promettez de venir.

— C'est comme acheter un cochon dans un sac, cela, dit Beorn, mais malgré tout je vous donne ma parole, et voici ma main pour l'appuyer. Parlez, de quoi s'agit-il?

— De défier Thorkell à sa grange, à Leira, tout près d'ici, et de le tuer si nous pouvons, puis d'amener Ingibeorg avec nous, et d'accomplir ainsi mon vœu avant que le capitaine, ou tout autre chef de la bande, ait accompli le sien.

— *Phew !* fit Beorn en poussant cette interjection comme un sifflet prolongé. *Phew !* c'est là une aventure dont votre grand-père lui-même aurait pu être fier. Mais est-ce que nous pouvons l'accomplir à nous deux, avec nos deux vaisseaux, enfant. Thorkell est un puissant chef, et nous ne le surprendrons pas endormi comme nous avons surpris la nuit derrière Ogmund le blanc.

— Je tire ma réponse de votre propre carquois, Beorn, dit Vagn : « qui n'aventure rien n'a rien ». Si nous ne pouvons les surprendre et enlever Ingibeorg avec nos deux vaisseaux montés chacun par cent vingt braves compagnons, nous ne le ferons pas avec cinq, dix ou vingt.

— En ce cas, partons aussi rapidement et aussi secrètement que nous pourrons, dit Beorn. C'est contre la loi, vous savez, mais de manière ou d'autre, j'ai trouvé toute ma vie qu'il était beaucoup plus agréable de violer la loi que de l'observer. Nous dirons que nous partons simplement pour essayer nos nouvelles voiles. Croyez-moi, nous serons pardonnés demain, lorsque nous reviendrons avec la tête de Thorkell et sa jolie fille. »

Les deux capitaines détachèrent donc tranquillement leurs amarres, et descendirent la rivière aussi lentement et indolemment que s'ils avaient eu seulement l'intention de changer de place. Mais aussitôt qu'ils atteignirent la Baie, ils hissèrent leurs voiles et se dirigèrent vers la rivière sur laquelle s'élevait Leira, faisant force de rames pour abréger leur voyage autant que possible.

Ils ne furent pas longtemps à atteindre l'embouchure de cette rivière ; elle n'était qu'à vingt milles de là, et leur dessein était masqué par un léger brouillard marin qui rendait les objets indistincts quoiqu'il ne fût pas assez épais pour contrarier la navigation.

Il était encore grand jour lorsqu'ils atteignirent l'embouchure de la rivière ; ils firent entrer leurs vaisseaux dans une petite crique, et y attendirent la tombée de la nuit.

Aussitôt qu'il fit noir, ils remontèrent la rivière avec un vaisseau, laissant l'autre dans la crique, mais en prenant à leur bord cinquante hommes de son équipage. Lentement et sans bruit, ils se glissèrent tout proche de la grange que Beorn et Vagn, comme nous l'avons dit, connaissaient de longue date.

« La trouver ! dit Beorn à Vagn qui montrait quelque doute qu'ils pussent trouver la place, je trouverais ici ma route dans la plus noire nuit ou le plus épais brouillard qui soit jamais tombé sur ces eaux. »

À cette heure-là, les lumières brillaient à travers les fenêtres de la salle de Thorkell, et là, à l'intérieur de cet édifice, dans sa chambre réservée était Ingibeorg la blonde, l'idole du cœur de Vagn. Combien son cœur battait fort lorsqu'il regarda cette maison, il n'est donné de le savoir qu'aux amants jeunes et ardents.

Cela semblera une étrange chose à beaucoup de beaux-pères, et probablement aussi à tout autant de belles-mères, qu'un amant du xe siècle pût méditer la mort du père de la jeune fille dont il était amoureux, et nous espérons qu'il ne se trouverait pas dans le présent siècle de jeunes dames capables de penser à épouser l'homme qui aurait tué leur père. Mais, comme nous l'avons vu, le xe siècle était un siècle dur et cruel, si dur qu'il était par-

fois nécessaire de tuer son beau-père, ou du moins l'homme
qu'on avait l'intention d'avoir pour beau-père avant de
pouvoir conquérir la main de sa fiancée. Sans doute,
Vagn aurait été bien aise d'épargner à Thorkell cette
pénible extrémité ; mais aussi longtemps que Thorkell
aurait vécu, il n'aurait jamais consenti, bien mieux, il
aurait commencé par tuer Vagn, s'il l'avait pu, en sorte
que si Vagn en vient dans ces pages à le tuer réellement,
il sera bien entendu qu'il le fait par défense personnelle,
et parce qu'il est obligé à cet acte. Sur cette justification
de l'un de nos plus aimables personnages continuons notre
histoire.

La grange était là toute illuminée ; il était alors nuit
noire, pas une âme ne rôdait hors des portes, et tout était
favorable à leur entreprise. Laissant vingt hommes pour
prendre soin de leur long vaisseau, ils débarquèrent le
reste, cent cinquante hommes en tout, par le moyen d'une
échelle de faux pont qu'ils jetèrent du flanc du vaisseau
sur le rivage ; car le cours de cette rivière norwégienne
était paresseux, et ses eaux étaient profondes de vingt
pieds au-dessous du niveau du rivage.

Ces cent cinquante hommes armés jusqu'aux dents ont
descendu l'échelle de pont et se trouvent sur le rivage.
Ils marchent en ordre serré vers la grange sans prononcer
un mot ; s'approchant de la salle, ils s'emparent des deux
portes, et ils pensent maintenant qu'ils ont pris Thorkell
au piége dans sa demeure, et qu'il lui faudra céder ou
mourir, absolument comme les hommes d'Ogmund ont
dû céder la nuit précédente.

Tout était tranquille comme la mort, lorsque Beorn à
une porte, et Vagn à une autre, rompirent le silence en
donnant chacun un grand coup sur le panneau.

Il s'écoula peu de temps avant qu'un esclave vînt à
chaque porte poser la question habituelle :

« Quels hommes êtes-vous et qui cherchez-vous ?

— Nous sommes les hommes que nous sommes, et nous
cherchons Thorkell de Leira, dit Vagn.

— Il n'est pas ici, répondit l'esclave. La dernière nuit il

a mis à la voile et a traversé la baie avec ses cinq vaisseaux pour aller à un mariage au rocher du roi.

— Qui a-t-il pris avec lui ? demanda Vagn avec un empressement passionné.

— Oh ! dit l'esclave, il a pris tous ses guerriers et la
jeune maîtresse, Ingibeorg la blonde, et il n'a laissé personne ici que ses domestiques et ses esclaves.

— Faites-nous entrer, dit Vagn furieux de son désap-
pointement, afin que nous puissions fouiller la maison et
savoir si vous dites la vérité.

— Quant à cela, fut-il répondu, il me faut prendre conseil d'autres personnes plus sages que moi. En attendant,
restez où vous êtes. »

Sur ces mots, il s'éloigna de la porte en laissant Vagn
et ses hommes dehors dans les ténèbres.

Une réponse à peu près identique fut donnée à Beorn à
la porte qu'il occupait ; et tandis que les esclaves tenaient
conseil à l'intérieur, Beorn et Vagn se rejoignirent et se
consultèrent sur la situation.

« Voilà une jolie affaire, fils d'armes, dit le vétéran : les
deux oiseaux ont échappé, et il ne reste que le butin, rien
pour la gloire. Les anciens dieux protègent sûrement Thorkell ; il est bon après tout de les honorer.

— Je crois que sa chance et sa bonne fortune ont eu
autant de part à cela que les anciens dieux ; mais que
ferons-nous, père d'armes ?

— Prenons tout le butin que nous pourrons, enfant, et
retournons-nous-en par le chemin qui nous a menés ici.
Nous servirions Thorkell selon ses mérites si nous brû-
lions sa maison.

— Non, non, nous ne ferons pas cela, cria Vagn. Je ne
voudrais pas qu'à son retour, Ingibeorg la blonde trouvât
que sa chambre virginale n'est plus qu'un tas de cendres.
Pillons la maison, mais laissons-la debout.

— Voyez un peu quelle chose est cet amour, et quelle
chose haïssable encore ! dit Beorn ; lorsqu'un homme a la
bonne chance de pouvoir porter dommage à son ennemi,
l'amour se place entre cet homme et sa vengeance et dit :

LES VIKINGS.   II. — 3

Ne brûlez pas sa maison, car j'aime sa fille. Il n'en était pas ainsi dans le vieux temps.....

— Mais il en sera ainsi dans ce temps-ci, dit Vagn avec violence. Père d'armes, sais-tu que je combattrais contre toi jusqu'à la mort pour cette querelle ?

— Me combattre, enfant ! dit Beorn avec une grimace. En ce cas, vous pourriez avoir la chance d'avoir le dessous, comme d'autres bambins l'ont eue avant vous; mais, ne craignez rien, continua-t-il, je ne combattrai jamais contre vous pour cette querelle ou pour toute autre. Cependant quelle que chose que nous fassions, faisons-la vite, car les ordres du capitaine sont de mettre à la voile demain, et il nous faut être de retour à temps.

A ce moment même, les esclaves revinrent chacun à sa porte, et celui qui parlait à la porte occupée par Vagn dit :

« Bergthora, notre ménagère, désire savoir si vous épargnerez nos vies dans le cas où nous voudrions entrer, et si vous consentez à ne pas piller des biens de Thorkell.

— Nous épargnerons vos vies, esclave, dit Vagn; mais quant à ne pas piller les biens de Thorkell, non; c'est pour le tuer et pour piller ses biens que nous sommes venus ici. Nous l'avons manqué, mais sa maison et ses biens sont au moins ici. Retournez, et dites à Bergthora, qu'à moins qu'elle ne nous laisse entrer immédiatement, nous allons élever une pile de bois devant chaque porte et l'allumer, et alors pas un homme et pas une femme ne sortiront vivants. »

L'esclave porta ce message, puis revenant bientôt, il déverrouilla la porte extérieure et ouvrit les portes à battants qui donnaient accès dans la salle.

Lorsque Vagn et Beorn y entrèrent suivis par leurs hommes, ils virent les tables posées pour le souper et chargées de la soupe et des mets; mais toute la domesticité, qui se montait environ à trente personnes, était entassée sur le dais à l'autre bout de la salle autour de Bergthora.

« Juste à temps pour souper, enfant, dit Beorn à Vagn. C'est la façon dont nous allons commencer à piller les biens de Thorkell. »

Tandis que Beorn s'asseyait pour manger, Vagn monta sur le dais et cria :

— Où est Bergthora la ménagère ? Je veux lui parler.

— Me voici, dit une femme maigre et robuste ; je voudrais que Thorkell fut ici pour vous donner la bienvenue que vous méritez.

— Si les grands chefs vont à la noce, dit Vagn, ils ne peuvent rester au logis pour y recevoir soit leurs amis, soit leurs ennemis. Mais n'a-t-il pas laissé un seul homme à qui on puisse parler, et est-ce vraiment vous qui commandez ici le rôti, Bergthora?

— Je suis maîtresse dans cette maison lorsque Thorkell et ma fille de lait Ingibeorg sont absents, quoique je ne sois qu'une esclave ; mais Thorkell se confie absolument à moi, et vous pouvez bien être sûrs que si je commande le rôti, je le servirais volontiers brûlant à des voleurs comme vous, si je pouvais faire selon mon cœur.

— Je ne suis pas venu ici pour lutter de paroles avec des femmes, dit Vagn, mais pour vous dire que nous voulons vous traiter avec humanité, vous et tous les gens de la domesticité. Nous sommes des voleurs, dites-vous, mais Thorkell aussi a été un voleur dans son temps, et comme il ne regarde pas comme un crime de s'emparer des biens de son ennemi, nous non plus à notre tour nous n'épargnerons pas ses biens. Tout ce qui dans cette maison peut être emporté est donc à nous par le droit de la guerre, et si nous pouvons l'emporter et que vous veuilliez nous montrer où cela se trouve, nous épargnerons vos vies, la maison et les bestiaux.

— Je suis l'esclave de Thorkell, dit Bergthora avec fierté ; mais je ne suis pas une traîtresse. Quant à ses effets, comme vous dites qu'ils sont vôtres par le droit du plus fort, cherchez-les, et emportez-en ce que vous en pourrez trouver ; mais ne pensez pas que je vous montrerai où vous pouvez les trouver.

— Il y a, dit Vagn, quelques hommes parmi ceux qui me suivent qui ne se feraient guère scrupule de vous torturer pour vous forcer à révéler où les choses précieuses de

Thorkell sont cachées. Il y a eu des Vikings qui ont lié des femmes par les mains et les pieds, qui les ont exposées devant un feu lent, ou qui les ont pendues, un pied reposant sur un clou tandis que l'autre ne pouvait toucher terre.

— Je sais tout cela, dit Bergthora et je sais aussi que des femmes ont supporté toutes ces tortures sans trahir la foi qu'on avait placée en elles. Faites ce qu'il vous plaira, mais ne croyez jamais que Bergthora sera infidèle à Thorkell quand il a remis entre ses mains les clefs de sa maison et qu'il l'a instituée maîtresse de tous et de toute chose. »

On peut voir par ce dialogue que le caractère de Bergthora était comme sa forme, roide et robuste. Vagn sentit qu'il avait le dessous dans la discusion, et fut reconnaissant à Beorn lorsque ce dernier lui hurla du milieu de la salle :

« Enfant ! enfant ! venez souper ! les tables fument et nous vous attendons ! nous ne pouvons pas rester là à crever de faim tandis que vous faites la cour à la ménagère de Thorkell ! »

Ce discours fut salué d'un tonnerre d'applaudissements par les hommes de la bande qui furent singulièrement mis en gaieté par l'idée que leur beau capitaine pouvait être séduit par les charmes d'une sorcière si hideuse et si vieille que Bergthora.

Lentement et tristement Vagn descendit la salle, prit sa place sur le haut siége opposé à celui de Beorn, et dévora en silence le souper qui fut servi par les esclaves de Thorkell. Après que les tables eurent été desservies, des barils d'hydromel et de bière furent mis en perce, et comme la liqueur était bonne, la compagnie des Vikings aurait été fort contente de faire bamboche toute cette longue nuit d'hiver, mais cette orgie prolongée n'entrait pas dans le plan de leurs capitaines. Les annales du nord rapportaient de nombreuses histoires où le propriétaire d'une maison, forcée comme l'avait été celle de Thorkell, était revenu subitement, et surprenant ses fâcheux convives lorsqu'ils étaient appesantis par le sommeil et le vin les avait dépêchés rapidement. Aussitôt, par conséquent, qu'une corne eut été bue à la ronde en l'honneur des Vikings de Jomsburg, et que le vrai caractère de ces hôtes mal venus eût été ainsi révélé à Bergthora, Beorn ordonna à l'esclave qui remplissait les fonctions d'échanson — Bergthora ayant refusé énergiquement de leur rendre cet office — de la remplir de nouveau jusqu'aux bords; — « car, dit-il, j'ai une santé à porter. » Puis la levant à ses lèvres, il cria :

« Je bois cette corne à la bonne santé de Thorkell de Leira qui nous a brassé pour notre souper cette excellente bière. »

Après que les acclamations qui suivirent ce toast eurent cessé, Vagn se leva de son haut siége, et dit :

« Moi aussi, qui suis assis sur le haut siége de mon ennemi, Thorkell de Leira, j'ai une santé à porter, et la voici : moi, Vagn, fils d'Aki, je bois cette corne à la santé d'Ingibeorg la blonde, la fille de Thorkell, et en la buvant je répète le vœu que j'ai fait de tuer Thorkell et d'épouser sa fille avant de quitter cette terre de Norwége, ou de laisser ici mes os. »

De nouvelles acclamations saluèrent cette répétition du vœu de Vagn assis sur le haut siége du chef qu'il avait juré de tuer.

« Bien parlé ! santé bien portée, enfant ! dit Beorn, et maintenant aux affaires. Le plaisir passe le premier, et les affaires viennent ensuite. Nous avons mangé et bu; dépouillons maintenant Thorkell de ses effets.

— Cela, me semble-t-il, ne sera pas si aisé, dit Vagn. Bergthora seule a les clefs, et elle ne les donnera pas ; elle ne nous dira pas davantage où sont les choses de prix. Elle est la mère de lait d'Ingibeorg, et je ne veux pas qu'on la torture ou qu'on la maltraite pour la forcer à révéler ses secrets.

— Voici encore, murmura Beorn, un autre mal de l'amour. Parce que Vagn est amoureux d'une fille, il ne veut pas que sa mère nourrice soit torturée ! Qui a jamais entendu parler de tels non-sens ? Moi je me rappelle avoir pendu une vieille femme irlandaise par les talons au-dessus d'un feu pour la forcer à confesser où était le trésor de son mari. Il est bien vrai qu'elle ne confessa rien, mais qu'elle mourut étouffée par la fumée. Nous ne l'en avons pas moins fait, et nous devrions le faire ici sans cet imbécile d'amour.

— Arrachez les clefs de force à la vieille sorcière, cria l'un des Vikings. — Jetez-la dans le feu, » dit un autre. Beorn plaidait avec violence pour l'emploi de la force, et Vagn tout aussi obstinément s'y opposait. Cela aurait pu se terminer par un combat entre les Vikings dans la salle, si un incident n'avait mis fin à la dispute d'une manière inattendue. Les autres femmes de la maison, effrayées par les gestes menaçants des Vikings, entourèrent l'opiniâtre Bergthora, en vinrent à bout, et lui enlevèrent ses clefs, que la plus jeune courut bien vite présenter à Vagn.

« Voici les clefs, noble capitaine ; vous pouvez maintenant ouvrir les caisses de Thorkell, qui sont dans le coffre-fort en dehors de la porte des femmes. Ce qui adviendra de nous lorsque Thorkell reviendra et que Bergthora sera de nouveau maîtresse, personne de nous ne peut le dire ; mais nous avons pensé qu'il valait mieux vous donner les clefs pour que vous agissiez à votre volonté que de vous laisser brûler la maison sur nos têtes et nous couper peut-être la gorge. »

Après avoir ainsi parlé, elle traversa de nouveau la salle comme un oiseau, et alors toute la troupe féminine entourant Bergthora, qui protestait contre leur conduite des ongles et des dents, l'entraîna par la porte des femmes dans l'appartement privé d'Ingibeorg, où, sans doute, elles se considéraient comme devant être en sûreté après l'aveu d'amour pour leur jeune maîtresse que Vagn avait exprimé.

« Je suis heureux que ces êtres agaçants soient partis, dit Beorn, mais nous tenons les clefs, et voici là-bas le coffre-fort que la jeune coquine nous a désigné. Ouvrons les caisses de Thorkell, Vagn, enlevons les effets, et puis lestement à nos vaisseaux ; la nuit s'avance grand train. »

En quelques minutes les caisses furent ouvertes, et tous les effets précieux de Thorkell jonchèrent le plancher.

C'étaient de riches étoffes d'Orient, du brocard d'or et d'argent, du sammit, du baldaquin, des fourrures, chaque pièce un trésor par elle-même, et le fruit des voyages vikings de Thorkell dans les mers d'Orient. Il y avait aussi une abondante provision d'ambre des rivages de Livonie, des douves entaillées de *runes*, grossiers calendriers des mois et des saisons de l'année, des coupes d'argent et des cruches d'étrange forme, des hanaps et des vases d'érable et d'autres bois rares montés en argent et en or, des anneaux massifs en argent et en or, des broches et des bracelets. A mesure que coffre après coffre révélait ses trésors, les yeux de Beorn étincelaient davantage. A la fin il s'écria :

« La vieille sorcière là-bas avait bien raison de raidir ses doigts pour serrer les clefs qui ouvrent de si précieux trésors. Je n'ai jamais vu un tel poids d'or, non, jamais, depuis que Palnatoki et moi nous saccageâmes le château du roi Erse à Tara.

— Tout cela, pensait Vagn de son côté, était la dot d'Ingibeorg ; et ces riches étoffes qui auraient fait des robes pour sa belle personne, doivent être maintenant vendues sous la lance et partagées entre de grossiers Vikings.

— Vous semblez triste, enfant, dit Beorn ; ce n'est pas souvent que les Vikings viennent à s'emparer d'un pareil butin sans un coup d'épée. Même en épargnant la maison de Thorkell, même en ne touchant pas à ses bestiaux et à ses troupeaux, même en laissant intacts ses tonneaux de bière et d'hydromel, nous emporterons plus de butin dans cette seule nuit qu'il ne nous en arrive souvent pour notre lot en toute une année.

— Je suis triste, dit Vagn à part à son camarade, parce que tout cela aurait un jour appartenu à Ingibeorg, et que je la vole aujourd'hui de tout cela en pillant la maison de son père.

— Cet amour, enfant, cria Beorn, en frappant du pied avec rage, suffit pour pousser un homme à la folie. Que doit faire un Viking sinon dépouiller son ennemi, et par-

tager ses biens entre les hommes de la bande? C'est la
loi, et vous devez lui obéir, ou quitter la bande; mais
cette passion fait de vous un propre à rien. Ici, amis, re-
mettez tout ce butin dans les coffres, et portez-les à nos
vaisseaux. Il est temps de dire adieu à la grange de
Thorkell, et nous devrions être déjà sortis de la rivière.
Le champ de mer, il n'y a rien qui vaille cela pour moi. »

Pour abréger une longue histoire les coffres furent
portés au rivage, et emmagasinés à bord des longs vaisseaux. Beorn et Vagn laissèrent alors la salle, et lorsqu'ils
passèrent la porte, Bergthora et les femmes sous ses ordres entrèrent par l'autre extrémité, mais elle se tordit
les mains lorsqu'elle passa près du coffre-fort maintenant
vide des caisses de Thorkell. En descendant la pente qui
conduisait de la maison à la rive, les deux chefs purent
voir sa silhouette se dessiner sous la rouge lueur du feu
qui brillait à travers l'ouverture de la porte, et remarquer
qu'elle les menaçait du poing pendant qu'ils s'éloignaient.

« Il y a là-bas au moins une fidèle servante, dit Vagn.

— Oui, oui, dit Beorn ; un joli moment qu'auront ces
filles lorsque Thorkell reviendra et que Bergthora lui
racontera comment elles lui ont enlevé ses clefs. »

Ils atteignirent ainsi leur vaisseau, descendirent l'étroit
et indolent cours d'eau, entrèrent dans le plein *fiord*, et
firent avec un vent contraire les vingt milles qui les séparaient de la rivière de Tunsberg. A mi-route ils virent, traversant la baie avec le vent en face, les voiles des cinq
vaisseaux de Thorkell qui revenait du mariage avec sa fille
pour trouver à leur arrivée que leur maison avait été sac-
cagée dans l'intervalle. Il eût été malencontreux, même
aux guerriers éprouvés de Beorn et de Vagn, d'avoir à
combattre ces cinq vaisseaux dans cette étroite rivière ou
en pleine mer. Ils n'eurent pas à soutenir une semblable
lutte heureusement, et revinrent assez à temps de leur
aventure pour continuer à remonter la côte de Norwége
avec le reste de la flotte, bien que leur absence eût été
un sujet d'étonnement pour Sigvald et ses capitaines.

CHAPITRE V

COMMENT LES NOUVELLES ARRIVÈRENT AU JARL HACON.

Nous avons vu comment Ogmund le blanc s'était traîné de ferme en ferme pour aller trouver le jarl Hacon. Il voyagea six mortels jours et six mortelles nuits sans jamais se reposer avant d'avoir appris où était le jarl. Hacon se trouvait alors à une grange appelée Skuggi, près de la moderne ville de Bergen, dans le Sud-Mæren, au nord de Stad, où il assistait à une fête tenue pour lui par un de ses hommes liges nommé Erling. Il était là à table, assis sur le haut siége d'Erling, avec le jarl Éric son fils et cent de ses gardes.

Le festin ressemblait à tous ceux que nous avons si souvent décrits. La chère était abondante, l'hydromel et les viandes étaient bons. Erling était le plus libéral et le plus attentionné des hôtes et avait fait de son mieux pour fêter le jarl ; mais ce soir-là le beau visage d'Hacon était sombre et rembruni, car il avait consulté les dieux sur la longueur de son règne, et quoiqu'il eût fait sacrifice sur sacrifice, ils n'avaient daigné lui répondre par aucun des signes et des témoignages qui révélaient habituellement leur volonté.

« C'est une sombre nuit d'hiver, Éric, dit le père. Prions les dieux que nous puissions avoir bientôt de la neige et de la gelée. Ce ciel bas et nuageux ne nous présage aucune faveur d'en haut.

— C'est toujours ainsi en novembre, père, dit Éric. Que dit le proverbe : « sept hivers, et pas encore l'hiver. »

Ce qui veut dire qu'avant que vienne le véritable hiver
avec sa gelée et sa neige fixes, sept gelées et sept dégels
le précèdent. Nous sommes encore dans la saison des sept
hivers. Avant le temps d'Yule nous aurons suffisamment
de froid.

— Mais les dieux sont irrités, j'en suis sûr, dit le jarl,
irrités de cet acte impie de Rapp, lorsqu'il brûla le temple dans la vallée de Gudbrand. Je sacrifie, et ils ne veu-
lent pas répondre, mais se détournent de mes prières.

— Tout ira bien, père, dit Éric ; peut-être les dieux
sont irrités du progrès rapide de la nouvelle foi dans
d'autres pays ; mais ils ne peuvent être irrités contre vous
qui êtes si constant dans vos sacrifices.

— Je ne sais ce qui en est, fils, dit le jarl, mais il me
semble que les dieux sont irrités, et je sens quelque chose
qui me dit que quelque malheur va tomber sur moi.

— Et moi, dit Éric, qui était dans toute la plénitude de
sa beauté et de sa force, je me sens comme si les cieux
souriaient sur moi, et comme si notre domination ne devait jamais être renversée en Norwége.

— C'est possible, dit le jarl, mais j'en doute. »

Après ces paroles le jarl se renversant sur son siège
s'absorba dans ses pensées, et remarqua à peine le porteur
de coupes quand il lui présenta la corne pendant la con-
tinuation du festin.

Enfin Éric qui était à sa main droite lui dit :

« Voyez, père ; un étranger entre dans la salle avec la
tête encapuchonnée. Peut-être porte-t-il des nouvelles du
pays de l'est ?

— Qu'il approche, et se place devant nous, » dit le jarl,
toujours dans la même disposition mélancolique.

L'étranger remonta la salle, la tête toujours encapuchonnée, signe qu'il souhaitait pour un temps au moins
rester inconnu.

Lorsqu'il arriva devant le jarl, il se courba profondément, et dit :

« Salut, seigneur !

— Soyez le bienvenu dans cette salle, et à cette bonne

chère, dit le jarl. Avant de vous asseoir pour boire, dites-nous si vous nous portez quelques nouvelles.

— Les nouvelles que j'apporte, dit l'étranger, ne sont pas bien grandes, sauf pour moi. Mais cependant certaines personnes pourront les juger grandes, car elles peuvent parfaitement devenir plus grandes qu'elles ne sont.

— Quelles sont ces nouvelles? demanda brusquement le jarl.

— Ces nouvelles, dit l'étranger, c'est qu'une grande armée a débarqué à l'est dans la Baie. J'apporte ces nouvelles de guerre, et j'ajoute que les affaires ont commencé par un très-fort combat et une très-grande effusion de sang, et je soupçonne qu'elles continueront comme elles ont commencé.

— Ce dont je suis sûr, dit le jarl, c'est que je ne sais pas si les gens cesseront jamais leurs mensonges dans ce pays avant que quelques-uns d'entre eux aient été pendus pour ce fait. »

Toute la réponse que fit l'étranger à ce discours menaçant fut de rejeter son capuchon en arrière, et alors le jarl Éric releva immédiatement les paroles de son père.

« Non pas, père, non pas, car je connais l'homme. Ce n'est pas un menteur, mais un de vos hommes liges même, qui est sous mon commandement, à l'est dans la Baie.

— Si vous connaissez si bien cet homme, Éric, dit le jarl, et si vous vous portez garant pour lui, dites-nous, je vous prie, quel il est.

— Je connais tout ce qui le concerne, dit Éric. Cet homme est Ogmund le blanc, votre homme lige, et placé sous mon commandement dans mon comté, à la Baie. Mille fois il m'a offert meilleure chère que celle que nous lui offrons maintenant.

— Je ne le connaissais pas, dit le jarl, et maintenant encore je le connais à peine, excepté de nom; mais qu'il approche plus près de moi pendant que je vais le questionner. »

Ogmund s'avança donc tout proche du jarl, et les premières paroles que lui dit Hacon furent celles-ci:

« Dis-moi d'abord lequel tu es parmi tous les Ogmund?

— Ogmund le blanc, le fils d'Aslak, dans la Baie, dit l'étrange

— Bon, je connais Aslak de la Baie, dit le jarl, il était à mes côtés au temps du roi Harold, lorsque nous soutînmes la cause du Danemark contre les Allemands et leur empereur Othon. Et maintenant, je me rappelle que Éric, ici présent, me pria il y a un an ou deux, de faire le fils d'Aslak mon homme lige dans l'Est. Ainsi tu es cet homme?

— Lui-même, seigneur.

— Le pépin d'une bonne pomme renferme en lui de bonnes pommes, dit le jarl, par conséquent le fils d'Aslak doit être loyal et fidèle. Mais dites-moi maintenant, cette grande armée dont vous parlez par qui est-elle conduite?

— Le nom du chef est Sigvald, dit Ogmund, et j'ai entendu parler, comme étant sous ses ordres, de Bui et de Vagn.

— Sigvald, Bui, Vagn! s'écria le jarl, ce sont de grands noms en vérité. Alors ce sont les Vikings de Jomsburg qui ont débarqué dans la Baie; voilà pour les loups gris et les milans aux pattes jaunes un beau festin qui se prépare. Mais avant de croire ce que tu me dis, Ogmund le blanc, il me faut de meilleures preuves que de simples paroles.

— Je puis te donner encore une preuve, seigneur, dit Ogmund, et si celle-là ne suffit pas, cherches-en une autre ailleurs. La voici! »

Sur ces mots, il présenta le moignon de son bras gauche, et il ajouta : « Lorsque je me suis séparé des Vikings, je me suis séparé de ma main jusqu'au coude.

— C'est une bonne preuve, cria le jarl, os et sang valent mieux que paroles et vents. Tu as fait une perte cruelle, mais il a été heureux que tu n'aies pas perdu la vie. Dis-nous, connais-tu le nom de l'homme qui t'a porté ce coup?

— Je ne le connais pas, mais je puis le conjecturer, dit Ogmund, car comme celui qui m'avait fait sauter la main se baissait pour ramasser le bracelet qui était tombé de mon bras avec ce coup, quelqu'un dit : Voilà un coup profitable, Vagn, fils d'Aki ! Alors je conjecturai que celui qui m'avait mutilé était Vagn, et que c'étaient les Vikings de Jomsburg qui s'étaient abattus sur le pays.

— Tout cela doit être vrai, dit le jarl, et vos paroles sont celles d'un homme brave et fidèle. Mais de toutes les armées du Nord, c'est bien celle avec laquelle j'aurais le moins aimé avoir affaire; nous allons avoir besoin de toute notre sagesse et de tout notre courage pour lutter avec ces nouveaux arrivants. Combien était vrai mon pressentiment que les dieux étaient irrités et que le malheur s'avançait sur ce pays !

— Non pas, père, non pas, dit Éric. Dites plutôt qu'Odin est désireux de remplir de vaillants champions quelques-uns des siéges vides du Valhalla. Il a conduit cette brave armée dans le pays afin que les Valkyries puissent avoir un bon choix de guerriers tués pour les inviter à ses festins. Quoi qu'il nous arrive, à nous ou à ces Vikings, soyez sûr que la salle d'Odin, le soir de la bataille, se renforcera de puissants guerriers qui tomberont des deux côtés.

— C'est très-vrai, enfant, dit le jarl, et cela réjouit mon cœur, de t'entendre parler comme quelqu'un de la race royale de Ragnar; mais mon souci, maintenant, doit être de détourner de nous autant que possible la perte d'hommes et de la rejeter sur les Vikings. »

Puis, se tournant vers Ogmund qui se tenait toujours devant lui, il dit :

« Deux mots encore, homme lige, avant de t'asseoir pour manger et boire. Combien y a-t-il que tu as quitté les Vikings, et à quel chiffre supposes-tu que s'élève le nombre des vaisseaux qui les ont portés dans le pays?

— Il y a six nuits que j'ai vu les Vikings, seigneur, dit Ogmund; quant à leurs vaisseaux, je n'ai pas pu les compter dans l'obscurité, mais ils étaient une grande compagnie, et le pays fourmillait d'hommes armés.

— Ils ne viendraient pas à une saison si avancée de l'année si ce n'était pour quelque profond dessein, dit le jarl. Ce n'est pas une incursion soudaine pour piller une province, ou pour saisir un point du rivage et tuer du bétail pour leurs provisions d'hiver, et s'éloigner ensuite. Non, c'est une armée qui vient dans toute sa puissance pour essayer sa force avec nous et pour nous renverser si elle le peut. Il y a donc six nuits depuis qu'Ogmund s'est séparé d'eux? Alors ils doivent avoir déjà fait beaucoup de chemin pour venir à notre rencontre. Il n'y a pas de temps à perdre, Éric. La flèche de guerre devra être lancée dès l'aurore de demain, et vous, moi, et votre frère Sweyn, et tous nos braves et fidèles, devrons battre le pays. La Norwége se soulèvera à notre commandement pour refouler ces Vikings qui, croyant en eux seuls, et non aux anciens dieux, ont osé venir ici pour mesurer leurs épées avec nous et notre peuple. »

Ayant ainsi parlé, le jarl se renversa dans son haut siége, tandis que l'hydromel passait à la ronde, et personne ne vida la corne plus complètement qu'Ogmund le blanc, dont le nom fut, comme on disait alors, allongé ce soir-là. A partir de ce jour, il ne fut plus connu comme Ogmund le blanc, mais comme Ogmund le mutilé, comme l'homme dont Vagn, fils d'Aki, avait fait sauter la main, et qui, en dépit de sa mutilation, avait apporté en six jours au jarl Hacon la nouvelle que les Vikings de Jomsburg s'étaient abattus sur le pays avec le feu et l'épée.

CHAPITRE VI

LA FLÈCHE DE GUERRE.

Le lendemain matin, tous dans la grange de Erling à Skuggi étaient debout et en mouvement dès la première

aube. Longtemps avant le repas du matin, le jarl avait
envoyé des messagers à cheval dans les vallées, et en
bateaux à travers les *fiords*, pour porter la flèche de guerre
de maison en maison. Les lecteurs du *Marmion* de Scott
se rappelleront la croix brûlée qui appelait les Écossais à
la bataille; c'était justement ce qu'était la flèche de guerre
en Norwége. Partout où elle arrivait, le propriétaire de
la ferme était tenu de se lever avec les hommes propres
à l'action qui l'entouraient, hommes libres ou esclaves, et
de se rendre en armes au point de réunion pour y attendre
les ordres du jarl. La punition de la désobéissance était
l'incendie de la maison du délinquant sur sa tête même,
ou la pendaison à l'arbre le plus proche, s'il parvenait à
traverser les flammes et à leur échapper. Mais on ne raconte pas que cette punition ait été jamais appliquée. En
ces jours-là chacun était prêt à se lever pour la défense
de son pays. Le lieu de réunion pour tous les vaisseaux
qui pouvaient être réunis, était l'île de Hod, non loin de
Skuggi où le jarl était alors. Aussitôt que ses messagers,
porteurs de flèches, eurent été envoyés dans toutes les
directions, le jarl envoya le chevaleresque Éric à son second fils Sweyn, qui était à sa grange, près de la moderne Drontheim, alors appelée Hladir, ou les Granges,
car il n'y avait pas alors de ville en ce lieu, et Drontheim,
ou, pour parler plus exactement, Thrandheim, était le
nom d'un grand district, consistant en quatre tribus ou
districts, dont les indisciplinés hommes libres se regardaient comme le cœur et le centre de tout le royaume,
et au soutien desquels le jarl Hacon, ou le jarl de la
grange, comme on l'appelait du nom de son habitation
à Hladir, devait sa souveraineté sur la Norwége. Comme
le péril était grand, nul homme pouvant brandir l'épée
ou bander l'arc, ne devait manquer à l'appel, et tout vaisseau, de quelque calibre qu'il fût, et pour peu qu'il fût
capable de tenir la mer, devait être équipé et envoyé à
la réunion.

Comme la côte au sud de Stad, le grand promontoire,
n'était pas assurée contre l'approche des Vikings, la prin-

cipale force navale du jarl était attendue du Nord ; mais
les soldats pouvaient venir du sud par les montagnes et
les vallées ; et dans plus d'un *fiord* du sud reposaient dans
de gentilles criques de bons vaisseaux, qui, avant que l'ennemi vînt à passer le long du rivage, pouvaient s'échapper, et doublant Stad, ce promontoire que tout vaisseau
devait passer, rejoindre la réunion et grossir l'armée norvégienne. Pour avertir ses hommes liges du sud, le jarl
Hacon envoya son hôte Erling, et la teneur de son message
fut que tout homme qui négligerait d'envoyer un vaisseau,
ou qui manquerait de venir en personne, n'agirait ainsi
qu'au péril de sa tête.

Comme la distance de Bergen à Drontheim n'était pas
très-grande, Éric fut bientôt de retour auprès de son père,
laissant son frère Sweyn derrière lui pour hâter les levées
du Nord. Mais à ce moment, il y avait de l'ouvrage pour
tout le monde, et le jarl Hacon n'était pas homme à
garder Éric oisif, pas plus qu'Éric n'était homme à perdre
son temps. Aussi fut-il alors confié à ce dernier une plus
délicate mission.

Le jarl Hacon n'avait pas régné si longtemps sans se
faire des ennemis. C'étaient des jours où il était aisé de
mal agir aux yeux d'un chef, tout en pensant qu'on
agissait bien. Ces souverainetés primitives étaient toutes
plus ou moins des tyrannies, et bien des choses étaient
pardonnées à un chef vigoureux, bien des offenses parti-
culières contre cet homme libre ou contre cet autre, si
son gouvernement était en bloc pacifique et juste. Dans
chaque région, il y avait donc des bannis hors la loi,
hommes de bonne naissance et de vastes propriétés, qui
avaient violé ce qu'on appelait la paix du maître, et avaient
été placés sous son ban. Celui-ci n'avait pas payé ses impôts, celui-là avait tué un des hommes du maître, ou les
hommes du maître avaient tué un des amis de l'homme
libre et n'avaient pas fait réparation, ou s'ils l'avaient
offerte, le maître avait refusé de laisser *rançonner la lance*,
comme on disait alors, et le maître et l'homme libre à
la fois s'étaient ainsi engagés dans une querelle du sang.

Sur toute l'étendue de la Norwége, il y avait donc des bannis hors la loi qui se cachaient dans les bois et sur les collines, ou qui, comme Vikings et pirates, se tenaient tapis aux aguets dans les *fiords* et dévastaient les côtes. Leur main était levée contre tout homme, et la main de tout homme était levée contre eux. Mais ces proscrits étaient presque sans exception de bons guerriers, et, pour la plupart, ils étaient de la moelle même du pays. En paix, le jarl pouvait se peu soucier de leur appui, mais en guerre, et dans une guerre comme celle qui s'avançait sur lui, c'était une grande chose que de les regagner, en sorte que la seconde mission d'Éric fut d'aller porter les compliments du jarl à tous ceux qui étaient en querelle avec lui, et de leur dire qu'en dépit de tous leurs méfaits, il était prêt à les recevoir de nouveau dans sa paix, et à laisser les choses passées être les choses passées, s'ils voulaient accourir sous sa bannière et défendre le pays contre les hommes de Jomsburg.

Le jeune, beau, robuste et noble Éric était justement l'homme fait pour remplir cette tâche périlleuse. Au nord et au sud, à l'est et à l'ouest, dans toutes les régions de la contrée, il alla donc raccommodant les vieilles querelles, et remettant les indisciplinés proscrits en amitié avec son rigoureux père.

Il arriva qu'après être allé dans le nord, à Naumdale, pour cette affaire, comme il naviguait à travers le détroit de Hammer, Éric vit des vaisseaux de guerre devant lui. Le capitaine de ces vaisseaux était un certain Thorkell, surnommé *le long* ou la *longue taille*, un sanguinaire Viking qui était en querelle avec le jarl. Aussitôt que les Vikings virent les hommes du jarl devant eux, ils prirent leurs armes, et se mirent en acte de ramer pour les charger.

Aussitôt qu'Eric vit cela, dit la *Saga*, il cria à Thorkell :

« Si tu veux combattre avec nous, nous sommes prêts, mais cependant je sais quelque chose de mieux.

— Qu'est-ce? demanda Thorkell.

— Il me semble que c'est chose contre nature, dit Eric,

LES VIKINGS. II. — 4

que nous, hommes de Norwége, nous en venions aux coups
entre nous, à une heure où il y a quelque chose de bien
mieux à faire, qui est de venir rejoindre mon père avec
vos hommes, et si vous voulez seulement lui prêter l'appui dont vous êtes capable, vous pourrez être réconciliés
ensemble, et vous verrez que ce n'est pas chose difficile
d'entrer en arrangements avec lui. »

Thorkell répondit : « Je ferai ce que vous dites si vous
voulez me donner votre parole que ce sera, comme vous le
dites, affaire de franc jeu, lorsque moi et votre père nous
serons en présence.

— J'aurai soin qu'il en soit ainsi, n'ayez peur, dit Éric. »
Et là-dessus Thorkell le long partit avec toutes ses forces
pour prêter aide à Eric et à sa suite.

Les jours s'écoulaient ainsi, et on n'avait pas encore de
nouvelles des Vikings, c'est-à-dire de nouvelles de leur
prochaine arrivée. Mais chaque jour, en revanche, il devenait plus certain qu'ils étaient venus dans le pays avec de
sérieux desseins, car chaque jour arrivaient de l'Est et du
Sud des hommes libres dont les fermes avaient été dévas-
tées, les bestiaux enlevés, les effets pillés, à mesure que la
grande armée Viking poursuivait lentement son chemin
vers le Nord. Sans doute il eût été mieux qu'ils eussent
coupé à travers le Cattegat directement pour le Naze, ou,
comme les Norwégiens l'appelaient, Lidandisness, sans
céder à la tentation de se détourner dans la Baie. Ce
dernier parti leur procura plus de butin, mais il accorda
au jarl plus de temps pour s'apprêter à les recevoir.
Tandis qu'ils s'attardaient le long de la côte, la flèche de
guerre avait fait son œuvre, et dans les quelques jours
ainsi perdus le jarl Hacon n'avait pas réuni sous sa bannière moins de trois cents vaisseaux, chiffre deux fois
aussi grand que celui de la flotte Viking. A la vérité la
plupart de ces vaisseaux n'égalaient que de moitié les
dimensions des *couleuvres de guerre* de Jomsburg et du
roi Sweyn, car ces derniers, on se le rappelle, étaient
tous des vaisseaux triés.

Le lieu de réunion pour les hommes et les vaisseaux

du jarl était, comme nous l'avons dit, une île appelée Hod, en face de la côte du Sud-Mæren. C'est là que se trouvait le jarl avec ses quatre fils, dont les deux aînés étaient Éric et Sweyn, entouré de ses hommes liges, ses serviteurs, et ses gardes. Groupée autour des vaisseaux de guerre de leur chef, la flotte des hommes libres attendait impatiemment l'arrivée de l'ennemi contre lequel ils avaient fait maintenant tous les préparatifs qui étaient en leur pouvoir. Pour le nombre des vaisseaux aussi bien que des hommes les Norwégiens étaient fort supérieurs à l'ennemi, mais tandis que les vaisseaux des Vikings étaient tous des navires aux flancs hauts et munis de tours de défense élevées, ceux des Norwégiens étaient pour la plupart des navires de commerce et des galères dont deux n'étaient pas de taille à se mesurer contre un seul des *serpents de guerre* de la célèbre bande. Les Vikings aussi étaient tous des lances fortement trempées, avec des nerfs endurcis et des poitrines mises à l'épreuve des blessures par le continuel métier de la guerre. Leurs antagonistes étaient, au contraire, pour la plupart des recrues toutes neuves; et bien qu'à cette époque tout homme libre fût élevé dans les armes, beaucoup d'entre eux, selon toute probabilité, n'avaient jamais été avant ce jour engagés dans une action guerrière. Toutefois leurs cœurs étaient fidèles comme l'acier, et ils brûlaient de mettre à l'épreuve le courage des envahisseurs. Par-dessus tout ils comptaient sur la bonne étoile et la politique de leur rusé maître. Il était improbable que l'homme qui avait surmonté tant d'épreuves, qui s'était frayé sa route à la souveraineté de son pays, fût malheureux dans cette occurrence. Il était le favori de ces anciens dieux qui jusqu'alors l'avaient si manifestement protégé, et dont il avait maintenu si religieusement les sacrifices. Ils se sentaient donc sûrs qu'il l'emporterait dans la lutte. Le jarl Hacon était confiant lui aussi dans l'appui du ciel; mais il sentait cependant avec toute son armée que ce moment était le point tournant de sa carrière, et que s'il ne battait pas les Vikings ce serait la fin de sa souveraineté et de sa dynastie en Norwége.

CHAPITRE VII

SIGMUND L'INCOMPARABLE RETOURNE EN NORWÉGE.

Pendant que le jarl et ses hommes restaient ainsi à attendre, les sentinelles qui faisaient garde sur l'isthme qui joint le promontoire de Stad au rivage aperçurent un long vaisseau qui remontait du sud, toutes voiles déployées, et sans retard ils rapportèrent le fait au jarl à Hod.

« Un seul vaisseau, dit le jarl, doit être un vaisseau ami. Un vaisseau isolé des Vikings ne serait pas venu s'offrir ainsi à l'étreinte de l'ours. C'est un de nos *convives* ou de nos hommes liges qui revient d'une investigation. »

Quelques heures après les paroles du jarl recevaient leur confirmation ; on vit le long vaisseau tourner le promontoire, et puis prendre ses mesures pour rejoindre les forces assemblées. Pendant que le jarl était à table ce soir-là son capitaine entra dans la salle, et tous furent joyeux en cette heure de nécessité d'avoir à saluer le retour de Sigmund l'incomparable, le fils de Brestir. Quand il passa le long de la salle tous les yeux se tournèrent vers lui, et le jarl tout en joie s'écria :

« Ici, Sigmund! viens, assieds-toi à mon côté, et dis-moi comment tu t'es comporté depuis notre dernière séparation.

— Bien, seigneur, dit Sigmund.

— Si c'est bien, dit le jarl, alors tu m'as porté la tête d'Harold crâne de fer, mon ennemi fugitif en Occident.

— Je l'ai portée, seigneur, dit Sigmund, et davantage encore.

— Je ne souhaitais rien de plus que sa tête, dit cruellement le jarl. Pendant qu'il était ici en Norwége, son corps et ses mains faisaient peu de bien ; mais peut-être veux-tu parler de ses richesses ?

— J'ai porté la tête et les mains d'Harold, et ses vaisseaux, et ses richesses, et tout, dit Sigmund.

— En ce cas, Sigmund, bonne chance à vos mains qui ont été capables de dompter un pareil proscrit ; mais dis-nous comment cela est arrivé.

— C'est une longue histoire, dit Sigmund en vidant une corne d'hydromel, et raconter des histoires est un ouvrage qui produit sécheresse ; mais je vais commencer. Lorsque nous nous séparâmes il n'y a pas bien longtemps dans la vallée de Gudbrand, après que Rapp eut brûlé le temple, et que vous m'eûtes donné l'occasion d'acquérir ce bracelet d'or, vous m'ordonnâtes de partir, seigneur, et de vous apporter la tête d'Harold crâne de fer qui se tenait tapi dans les Orcades ou aux bouches des fleuves d'Écosse. Précieuses sont les paroles d'un maître, dit un vieux proverbe. Nous prîmes donc immédiatement la mer, espérant toucher aux îles Shetland, puis traverser Dynrost pour aborder aux Orcades et y demander au comte Sigurd des nouvelles d'Harold ; mais quoique le vent fût bon du sud et de l'est le jour que nous partîmes, nous n'eûmes pas plutôt perdu la terre de vue que le vent souffla violemment du côté du nord et nous poussa au-dessous du Jutland ; puis il se changea en vent du nord-est, et il nous fallut courir, l'ayant en face, à travers la mer d'Angleterre et les détroits jusqu'à ce que nous fûmes poussés au milieu des îles Sorlingues. Pendant tout ce temps-là nous maudissions notre fortune, pensant que les choses tournant ainsi nous ne pourrions vous rapporter jamais la tête d'Harold crâne de fer. Mais les moines des Sorlingues furent meilleurs pour nous que bien des hommes du Nord ne l'ont été pour eux. Ils nous donnèrent de l'eau et de la farine, et dans leur hâvre qu'ils appellent hâvre de sainte Marie nous amarrâmes nos vaisseaux, et les remîmes en état. Ils nous apprirent aussi des

nouvelles, seigneur, car ils nous dirent que votre ennemi
Olaf, le fils de Tryggvi, s'était trouvé récemment chez eux.

— Chez eux ! dit le jarl, avec un tressaillement, et où
est-il maintenant ce parvenu qui s'intitule fils de Tryggvi,
et qui adore le Christ blanc ?

— A Dublin, seigneur, avec son homonyme le roi Olaf,
et avant de venir aux îles Sorlingues il avait fait la guerre
en Angleterre contre Ethelred le mal préparé, et l'avait
forcé à racheter son royaume et sa personne au prix de
seize cents livres pesant d'or.

— Sais-tu quelque chose de plus sur cet Olaf ? dit le
jarl sombrement.

— Oui, dit Sigmund, sur cet or il a donné cent livres
aux moines des Sorlingues pour qu'ils s'en fissent une
verge d'or, et cinquante en outre pour être employées à
dire des messes pour son âme lorsqu'il sera mort, et pardonnez-moi si je continue en vous disant qu'il leur en a
promis cinquante encore lorsqu'il rentrerait dans son héritage et serait le légitime souverain de la Norwége.

— Les mendiants emploient de gros mots, Sigmund,
dit le jarl Hacon, et les parvenus sont toujours vantards ;
mais pourquoi n'avez-vous pas saisi tout cet or, et pourquoi ne me l'avez-vous pas apporté ?

— Parce que nous étions vos hommes liges et vos convives en mission pour une investigation spéciale, et non
des Vikings, dit hardiment Sigmund ; et en outre parce
que les moines avaient été bons pour nous, et parce
qu'avant qu'ils nous permissent de séjourner dans leur
hâvre nous leur avions donné promesse de ne pas leur
faire de mal.

— J'ai connu de telles paroles qui ont été brisées sur
l'eau salée : L'eau de mer noie toutes les paroles, dit le
jarl avec un ricanement ; ainsi vous avez laissé les moines
en paix, et puis ?

— Voici, dit Sigmund : lorsque nous quittâmes les Sorlingues nous naviguâmes vers la mer galloise avec une
brise sud-ouest, et comme c'était une brise ronflante nous
ne fûmes pas longtemps avant d'entrer dans le détroit

d'Anglesea, nous dirigeant vers les Orcades par le sud au lieu de nous diriger vers elles par le nord.

— Et que vîtes-vous dans ce détroit? demanda le jarl.

— Il était nuit lorsque nous atteignîmes le détroit en sorte que nous jetâmes l'ancre à l'extrémité sud. A l'aurore le lendemain nous levâmes l'ancre et nous ramâmes à travers le détroit, mais lorsque nous arrivâmes dans les défilés nous vîmes que le détroit était fermé par des vaisseaux, et en nous approchant nous en comptâmes onze, dix petits et un énorme dragon de mer.

— Ce dragon de mer devait avoir eu une nichée de dragonneaux, dit le jarl.

— Non pas, dit Sigmund avec un sourire, ce n'étaient pas de petits dragons, mais le butin du dragon, la nourriture dont vivait le gros dragon.

— Cela n'en valait que mieux pour toi, Sigmund, dit le jarl, plus de butin et moins de travail.

— Comme nous ramions pour nous porter en avant, les petits navires se placèrent derrière le gros vaisseau qui fit force de rames pour venir à notre rencontre, et lorsque nous fûmes à portée de voix je le hélai et je lui demandai qui le dirigeait et ce qu'il faisait là?

— Et quelle fut la réponse?

— La réponse fut une question, dit Sigmund, qu'est-ce que je faisais là moi-même? et quant au capitaine, son nom était Harold crâne de fer.

— Harold crâne de fer! s'écria le jarl. Ainsi, vous le voyez, les dieux avaient après tout entendu mes prières, et Thorgerda, la vierge du sanctuaire, t'a porté bonheur lorsque ce bracelet s'est échappé de son bras.

— Quelque chose nous a conduit, seigneur! Que ce soit Thorgerda, vierge du sanctuaire, ou le Christ blanc, quelque chose nous a conduit; car alors que nous nous lamentions sur notre fortune et que nous maudissions cet âpre vent du nord qui nous avait engagés dans les étroites mers d'Angleterre, nous allions réellement droit à celui que nous cherchions.

— Je dis, moi, que ce furent les anciens dieux de ce

pays qui te portèrent vers mon proscrit, dit le jarl; mais continue ton récit.

— Ce fut à l'aurore, dit Sigmund, que nous en vînmes aux prises, et tout ce jour nous combattîmes, et aucun n'eut la supériorité, car le dragon de guerre était plus grand et plus haut hors de l'eau que notre vaisseau, et il était monté par un plus grand nombre d'hommes; mais beaucoup tombèrent des deux côtés, et le sang ruissela des dalots des deux vaisseaux.

— Et que se passa-t-il ensuite? dit le jarl d'un ton sombre.

— La nuit nous sépara, dit Sigmund, car les hommes braves combattent toujours à la lumière du jour; toute la nuit nous pansâmes nos blessures et nous réparâmes nos défenses, et le lendemain matin nous étions prêts à en venir aux prises de nouveau.

— Cela me fait souvenir du combat sans fin des Hjatnings dans Hoy, dit sèchement le jarl. La vie n'est pas assez longue pour ces luttes prolongées; j'ai mené à fin toutes mes batailles en un seul jour.

— Puissiez-vous les finir toutes en un seul jour, seigneur! dit Sigmund, mais nous ne pûmes pas faire la nôtre plus courte.

— Bien, se hâta de répondre le jarl, et qu'en arriva-t-il enfin?

— Le lendemain matin, juste au moment où nous ramions pour nous porter à leur rencontre, dit Sigmund, Harold crâne de fer se dressa sur la poupe de son dragon de guerre, et nous cria : « Venez-vous pour nous combattre encore? » A quoi je répondis : « Oui, et dix jours de suite encore si besoin en est. »

— C'était répondre bravement, dit le jarl.

— Alors, dit Sigmund, il nous héla de nouveau, et dit : « Maintenant je vais vous dire quelque chose que je n'ai jamais dit encore à aucun homme, je voudrais devenir votre frère d'armes, et au lieu de vous combattre faire amitié avec vous, car jamais encore je n'ai rencontré des ennemis aussi vaillants. »

— Et quelle réponse fîtes-vous ? demanda le jarl.

— Je dis que cela était fort bien, qu'il y avait seulement à cela un obstacle ; alors Harold crâne de fer cria de toutes ses forces pour me demander quel était cet obstacle. C'est, répondis-je, que le jarl Hacon m'a envoyé pour que je lui apporte votre tête.

— Cela était aussi fort bien dit, s'écria le jarl, et que dit-il alors ?

— Il dit ce qu'il était probable qu'il dirait, dit Sigmund, qu'il n'attendait de vous rien que du mal ; puis il continua, et dit certaine chose que la vérité m'oblige à dire, mais qui est tout à fait fausse ; il dit, seigneur, que nous deux, vous et moi, nous étions fort dissemblables, car j'étais le plus intrépide et le plus brave des hommes, tandis que vous en étiez le pire.

— Je lui pardonne ce propos, dit le jarl. Les gens battus bavarderont toujours ; mais je ne puis encore voir comment cette affaire s'est terminée.

— Le voici, dit Sigmund. Après que Harold eut ainsi parlé, ses hommes et mes hommes s'interposèrent entre nous, et nous demandèrent pourquoi des hommes braves et francs se couperaient la gorge les uns aux autres lorsqu'ils devraient être amis ; or, lorsque les hommes commencent à parler, il n'y a plus à songer à les amener à combattre, et pour dire la vérité, nous étions tous fatigués de combattre.

— C'est juste ce que je disais, dit le jarl, vous auriez dû en finir dès le premier jour, et vous reposer sur votre victoire le lendemain.

— Ainsi, seigneur, continua Sigmund, la fin de l'affaire fut que Harold crâne de fer fit sa paix, qu'il partagea tout le butin de ses onze vaisseaux entre mes hommes et ses hommes, et qu'un dixième fut mis à part pour vous.

— Ce fut bien fait, dit le jarl, qui était cupide de butin, et dont les yeux s'étaient allumés lorsqu'il avait entendu parler de la grande quantité d'or que son ennemi, Olaf, fils de Tryggvi, avait acquise en Angleterre.

Puis il continua : mais qu'advint-il de Harold crâne de
fer ?

— Je l'ai ramené avec moi, dit Sigmund, et je lui ai
accordé votre paix en votre nom ; son dragon de guerre
marche de près dans mon sillage, mais c'est un navire
plus lent que le mien.

— Harold crâne de fer, mon proscrit, ici, en Norwége !
cria le jarl. Et tu lui as accordé ma paix en mon nom,
Sigmund ? Cela ne sera jamais ! Éric, prends trois cents
hommes, et tombe sur Harold et ses gens aussitôt qu'ils
toucheront le rivage, et tue-les jusqu'au dernier.

— Non pas, mon père, dit Éric. Deux choses sont con-
traires à cela : l'une, c'est que jamais un homme brave
n'en tue un autre de nuit ; la seconde, c'est que vous êtes
lié par la parole de Sigmund.

— Il sera tué ! dit le jarl. Puis se tournant vers Sigmund, il dit, pendant que son visage devenait rouge
comme du sang : Tu as souvent exécuté beaucoup mieux
mes ordres que cette fois-ci, Sigmund. Pourquoi as-tu
conduit ici mon ennemi et l'as-tu reçu dans ma paix ?

— Parce que je pense, seigneur, dit Sigmund, qu'un
homme vivant vaut mieux qu'une tête de mort. En outre,
quoique je sois de retour ici depuis peu de temps, je
sais que plus à cette heure présente vous pourrez avoir
d'hommes braves et fidèles à vos côtés, mieux cela vau-
dra. Ce fut une bonne chance de rencontrer Harold comme
nous le fîmes, mais c'en est une meilleure encore, je le
crois, de le ramener vivant. Et puis rapporter sa tête
n'était pas chose si simple. C'était vouloir jeter une corde
autour d'un homme solide, et je n'aurais pu dire si ce
serait moi qui le renverserais, ou bien lui moi. Maintenant, seigneur, je vous ferai réparation pour Harold, et
je vous paierai n'importe quelle somme, même jusqu'à
concurrence de tous mes biens, si vous voulez le recevoir
dans votre paix. J'ai engagé ma parole pour sa sécurité,
car nous sommes maintenant frères d'armes.

— Non, dit le jarl, encore rouge et furieux, je ne le
recevrai dans ma paix à aucun prix.

« Je vois en ce cas, dit Sigmund, que tous les bons services que je t'ai rendus sont de peu de valeur, puisque je ne puis obtenir pour un homme la paix et la vie. Je partirai de ce pays et je ne te servirai pas plus longtemps; je souhaite seulement que tu puisses trouver que c'est une besogne plus difficile que tu ne le penses de tuer Harold. »

Sur ces mots Sigmund s'élança de son siége et traversa la salle; le jarl continua à rester assis immobile et muet, et pendant quelques instants personne n'osa dire un mot. Enfin le jarl revint quelque peu à lui-même, et dit :

« Sigmund l'incomparable était bien en colère tout à l'heure. Ce serait grand dommage pour mon royaume s'il le quittait ainsi. Il n'est pas possible qu'il fût sérieux. »

Cela donna au généreux Eric le temps de placer un mot.

« Il était sérieux, mon père. Sigmund est toujours sérieux lorsqu'il parle ainsi à la face de quelqu'un; et laissez-moi vous dire que ce qu'il disait sur le besoin où vous êtes à cette heure de réunir des hommes vaillants et fidèles était tout à fait vrai. Quand donc la Norwége fut-elle en plus grand besoin de tous ses braves fils que maintenant; et en quoi Harold crâne de fer diffère-t-il de Thorkell longue taille que vous venez de recevoir dans votre paix? tous deux étaient proscrits, et tous deux peuvent maintenant rendre à la Norwége de bons services. Cela me semble le pire de tous les conseils de tomber sur tout un équipage d'hommes braves et de les tuer, lorsque par un mot gracieux vous pouvez gagner un nouveau et beau navire monté par un équipage choisi et en grossir votre flotte contre les Vikings qui vont arriver sur vous dans un jour ou deux. »

Il fut évident que ces paroles eurent du poids sur l'esprit du jarl, bien que d'abord il fît semblant de ne pas céder.

« Je ne dis rien pour ce qui concerne Harold crâne de fer; mais que quelques-uns d'entre vous courent après Sigmund, qu'ils le ramènent et lui disent que je veux lui parler. »

Sur ces paroles, Éric lui-même se leva et courut après

Sigmund qu'il trouva se rendant au rivage de méchante
humeur.

« Reviens, Sigmund, dit le jeune jarl ; mon père désire
te parler.

— J'ai exécuté en mauvais temps les commandements
du jarl dans ces dernières années, dit Sigmund, le dé-
barrassant de Beorn et de Vandill, ses ennemis et ses
proscrits en Suède, et maintenant, dans cette dernière
circonstance, partant lorsque nous étions à la veille des
nuits d'hiver pour aller tuer son ennemi dans ces eaux
de l'occident où un serpent de guerre peut à peine montrer sa tête et résister. J'ai supporté fatigues et combats,
je me suis colleté avec les vagues furieuses et les vents des
tempêtes pour exécuter ses ordres ; et maintenant, lorsque
je me suis, je puis le dire, rendu maître de son ennemi,
et que je le ramène vivant dans le pays avec un grand
butin pour le jarl, il ne veut même pas m'accorder la
vie de l'homme auquel j'ai engagé ma parole. Je m'en
retournerai aux îles Feroë, et si sur ma route je rencontre
Olaf, fils de Tryggvi, eh bien, le jarl Hacon et les anciens
dieux auront un suivant de moins, et le parvenu Olaf et
son Christ blanc en auront un de plus. Ce sera tout.

— Non pas, Sigmund, dit Éric. Le mauvais accès est
passé de l'âme de mon père, et il écoutera maintenant
raison. C'est lui-même qui m'a dépêché pour vous rappeler ; car il sent, comme nous le sentons tous, que la
Norwége ne peut guère se passer de vous dans une telle
crise. »

En parlant ainsi il plaça sa main sur Sigmund, et le
saisissant par le bracelet d'or qui avait autrefois brillé
au bras de Thorgerda, la vierge du sanctuaire, il le
ramena doucement dans la salle.

Le jarl y était assis, encore taciturne, mais non plus
avec le visage enflammé, et quand il vit les deux jeunes
gens, qui rivalisaient ensemble de force et de beauté, il
leur fit signe d'avancer, et lorsqu'ils furent devant lui il
leur tint le discours suivant:

« Les paroles de colère sont des paroles de folie,

Sigmund, et nous avons eu tous deux des paroles de colère. Vous m'avez menacé de quitter la Norwége, et c'était folie ; car vous êtes mon homme lige et l'un de mes gardes, et je ne permettrais en cet instant à aucun de mes gardes de quitter le pays. Vous pouvez essayer de vous enfuir de la contrée, mais vous savez ce que dit le proverbe : fines sont les oreilles du roi, et il entend là où il n'est pas vu. Bien que je ne sois pas roi, je suis jarl, et un jarl comme ce pays de Norwége n'en a jamais vu. Nul roi ne peut avoir des oreilles plus fines que les miennes, nul roi ne peut avoir un bras plus long et plus fort que le mien. Vous ne pourriez pas vous enfuir du pays sans ma permission ; d'un autre côté, sur seconde réflexion, je suis prêt à avouer que mes paroles de colère étaient aussi des paroles de folie. Ce n'est pas le temps pour les hommes de la Norwége de se combattre mutuellement et de faire couler leur sang lorsque les plus braves guerriers de tout le Nord se sont abattus sur le pays comme les aigles sur leurs proies. De même qu'à la requête de mon fils Eric j'ai reçu dans ma paix Thorkell longue taille avec tous ses hommes, de même je suis prêt à dire à ta requête, « que les choses passées soient les choses passées entre moi et Harold crâne de fer », et à le recevoir dans ma paix avec son équipage. J'accepte le dixième du butin comme mon dû, et quant au prix de la réparation qu'Harold devra me payer, je le fixerai moi-même. Je ne toucherai pas à un sou de votre argent, ni à un pouce de vos effets. Allez donc, et amenez-moi Harold crâne de fer, aussitôt qu'il aura posé le pied sur le rivage. S'il place sa tête entre mes genoux, il verra qu'il n'est pas difficile de s'arranger avec moi. Mais en cela, comme en toute autre chose, je veux faire sentir à tout le monde que c'est moi, et personne d'autre, qui suis maître en Norwége.

— Merci, noble seigneur, dit Sigmund. Il en sera fait, comme vous le dites. Attendez-vous demain, au repas du matin, à voir votre proscrit, Harold crâne de fer. En ce moment il doit avoir doublé le promontoire et il arrivera dans cette île avec l'aurore.

« — Chose dite, chose faite, dit le jarl Hacon. Et maintenant venez et asseyez-vous près de moi, et buvez en paix,
et parlez-moi davantage encore de vos actions dans les
mers d'Occident. »

Ils s'assirent donc et burent, à la façon du Nord, jusque bien avant dans la nuit, puis ils se jetèrent sur
leurs lits, et sommeillèrent pendant tout le reste des
heures qui les séparaient du jour. Comme Sigmund l'avait
prévu, l'aurore vit arriver sur le rivage le lourd serpent
de guerre de Harold crâne de fer. Sur le rivage de granit
Harold trouva Sigmund qui l'attendait pour le recevoir
avec la nouvelle de sa réconciliation avec le jarl. Le
vieux proscrit fut très-heureux de ce qu'il apprenait, et
avant même le repas du matin le jarl l'avait reçu dans sa
paix avec son équipage, et la Norwége se trouvait pour
la prochaine lutte plus forte d'un solide vaisseau, d'un
hardi guerrier et de cent cinquante soldats courageux.

Il faut avouer que le jarl Hacon, s'il était souvent cruel
et irascible, pouvait être aussi prévoyant et politique lorsque cela convenait à ses desseins.

CHAPITRE VIII

LE JARL HACON CONSULTE LES DIEUX.

Après ce repas du matin le jarl Hacon se montra in-
quiet et agité. Tous s'étonnèrent qu'il en fût ainsi; car
avec l'arrivée du jour sa flotte avait reçu de nouveaux
renforts, et même de la Baie qui était sa province la plus
éloignée dans l'Est, affluaient les chefs et les hommes
liges qui avaient remonté les vallées et traversé les montagnes pour joindre sa bannière. Un des plus récents

de ces nouveaux arrivants était une vieille connaissance, Thorkell de Leira, dont la grange avait reçu de la part de Beorn et de Vagn une visite si contraire à toutes les règles. Le jarl était hors des portes causant avec Sigmund lorsque Thorkell et ses hommes arrivèrent. Ils avaient descendu à cheval la vallée opposée à l'île dans laquelle se trouvait alors le jarl, et puis avaient traversé en bateaux; mais leurs vêtements fatigués par le voyage et souillés de boue montraient à quel point ils avaient couru fort et vite. Thorkell était un homme très au-dessus de la taille moyenne même dans ce pays des hommes grands. Quoiqu'il fût maintenant en train de devenir vieux, ses larges épaules et ses poignets énormes disaient assez qu'il possédait encore la force d'un Hercule.

« Voici venir le vieux ours de l'Est, l'ours-ogre de la Baie, comme ils l'appellent là-bas. Contemple, Sigmund, un homme selon mon cœur, un homme qui ne laisse pas les choses grossir sous ses yeux lorsqu'il est décidé qu'il doit les faire. »

Sigmund regarda Thorkell et dit :

« C'est un homme grand et robuste ; néanmoins il n'a pas l'air d'un homme heureux.

— Il a été heureux malgré tout cependant, dit le jarl. Mais comment connais-tu la bonne chance, Sigmund? peux-tu la voir sur le visage d'un homme? As-tu la seconde vue?

— C'est ce qu'on dit là-bas, en Occident, seigneur, dit Sigmund. Le pire c'est que nous pouvons tous reconnaître si un autre a l'air malheureux, mais qu'aucun de nous ne peut voir sa bonne ou sa mauvaise chance sur son propre visage.

— Il en est toujours ainsi, dit le jarl, d'un ton sombre. Nous connaissons la destinée des autres mieux que la nôtre. Je vois, comme vous la voyez, la mauvaise chance sur le visage de Thorkell, quoique jusqu'à ce jour il ait toujours été heureux. Dis-moi maintenant, que vois-tu sur mon visage : est-ce la bonne ou la mauvaise chance ?

— La bonne chance, seigneur, dit Sigmund en le regardant fixement, et cependant il me semble qu'il y a un nuage derrière la gloire que d'avance je vois venir pour vous.

— Cela encore est la leçon de la vie, dit le jarl ; tout soleil, même le plus brillant, peut se coucher assombri de nuages. C'est assez pour moi de la gloire qui m'arrive. Mais vois, voici Thorkell tout près de nous. — Quelles nouvelles de la Baie, homme lige ? cria-t-il gaiement au guerrier qui s'avançait vers lui.

— Les mauvaises sont les meilleures, seigneur, dit Thorkell ; mais je sais que vous avez appris déjà les pires par Ogmund que nous avons rencontré sur notre route venant du haut pays où il s'est fait panser son moignon à la maison de sa cousine, Thorhilda, la chirurgienne.

— Ogmund n'a pas pu tout nous dire, dit le jarl, il lui avait fallu prendre si vite congé des Vikings. Il doit y avoir encore d'autres nouvelles de la Baie. Qu'est-il arrivé dans votre propre district ? L'ont-ils ravagé, ou ont-ils passé outre ?

— Ils ne l'ont pas ravagé, et cependant ils n'ont passé ni à côté ni outre ; car cet enfant d'Hela, Vagn, fils d'Aki, et son père d'armes, Beorn, m'ont payé une visite pendant que j'étais à un mariage sur la côte opposée. J'aurais voulu être là avec mes hommes pour les bien recevoir, mais j'étais absent, en sorte qu'ils ont pu faire tout ce qu'ils ont voulu. »

Là dessus Thorkell raconta au jarl l'histoire de cette visite, et comment les Vikings, après le sac de Tunsberg, se dirigeaient vers le Nord dévastant la côte avec le fer et le feu à mesure qu'ils passaient. Il savait aussi de manière certaine qu'ils avaient cent cinquante grands vaisseaux bien montés, mais c'était tout ce qu'il avait à dire.

« Nous avions déjà appris la plus grande partie de tout cela, dit le jarl. Une chose est sûre, c'est que le nombre de nos vaisseaux dépassera le leur. Mais dirigez-vous vers la grange, Thorkell, buvez, mangez, et reposez-vous de votre voyage. Qui peut dire si nous ne sommes pas bien près d'avoir besoin de toutes nos forces ? »

Sur ces paroles Thorkell et sa bande s'en allèrent boire, manger et se reposer, et le jarl continua à rester hors des portes causant avec Sigmund.

« Revenons à ce dont nous avions parlé, Sigmund, dit-il. Te rappelles-tu le jour où nous étions dans le temple de la vallée de Gudbrand, lorsque Thorgerda, la vierge du sanctuaire, te fit don de son bracelet?

— Je me le rappelle fort bien, dit Sigmund, et si je ne me le rappelais pas voici le bracelet à mon bras pour m'en faire souvenir.

— Je te dis alors que je me sentais accablé de tristesse, comme s'il allait m'arriver quelque chose, et hélas! il m'est arrivé quelque chose, et c'est une grosse chose. Depuis lors c'est à peine si j'ai eu le cœur d'interroger les Dieux et de leur demander conseil. Maintenant que vous voilà revenu et que les choses prennent meilleure tournure, êtes-vous en disposition de venir avec moi au temple le plus proche, et de leur demander quelle est leur volonté?

— Je ne crois pas en ces Dieux autant que vous, seigneur, dit Sigmund; mais malgré cela je suis prêt à y aller, d'autant plus que Thorgerda, vierge du sanctuaire, m'a donné ce beau bracelet comme témoignage de sa bonne volonté. Il m'a déjà rendu de bons services plus d'une fois.

— Comment cela? demanda le jarl.

— Une fois, dit Sigmund, le jour de ce chaud combat avec Harold crâne de fer. C'était vers le soir, et tout à coup ils lancèrent une telle pluie de flèches qu'elle menaça d'éclaircir les ponts de nos navires. Alors, comme le bras qui tenait mon épée était levé, une flèche vint frapper le bracelet si droit au but, et avec une vitesse si perçante, qu'elle m'aurait traversé le bras et aurait atteint la poitrine; mais elle frappa le bracelet, dévia et tomba sur le pont en laissant cette grande marque sur l'or.

— C'était un signe, en vérité, dit le jarl; mais quelles furent les autres circonstances où il vous fut utile?

— Il y en a encore une, dit Sigmund. C'était après

que nous eûmes fait amitié avec Harold. Nous étions, lui et moi, à bord de son dragon de guerre. Tout à coup, avant que j'eusse le temps de retourner à mon propre vaisseau, une forte tempête s'éleva et poussa devant elle les deux navires comme des bouchons de liége. Quelques instants après, pendant qu'Harold était sur la coursive du vaisseau et que je me tenais sur la poupe, une grande vague vint rouler sur nous, nous frappa, et nettoya le navire de la poupe à la proue. Je fus emporté sur la coursive, et j'étais juste sur le point d'être jeté par-dessus bord, lorsque Harold étendit la main et me saisit par le bracelet qui remonta vers mon épaule au lieu de glisser hors du poignet, en sorte qu'il me retint fortement et me ramena par-dessus les boulevards.

— Ce sont là des signes, véritablement, dit le jarl, pendant qu'ils se rendaient à un temple qui était dans le bois. Ayez bien soin de ne jamais vous séparer de ce bracelet, je veux dire au moins, tant que vous ne serez pas devenu chrétien; alors il vous portera malheur au lieu de bonheur, car les dieux changent leurs faveurs lorsqu'un homme déserte sa foi. »

En parlant ainsi, ils atteignirent l'enceinte du temple, et passèrent dans l'espace ouvert qui était consacré au service des dieux. Il n'était pas à beaucoup près aussi splendide que le sanctuaire que ce lâche Rapp avait incendié dans la vallée de Gudbrand, et il l'était encore moins que celui qui se trouvait près des Granges, dans le district de Drontheim, et qui était la place spéciale de prières du jarl. Mais peu importait que ce temple fût grossier et humble, la foi du jarl était nettement supérieure à toute pompe et à toute cérémonie; c'était une chose du cœur et non des mains. Il traversa l'enceinte sacrée avec crainte et tremblement, et entra dans le petit temple avec une émotion de pieuse terreur. Sa forme était semblable à celle du temple que nous avons déjà décrit; mais il était percé d'ouvertures dans les murailles de bois, avec des fenêtres garnies de vessies ou de corne en place de verre et de talc. Les images de tous les dieux étaient là, et pas un seul n'y

manquait ; mais c'étaient de simples sculptures grossière-
ment taillées dans le bois, sans autre beauté ni dignité, si
elles en avaient aucune, que celles que l'œil de la foi leur
prêtait.

« Faites comme vous me voyez faire, » chuchota le
jarl, et alors il s'étendit tout de son long sur le sol de la
terre devant la hideuse image de Thorgerda, vierge du
sanctuaire.

Sigmund se prosterna contre terre de la même façon
et attendit le résultat.

Le jarl resta prosterné, rampant devant sa divinité
préférée, la face ensevelie entre ses mains, et implorant
d'elle avec ferveur, comme Sigmund put le voir, qu'elle
lui envoyât quelque signe.

Cette image portait aussi, comme l'idole beaucoup plus
pompeuse de la vallée de Gudbrand, un bracelet d'or à
son bras, bracelet qui était retenu par le repli de son
coude de bois.

Un instant après, lorsque le jarl eut achevé ses prières,
ses sanglots et ses oraisons, il releva lentement sa tête
de ses mains, et Sigmund put voir encore comme na-
guères que ses yeux étaient remplis de larmes. Enfin il
fit tout haut la prière suivante :

« Montre-moi, Thorgerda, vierge du sanctuaire, déesse
que j'adore par-dessus toutes les autres et que j'ai servie par
des sacrifices depuis mon enfance, montre-moi par quelque
signe si je prévaudrai dans cette lutte avec les Vikings
de l'Est qui ont envahi cette mienne terre de Norwége. »

Après cette prière qui fut exprimée d'une voix pleine
de dévotion passionnée, le jarl leva les yeux et les fixa
fermement sur l'image, mais il ne reçut ni par son, ni
par geste, aucun signe, aucune réponse à sa prière.

Alors le jarl s'étendit une seconde fois tout de son
long sur la terre, et ensevelit de nouveau sa tête dans ses
mains. Plusieurs fois, Sigmund qui était moins dévotieux
et par conséquent plus attentif à ce qui se passait, vit qu'il
agitait son corps, et qu'il balançait sa tête de côté et d'autre, comme s'il était en proie à une profonde agonie de

l'âme. Lorsque cet état eut duré quelques minutes, et au moment où Sigmund commençait à se fatiguer d'être étendu sur le sol, le jarl leva de nouveau la tête, et pria tout haut, d'un ton presque menaçant pour sa divinité :

« Je ne sais comment cela se fait, mais la face du ciel semble se voiler pour moi, et l'attitude des anciens Dieux du pays est changée à mon égard. Quel roi du Nord a jamais été si fidèle à servir l'Æsir et à lui sacrifier que moi, et cela dans un temps où les hommes se vantent de croire seulement en eux-mêmes, et ont abandonné avec impiété le culte des Dieux. En quel temps, même à Upsal, le grand siége du culte de l'Æsir, les autels ont-ils fumé d'autant de sacrifices ? En quel temps les cercles, les cercles sacrés, ont-ils été rougis plus souvent du sang des victimes ? Tout cela je l'ai fait, et plus que tout cela. Il est vrai qu'une fois, par force, je me déclarai chrétien pour tromper l'empereur d'Allemagne et pour faciliter mon évasion ; mais je n'étais pas revenu depuis une heure sur le sol norwégien, que j'avais rejeté la foi nouvelle comme un homme rejette un vieux vêtement, et que j'avais tué les moines imbéciles qui étaient venus avec moi pour christianiser cette terre. Ç'avait été un grand crime, mais il fut réparé aussitôt que je le pus, et depuis lors j'ai été pendant des années le très-constant serviteur des Dieux. Y a-t-il quelque autre chose que je puisse faire pour montrer la ferveur et la constance de ma foi ? S'il en est une, ô Thorgerda, vierge du sanctuaire, donnez-moi un signe et étendez votre bras. »

Comme il achevait ces paroles le jarl et Sigmund le-vèrent encore tous deux à la fois leurs yeux sur l'image de bois, et, à son grand étonnement, Sigmund vit le bras raide se déplier un peu jusqu'à ce que le bracelet qui était au coude sembla vouloir glisser jusqu'au poignet.

« Merci, Thorgerda, vierge du sanctuaire, cria le jarl avec ravissement. Par ce geste tu me montres que dans cette heure de nécessité où me voici, je puis faire encore quelque chose de plus pour déclarer ma foi aux anciens Dieux. Les voix des Dieux, nous le savons, ne sont jamais

entendues par des oreilles mortelles, excepté dans le sifflement du vent, le rugissement de la mer, et par-dessus
tout le craquement du tonnerre. Que ferai-je de plus ?
quel vœu de sacrifice ? De père, de mère, de frères, je n'en
ai pas. Les femmes, je ne les mentionnerai pas, car les
dieux aiment la force et non la faiblesse ; s'il en était
autrement pourquoi les femmes ne siégeraient-elles pas
dans le Valhalla ? De fils..... »

Mais juste au moment où il prononçait le mot *fils* et
avant qu'il pût terminer la sentence, l'éclair flamboya à
travers les étroites ouvertures des fenêtres, aveuglant
presque le jarl et Sigmund, et un grondement de tonnerre qui sembla éclater sur le temple même retentit à
leurs oreilles. Lorsqu'ils levèrent de nouveau leurs yeux
ils virent que le bras raidi de l'image était entièrement
déplié, et le bracelet d'or massif qui l'entourait glissa
hors du poignet et roula jusqu'à ce qu'il eût touché la
main étendue du jarl.

« C'est assez, murmura-t-il à Sigmund. Tu as entendu
et tu as vu le signe qui a suivi le mot *fils*. Les Dieux sont
irrités et implacables, et tous mes sacrifices de bêtes et
d'oiseaux ont été inutiles. Je sais maintenant ce que je
dois faire. Les Dieux exigent un noble sacrifice avant de
m'accorder la victoire. Pas un mot de cela à personne.
Partons d'ici en toute hâte, mais que personne ne dise
que les anciens Dieux sont morts en Norwége, lorsqu'ils
répondent si clairement aux prières et aux invocations
par des signes et des grondements de tonnerre.

— Tonnerre d'hiver
Est l'étonnement du monde,

répondit Sigmund. Mais partons. »

Là-dessus ils se levèrent, quittèrent le temple, et furent bientôt rentrés dans la salle de la grange. Même
dans le peu de temps écoulé depuis leur départ, de nouvelles forces étaient arrivés, à la fois en hommes et en
vaisseaux ; et lorsque le jarl Hacon jeta les yeux sur la

puissante armée réunie autour de lui, forte de nombreux
milliers d'hommes, il put sentir qu'il faudrait en effet
qu'ils fussent bien braves, les Vikings, pour lui arracher
du poing la Norwége lorsqu'il avait derrière lui pour l'appuyer le cœur et les muscles du royaume.

On fut joyeux dans la salle à Hod ce soir-là, bien qu'il
fût remarqué que le jarl et Sigmund paraissaient tous
deux sombres et en proie à des soucis profonds. Cette disposition fut attribuée à leur récente querelle, car on savait
bien qu'un conflit entre des natures si résolues ne passe-
rait probablement pas sans laisser de traces. Personne ne
soupçonnait la cause réelle de leur taciturnité. Le jarl
s'absorbait dans la rêverie du sacrifice que les Dieux,
dont il interprétait la volonté, lui demandaient dans la
personne de son fils ou de ses fils ; tandis que Sigmund
se tourmentait à chercher si le bras de bois de Thorgerda, sous cette lumière incertaine du temple, n'avait
pas plutôt semblé se déplier qu'il ne s'était réellement
déplié. Si ses yeux l'avaient trompé, tout le reste pouvait
être accidentel ; car ce craquement de tonnerre qui avait
ébranlé le temple jusque dans ses fondements était suffisant pour avoir ébranlé l'idole et fait rouler sur le sol le
pesant bracelet.

Il restait ainsi troublé de doute, craignant de se fier à
l'évidence de ses propres yeux, et inclinant à ne voir dans
toute la scène qu'une illusion des sens. Toutefois il était
certain d'une chose, c'était que le jarl, avec sa nature enthousiaste et rêveuse, était fermement convaincu que tout
ce qu'il avait contemplé était vrai, et qu'ayant demandé
à sa divinité favorite de lui donner un signe, il en avait
reçu non pas un mais deux, dont le dernier exigeait de
lui, qu'il n'eût pas scrupule, en cas de nécessité, de sacrifier sa propre chair et son propre sang pour se rendre
les dieux propices, et gagner la victoire. Cette vue était
juste, comme en témoignèrent les dernières paroles que
le jarl Hacon se murmura à lui-même cette nuit.

« C'est donc un fils, la seule question est de savoir lequel
d'entre eux ce sera ; mais que ce soit n'importe lequel,

ce sera son gain, car il siégera avec Odin dans le Valhalla quelques années plus tôt que ses frères ou moi-même. »

A l'aurore, le lendemain, les sentinelles de l'isthme à Stad, découvrirent la flotte viking qui continuait lentement son chemin vers le Nord, car le vent était contraire.

« C'est bien! dit le jarl, lorsque les nouvelles lui arrivèrent. Nous attendrons leur venue et nous leur livrerons bataille dans Hjoringsvoe. »

CHAPITRE IX

A LA POURSUITE DU JARL HACON.

Nous revenons maintenant aux Vikings. Après le sac de Tunsberg ils s'étaient dirigés vers le nord tout le long de la côte, passant à travers le filet d'îles qui frangent le rivage, et débarquant chaque après-midi pour piller et dévaster les fermes qui se trouvaient le plus près d'eux. Par suite de ces haltes continuelles leur marche avait été lente, et, comme nous l'avons vu, avait donné au jarl le temps de rassembler ses forces en vaisseaux et en hommes ; mais ils n'avaient pu faire autrement, car les bestiaux qu'ils enlevaient et tuaient chaque jour étaient nécessaires pour nourrir la flotte. En conséquence il arriva qu'il leur fallut plus d'une quinzaine avant d'apparaître en vue de Stad, et cependant ils n'auraient pas atteint si vite ce promontoire s'ils s'étaient arrêtés à fouiller chaque île et chaque *fiord* à mesure qu'ils passaient. Que le lecteur tâche d'imaginer combien il faudrait de temps à une flotte qui devrait aller du sud de l'Écosse à Lochinver pour atteindre ce port, si elle visitait toute embouchure de rivière, et fouillait toute île sur son chemin ; le

cas aurait été le même pour la Norwége, avec cette différence que dans ce dernier pays, les *fiords* étant plus profonds et plus nombreux, et les îles en face des côtes dix
fois aussi nombreuses que celles qui sont en vue de l'É-
cosse, le retard par conséquent aurait été beaucoup plus
grand. Les Vikings se contentaient donc de piller les îles
et les rivages qui se trouvaient à proximité de l'endroit
où ils s'abritaient pour la nuit. Ils s'éloignaient avec l'aurore après avoir ruiné les fermiers voisins et brûlé leurs
demeures, tout en en épargnant beaucoup d'autres qu'ils
ne pouvaient atteindre dans leur hâte d'arriver au Nord.
Ils en faisaient assez cependant pour appeler tout le pays
à leur résister, et aussitôt qu'ils avaient passé un point
de la côte, plus d'un bon vaisseau qui s'était tenu tapi
derrière une île ou dans l'anse d'un *fiord* se lançait en
pleine mer, suivait ce qu'on appelait la route extérieure,
tandis que les Vikings poursuivaient le passage intérieur parmi les îles, les tournait en les dépassant de
vitesse, et doublant Stad avant eux allait grossir la force
du jarl Hacon, et soulever la colère de tous les vrais
Norwégiens en leur racontant les insultes et les cruautés
sans nombre que les Vikings avaient fait subir aux
hommes libres tout le long de la côte du sud.

Enfin, comme nous le savons, les Vikings furent aperçus par les sentinelles en face de l'isthme à Stad. Leur
arrivée était maintenant une simple affaire de calcul
d'heures, car une fois Stad atteint, il ne leur restait plus
que vingt milles de mer, ou vingt nœuds, pour arriver à
l'île de Hod où les navires du jarl Hacon s'étaient réunis dès le commencement. Le jarl, dont le quartier général était dans cette île, comme nous l'avons vu, avait
retiré sa flotte de ce lieu de réunion aussitôt qu'il avait été
sûr que les Vikings approchaient, et l'avait fait remonter à
Hjoringsvoe, une baie couverte qui s'avançait dans la terre
ferme de l'autre côté de l'île. En même temps il fit passer
de ferme en ferme, et d'île en île, défense que personne
osât dire où était sa flotte, et dit même qu'il eût réuni
une force quelconque pour attendre les Vikings.

Sigvald et ses capitaines se trouvaient donc dans cette difficulté d'être venus combattre un ennemi qui restait invisible : à moins qu'ils ne trouvassent le jarl Hacon ils ne pouvaient le tuer ou le chasser de Norwége ; cependant ils étaient arrivés jusqu'au nord, et bien loin d'avoir attaqué le jarl Hacon ils ne pouvaient même pas découvrir où il était.

Après avoir passé Stad, ils se dirigèrent vers les îles de Her, en vue de la côte du Sud-Mæren, et là ils firent halte dans l'espérance d'amener bientôt le rusé jarl à la bataille.

Un peu plus loin, du côté du rivage, se trouvait l'île de Hod sous laquelle la flotte du jarl se trouvait si récemment réunie et d'où elle s'était éloignée quelques heures auparavant seulement pour prendre une meilleure position dans l'anse de Hjoringsvoe.

Outre leur manque d'informations touchant les mouvements du jarl ils éprouvaient le manque de nourriture, aussi ne fallut-il pas à ces pillards un long séjour dans le port, sous les îles de Her, pour que leurs yeux se tournassent sur l'île de Hod qui, de bonne étendue et visiblement habitée et cultivée, se présentait devant eux comme une tentation.

Comme de coutume les navires de Vagn et de son père d'armes reposaient côte à côte. Il était une heure avancée lorsqu'ils furent parvenus à prendre leurs quartiers pour la nuit, mais dès la première lueur de l'aurore, qui à la fin de novembre se montre assez tard dans le Nord, le père et le fils d'armes se trouvèrent réunis sur le vaisseau de Vagn.

« J'aurais eu meilleure opinion de ce jarl, père d'armes, si nous ne l'avions pas mis en demeure de se montrer et si nous ne l'avions pas trouvé absent. C'est chasser un renard dans un tas de pierres où il n'y eut jamais un renard. Pourquoi n'est-il pas venu à notre rencontre au lieu de nous laisser avancer si loin ? et maintenant que nous avons doublé ce grand promontoire là-bas — il montrait du doigt Stad — pourquoi ne vient-il pas à découvert et ne se montre-t-il pas ?

— Le jarl Hacon se montrera en bon temps, enfant, dit son expérimenté père d'armes; mais comptez-y, il ne sortira pas de sa tanière avant d'y être forcé comme les autres renards. Mais ce qui m'intéresse plus que de tourmenter nos cerveaux à propos du jarl Hacon, ce sont les provisions. Toutes les miennes sont épuisées, et toutes les vôtres aussi, j'en jurerais. Mes hommes se plaignent que je les aie amenés ici pour crever de faim. Qu'en dites-vous? Nous mettons-nous les premiers en campagne, et allons-nous débarquer dans cette île là-bas, et y tuer les bœufs, les moutons et les chèvres que j'y vois broutant et paissant en troupeaux et en bandes.

— De tout mon cœur, père d'armes, je suis partisan de n'importe quoi, sauf d'une vie tranquille, car lorsque je ne fais rien, je suis toujours à penser à Ingibeorg.

Puissent tous les ogres des montagnes et tous les Trolls enlever Ingibeorg et toute la race des femmes! Nous voici engagés dans une grande croisière, et en besoin de viande fraîche, et vous venez m'embêter avec l'amour et Ingibeorg. Que les Trolls l'enlèvent, vous dis-je! D'ailleurs rappelez-vous qu'il vous faut tuer son père avant de la conquérir. Pas d'Ingibeorg pour vous tant qu'il vivra.

— Lançons nos bateaux, père d'armes, et ne perdons pas davantage notre temps en paroles, dit Vagn avec un regard mélancolique. L'avenir est sombre et sinistre; il vaut mieux nous employer à faire quelque chose.

— C'est justement cela, dit le rude vieux Gallois. Lorsqu'un jeune homme commence à penser à une jeune femme, il vaut mieux qu'il fasse quelque chose d'utile, assommer un bœuf ou tuer un homme, alors il l'oubliera bien vite. Il n'y a rien qui lave l'amour aussi vite que le sang. Nous avons eu assez d'eau salée depuis longtemps, essayons du sang, quoique ce ne soit que celui de bœufs et de chèvres. »

Les bateaux furent bientôt lancés, et Beorn et Vagn se dirigèrent chacun dans le leur vers l'île de Hod qui, sous la fraîche lumière du matin, se présentait souriante de-

vant eux, les troupeaux de moutons et de bœufs paissant
sur les collines et dans les champs, et la fumée montant
en spirales au-dessus du toit à chevrons de la ferme en
bois, alors comme aujourd'hui tachée de rouge par l'oxyde
de fer, qui à cette époque s'appelait simplement rouille de
fer.

Ils ne mirent pas longtemps à atteindre le rivage, et la
première pensée de Vagn et de Beorn fut de s'emparer
d'autant de bestiaux qu'ils pourraient en laissant l'habitation pour la fin de leur expédition. C'était une riche ferme,
comme on pouvait le voir par les vastes terres labourées
où l'on avait moissonné seigle, orge et avoine que l'on
avait entassés en meules, aussi bien que par le nombre des
bestiaux. Aussitôt qu'ils eurent réuni un certain nombre
de ces animaux, ils les poussèrent à la façon des Vikings
jusqu'au rivage dans l'intention de les tuer sur le bord de
l'eau et d'envoyer ensuite ce butin aux navires dans les
bateaux.

Déjà le rivage était encombré de bœufs, et déjà Beorn
et Vagn brandissaient leurs haches en choisissant les plus
gras et les plus luisants du troupeau, lorsqu'ils furent arrêtés dans leur occupation par les cris d'un homme qui
venait courant à toutes jambes au point de débarquement.

« Arrêtez un peu, père d'armes, dit Vagn, écoutons ce
que ce hardi compère peut avoir à dire. »

Le paysan descendit jusqu'à l'endroit où ils se tenaient;
il était déjà d'un âge avancé, et lorsqu'il se trouva en
face des deux chefs, il cria :

« Quel est le capitaine de cette compagnie, et comment s'appelle-t-il?

— Ce sera bien vite dit, dit Vagn, et il y a bien des
gens qui ne seraient pas venus si loin, et qui n'auraient
pas couru si vite pour m'adresser une question oiseuse
qui pourrait d'ailleurs leur coûter la vie. Mais si vous voulez savoir mon nom, je m'appelle Vagn, fils d'Aki. Mais
votre nom à vous, quel est-il, je vous prie ?

— Mon nom est Wolf, dit le paysan, et ce qui est plus,
je suis le propriétaire de ces bestiaux, de ces moutons et

de ces chèvres que vous allez massacrer. Il me semble cependant que vous avez chance pas bien loin d'ici d'un plus grand massacre que celui de mes bestiaux et de mes chèvres, si ce qu'on raconte de vos desseins à vous, Vikings de Jomsburg, est vrai.

— Que veux-tu dire, l'ami? cria Beorn.

— Je veux dire, dit Wolf, qu'il me semble étrange que d'aussi grands guerriers que vous perdent leur temps à des bœufs, des moutons et des chèvres, lorsque vous pourriez aisément forcer l'ours lui-même.

— Quel ours? cria Vagn.

— L'ours, dit Wolf, qui bientôt vous avalera tous si vous ne le prenez à l'improviste.

— Dites-nous nettement, cria Vagn, si vous savez quelque chose sur les actes du jarl Hacon et sur l'endroit où il se trouve ; car si vous voulez nous dire la vérité à cet égard, et si nous apprenons où il est, vous pourrez retourner à vos affaires avec vos bestiaux et vos chèvres. Donc, quelles nouvelles avez-vous à nous apprendre et que savez-vous relativement au jarl Hacon?

— Oh! dit Wolf, il s'arrêta hier soir tard ici, avec un vaisseau sur le côté intérieur de cette île de Hod, dans l'anse d'Hjoringsvoe [1], et vous pouvez le tuer si vous voulez, car il y attend ses hommes.

— Eh bien, dit Vagn, en ce cas vous nous aurez acheté notre paix pour vous et tous vos bœufs et vos moutons. Venez à bord avec nous et montrez-nous le chemin pour trouver le jarl.

— Cela ne se peut pas, dit Wolf, et je ne combattrai pas contre le jarl, car cela n'est pas convenable. Cependant je vous montrerai le chemin de tout mon cœur, si vous voulez, jusqu'à ce que vous soyez bien entrés dans la baie; mais je veux qu'il soit bien entendu d'abord que je pourrai m'en retourner en paix aussitôt que vous verrez ce que la baie vous présentera.

1. *Voe*, nom que l'on donne en Norwége aux baies couvertes comme celle qui est décrite dans ce récit.

« — Ce n'est que juste, dit Vagn, et maintenant venez à bord. »

Chose dite, chose faite. Wolf monta à bord du vaisseau de Vagn, et les Vikings laissèrent les bestiaux prendre soin d'eux-mêmes tandis que Beorn et Vagn se consultaient sur ce qu'il y avait de mieux à faire.

« Nous sommes tenus de nous en retourner et d'informer le capitaine de ce fait, père d'armes, dit Vagn.

— Nous y sommes tenus en effet, enfant, ce qui est grandement tant pis, grogna le vieux Viking.

— Eh mais, père d'armes, nous aurons encore tout le bénéfice de ces bonnes nouvelles. Nous sommes prêts pour l'action, hommes et vaisseaux. Nous pourrons parfaitement régler notre affaire avec le jarl avant qu'aucun d'eux puisse arriver.

— C'est très-vrai, enfant, très-vrai. Reculons avec nos vaisseaux vers la flotte, crions la nouvelle que nous savons où est le jarl, et puis courons en toute hâte vers la baie. »

C'est ce qui fut fait. Il était encore de bonne heure, et tandis que Sigvald songeait à prendre son repas du matin, on lui porta la nouvelle que Vagn et Beorn qui étaient descendus à Hod pour fourrager ramenaient à reculons leurs vaisseaux dans le hâvre.

« Qu'y a-t-il donc sous le vent à cette heure ? dit Sigvald. Quelque chose assurément. Je vais descendre sur le rivage et l'apprendre. »

Lorsque les deux navires approchèrent de la plage, toujours en reculant, Sigvald les héla d'une voix de stentor : « Quelles nouvelles ?

— Bonnes, cria Beorn, d'une voix encore plus forte, à travers la mer calme. Nous avons découvert le jarl, et nous allons le chercher ! »

Au moment où la voix de Beorn s'éteignit les rameurs cessant de reculer remirent leurs rames en activité, et sous la force de cette manœuvre les navires de guerre volèrent à travers les vagues.

« Ils ont trouvé le jarl, cria Sigvald, et ils vont le

chercher ! Se peut-il que nous ayons pris ce rusé renard à l'improviste? Debout tout le monde, et suivons-les avec toute la flotte ! Quelque chose me dit qu'il y a de la ruse là-dessous. »

En quelques minutes tout homme en bon état de corps s'élançait vers son vaisseau, et on entendit un tonnerre de voix et un tapage de pieds lorsque les Vikings descendirent au rivage pour monter à bord. Après tout Beorn et Vagn n'avaient qu'une faible avance, mais elle suffisait.

La scène avec Wolf que nous avons racontée s'était passée sur le côté extérieur de l'île de Hod. Plus loin, sur le côté de la mer, séparées de Hod par un détroit resserré, se trouvaient les îles Her où reposait la flotte viking. Pour atteindre Hjoringsvoe, où on supposait que le jarl Hacon se tenait aux aguets avec un ou deux vaisseaux, les Vikings avaient à tourner Hod, sur le côté intérieur, ou regardant terre, de laquelle se trouvait le canal qui menait à la baie cachée par deux ou trois îlots placés à son entrée et s'enfonçant en outre dans la terre ferme en direction inclinée.

Il n'était donc pas possible de voir clairement combien il y avait de navires dans la baie avant d'avoir passé les îlots et atteint l'inclinaison, après laquelle la baie s'ouvrait en forme de fer à cheval.

Les robustes équipages de Beorn et de Vagn ne mirent pas longtemps à contourner Hod. Chaque capitaine dirigea son vaisseau, Vagn ouvrant la marche avec Wolf pour pilote. Comme ils fendaient les vagues en toute diligence, ce dernier pria Vagn d'en prendre à son aise sous prétexte qu'ils arriveraient toujours à temps pour prendre le jarl.

« Mais comment savons-nous qu'il ne peut s'échapper, paysan ? dit Vagn.

— Soyez sans crainte, soyez sans crainte, Viking ! répondit Wolf. Le jarl Hacon n'est pas homme à s'enfuir devant son ennemi, même lorsqu'il est pris à l'improviste. Soyez sûr que vous le trouverez dans la baie là-bas. »

À ce moment ils se dirigeaient directement vers son entrée ; un instant après ils avaient passé les îlots et voguaient dans la baie même. Quelques minutes de plus les amenèrent à l'inclinaison, et quand ils la tournèrent et qu'ils virent pour la première fois l'étendue réelle de la baie, tous les yeux se portèrent en avant pour apercevoir le vaisseau solitaire du jarl.

Alors un cri d'étonnement s'éleva des deux vaisseaux, lorsqu'au loin, tout à fait à l'extrémité de la baie, ils découvrirent une grande flotte rangée en croissant au front duquel se voyaient çà et là des îlots et des rochers à fleur d'eau.

« Il y en a trois cents au moins, cria le brigadier de Vagn qui se tenait le premier à la proue.

— Trois cents ! » dit Vagn en se tournant vers Wolf qu'il supposait toujours à son côté.

Mais le rusé paysan avait saisi son moment, et connaissant parfaitement la récompense que sa trahison lui vaudrait de la part des Vikings lorsqu'ils verraient tant de vaisseaux au lieu d'un ou deux qu'il leur avait promis, il avait sauté par-dessus bord et s'était mis à nager vivement vers un îlot avant que Vagn eût pu s'apercevoir de son absence.

« Ah ! dit Vagn en saisissant une lance, il n'est jamais trop tard pour payer ses gages à un homme, même quand ces gages sont la mort. »

En parlant ainsi il lança d'une main sûre la lance contre le nageur qui souffletait l'eau de ses mouvements vigoureux.

Wolf entendit la lance lorsqu'elle siffla dans l'air et il chercha à lui échapper, mais la mer est un élément plein de lourdeur, et la lance fut plus rapide que le robuste nageur. Vagn avait visé le milieu du corps, et c'est le milieu du corps que la lance traversa. Avant de mourir Wolf éleva ses deux bras tout droits au-dessus de sa tête ; quelques bouillonnements sur l'eau, une tache rouge sur la verte mer, et c'en était fini des jours de cet homme traître aux Vikings, mais loyal fils de son pays.

« Rebroussons chemin, enfants, cria Vagn, dès qu'il vit que sa lance avait rempli son but, rebroussons chemin ferme, et consultons-nous avec mon père d'armes. »

Aussitôt que Beorn vit que Wolf avait sauté par-dessus bord et que Vagn faisait rebrousser chemin à son vaisseau, il fit aussi rebrousser chemin au sien. Les serpents de guerre furent bientôt côte à côte l'un de l'autre, et sans quitter leurs places les capitaines discutèrent la situation des affaires.

« Te voilà pris toi-même, mon garçon, hurla Beorn, comme disait le renard à l'ours lorsque son groin fut pris solidement dans la bûche fendue. Qu'allons-nous faire maintenant ?

— Il nous faut remettre la suite à plus tard, cela va sans dire, dit Vagn. Nous avons trouvé au moins le renard, et un rusé renard, si nous ne l'avons pas attrapé. Si nous lui prenons la peau, d'autres la partageront avec nous, voilà tout.

— Oui, fils d'armes, dit le vieux Viking, c'est juste cela. Cette peau ne sera jamais enlevée sans que nous en venions à une bonne peignée, et s'il faut dire la vérité, un bon combat sur mer, navire contre navire, avec abordage et sang répandu, me convient beaucoup mieux que se glisser vers son ennemi, comme le font ces Finnois et ces Lapons du Nord, et lui couper la gorge pendant qu'il est endormi et sans pouvoir de défense. Ainsi donc hourrah pour un bon combat à la vieille mode, et que la Norwége soit le gage pour lequel les deux partis combattront ce jour-là. Et maintenant il n'y a plus rien à dire, si ce n'est, enfant, que vous avez nettement payé son dû au paysan qui avait essayé de nous conduire à notre perte.

— Le misérable! dit Vagn. Oui, je lui ai payé son dû. Puissé-je payer de même sorte Thorkell de Leira dans le combat qui s'approche, et conquérir ainsi la belle Ingibeorg !

— Toujours Ingibeorg! s'écria Beorn avec colère. La dernière chose le soir, et la première chose le matin, c'est Ingibeorg! Lorsqu'un homme est amoureux, comme vous appelez cela, il ne peut pas même penser simplement à tuer son ennemi en combat, il faut qu'il mêle sa maîtresse avec son père, et qu'il songe à conquérir sa faveur en coupant la gorge du père. Tenez l'amour et la guerre séparés, comme ils doivent toujours l'être, enfant. Pourquoi gâter toute la joie et toute la gloire du combat en pleurnichant et en geignant à propos d'Ingibeorg ou de toute autre femme? Combien j'eusse désiré que les anciens Dieux, ou ce Dieu nouveau, nous eussent tous faits hommes! Cela nous aurait épargné des embarras sans fin.

— Oui, Beorn, peut-être, dit Vagn. Mais peut-être aussi, que vous-même ne seriez jamais venu dans ce monde plein d'embarras.

— C'est très-vrai, répondit l'invétéré haïsseur des femmes. Tout ce que je dis, c'est que si j'avais fait le monde je l'aurais fait sans femmes. Elles sont la malédiction de la vie. »

Alors il partit d'un immense éclat de rire qui sembla ne devoir jamais finir. Pendant ce temps comme le flux poussait hors de la baie, les navires avaient franchi l'inclinaison et voguaient vers les petites îles qui étaient à l'entrée.

« Voyez, Beorn, dit Vagn. Voici venir là-bas le jarl Sigvald avec l'avant-garde de la flotte, autour de la pointe, à Hod. Redescendons avec le reflux et allons lui porter les nouvelles. Nous savons où gîte le renard, bien que nous n'apportions pas sa peau. »

CHAPITRE X

LE JARL HACON DANS SON CAMP.

Nous avons déjà vu que le prudent et expérimenté Sigvald avait suspecté la valeur des nouvelles que Beorn

et Vagn lui avaient apportées. A cette époque, tout vaisseau,
et principalement les vaisseaux destinés à une entreprise
comme celle-là, était prêt pour l'action au moindre signal. En conséquence Sigvald, Bui, Thorkell le gigantesque, et les autres capitaines n'avaient qu'à monter à
bord avec leurs hommes, et ils étaient prêts à engager
la lutte avec n'importe quelle force dans le Nord. Le
capitaine viking connaissait trop bien le caractère de
l'homme qu'il avait fait vœu d'abattre pour se laisser
aller à la folle pensée que la Norwége pourrait être conquise et le jarl Hacon abattu sans une rude lutte. Une
telle victime ne pouvait être offerte en sacrifice sans une
grande effusion de sang. Le jarl Sigvald suivit donc les
deux aventuriers séparés de la flotte avec tous ses vaisseaux montés par tous ses hommes. A cette époque il n'y
avait pas d'indisposés ni de malades; il n'y avait qu'une
raison qui fût jamais donnée ou acceptée comme excuse
pour ne pas se trouver présent à l'appel : de profondes
blessures ou la mort.

Il ne fallut donc pas longtemps pour que la flotte Viking fût toute entière en mouvement, ramant dans le sillage de ses deux compagnons. Comme cette énorme flotte
poussait en masse de toute sa force, il y eut un tonnerre
de rames lorsque les vaisseaux tournèrent l'extrême pointe
méridionale de Hod. A moitié chemin dans le détroit, entre
cette île et la terre ferme, Beorn et Vagn rencontrèrent
leurs camarades. Alors la flotte recula, tandis que Vagn
poussa son vaisseau à côté de celui de Sigvald pour lui
rapporter ce qu'il avait vu.

« Quelles nouvelles, Vagn, fils d'Aki? dit le capitaine.
Vous n'êtes pas revenus tout à fait aussi vite que vous
étiez partis.

— C'est une bonne chance que nous soyons revenus n'importe comment, capitaine, dit Vagn. Nous pensions surprendre le jarl Hacon endormi, et nous l'avons trouvé
les yeux grands ouverts. Dans l'intérieur, là-bas, la baie
couverte fourmille de navires.

— Juste ce que je pensais, dit Sigvald. Il aurait besoin

de se lever matin celui qui voudrait surprendre le jarl
des Granges endormi. Dites-moi, combien de vaisseaux
pensez-vous qu'il y ait là-bas à l'intérieur de la baie ?

— C'est difficile à dire, capitaine, car nous n'avons fait
que jeter un regard sur eux, et il y avait des rochers et
des rideaux de pierres entre eux et nous, mais nous avons
pu voir qu'ils s'étendaient d'un côté de la baie à l'autre
sous la forme d'un fer à cheval. Peut-être étaient-ils deux
fois aussi nombreux que les nôtres.

— Alors il n'y en a que plus de gloire à recueillir, dit Sigvald. Nous allons ramer pour entrer dans la baie et pour leur
livrer bataille, aussitôt que nos hommes auront pris leur
repas du matin, car nous sommes partis en telle hâte à
votre appel que peu d'entre nous ont rompu leur jeûne.

— Tout à fait bien dit, capitaine, dit le vieux Beorn,
qui en ce moment venait de se placer à côté de son fils
d'armes. Au temps de Palnatoki nous combattions toujours
le ventre plein. Il n'y a rien qui mette autant de vie dans
un homme qu'un bon repas.

— Il me semble, Beorn, dit Sigvald, que nous avons aujourd'hui devant nous un ouvrage autrement difficile que
n'en eût jamais à exécuter même Palnatoki. Nous aurons
besoin, nous Vikings, de toute notre force avant que la nuit
arrive. Que chacun mange et boive donc pendant qu'il
le peut. Plus d'un ne goûtera jamais plus pain ou bière.

— C'est justement cela, et c'est aussi très-bien, noble
capitaine, dit le vieux Viking. Cela fait monter et descendre mon sang comme l'eau qui fait tourner un moulin
de penser qu'une fois encore je me trouverai au plus
épais d'un beau combat sur mer. Incontestablement,
beaucoup d'entre nous souperont ce soir, les croyants
en Odin avec lui et ses champions dans le Valhalla, les
croyants au Christ blanc avec lui et les anges dans ce
que les moines appellent le Paradis ; quant à ceux qui
ne croient qu'en eux-mêmes, comme moi et beaucoup
d'autres dans les deux partis, bon ! — ajouta-t-il avec un
ricanement comme s'il se posait une question à lui-
même —, bon ! où irons-nous ? je ne puis le dire, voilà

ce dont je suis sûr. Quelque part, j'en suis certain, car s'il y a une place réservée pour un lot d'hommes braves dans le Valhalla, et une autre dans ce Paradis pour un second lot, il est évident que ceux du troisième lot qui sont aussi braves et peut-être même plus braves que les autres, ne seront pas laissés dehors à grelotter et à crever de faim dans le froid, tandis que les autres seront chaudement assis en face de leurs viandes et de leur hydromel. »

En achevant ce discours qui pour lui en était un fort long, le vieux Viking tourna sur ses talons et se dirigea sur le derrière de la dunette. Le capitaine regarda Vagn, se prit à rire, et dit :

« Voilà au moins un cœur aussi brave que Tyr, et aussi sûr que Leding, la chaîne de l'Æsir. Plût au ciel que tout homme dans la bande fût aussi sûr et aussi brave que le vieux Beorn !

— Plût au ciel qu'ils le fussent tous, capitaine! dit Vagn. J'espère que tous aujourd'hui nous nous rappellerons nos vœux. »

En disant ces mots il regarda fixement le capitaine, et puis il secoua la tête lorsque Sigvald à son tour tourna les talons et se dirigea vers une autre partie du vaisseau.

Laissé seul ainsi Vagn continua en lui-même : « Son vœu est le plus difficile de tous, et tous les autres dépendent du sien. S'il le remplit, le mien suivra de lui-même. Le jarl Hacon une fois abattu il ne me faudra pas longtemps avant que je puisse enjamber le corps étendu de Thorkell de Leira. »

A ce moment les cornes à bord de la flotte sonnèrent par les ordres du jarl Sigvald pour le repas du matin que les hommes prirent en toute hâte, tandis que les vaisseaux reposaient tranquillement sur l'eau, car la marée était alors faible et il n'y avait pas de vent. Laissons-les ici quelque temps, et voyons ce qui se passait dans le camp du jarl Hacon.

Nous avons déjà vu que cette baie couverte, dans laquelle un des plus sanglants combats de mer de ces temps

anarchiques était sur le point de se livrer, descendait sur
la terre ferme avec une inclinaison ou un coude, et juste
à ce coude le rivage était haut des deux côtés et la passe
étroite. Aussitôt que ce coude était tourné, la baie s'ouvrait large, et après être entrée encore plus avant dans
la terre se terminait en une seconde baie en forme d'un
large fer à cheval ; à cet endroit la terre cessant d'être
escarpée glissait jusqu'au rivage sous la forme du vert penchant d'une colline. A quelque distance au-dessus de ce
talus aisé se trouvait la grange de Hjoring d'où la baie
avait pris son nom. C'était à cette grange que le jarl
Hacon avait pris demeure un jour ou deux avant la bataille, et c'est là que nous le trouvons maintenant, non
pas avec un vaisseau ou deux, comme l'avait rapporté
l'infortuné Wolf, mais avec plus de trois cents, et entouré
de tous les grands chefs que la Norwége pouvait montrer ;
car les nouvelles que les Vikings étaient en vue de la
terre s'étaient répandues au loin et au large, et tous les
guerriers de Norwége étaient accourus en foule sous les
bannières de l'homme qui, quelles que pussent être ses
fautes, était justement regardé comme le champion de
la nationalité.

Quoique la large baie de Hjoring fût assez vaste pour
contenir les deux armées, et que chaque guerrier, comme
le disait Hacon lui-même, pût y avoir ses coudes libres,
la grange en revanche était petite , en sorte que le
temps étant beau et clair, le jarl prenait son repas du
matin sur des tables et des bancs faits et disposés en
toute hâte hors des portes sur le terrain gazonné. En
s'asseyant sur un grossier siége élevé, avec son fils Éric à
droite et Sigmund l'incomparable à gauche, tandis que
Sweyn son second fils s'asseyait en face de lui, le jarl
jeta un coup d'œil rapide sur les deux côtés de la longue
table et vit avec orgueil que chaque place était remplie
par un grand chef. Il serait long de dire tous leurs noms,
mais il y avait là Skofti, et son frère Rognvald de Ærwick,
près de Stad ; Skeggi, de Uphow, sur l'île de Yrje, com-
munément appelé Skeggi de fer à cause de son opiniâ-

treté et de sa force de résistance; il y avait aussi Styrkar
de Gimse; lui et Skeggi étaient les deux plus grands chefs
de la Norwége au nord de Stad, ce promontoire qui en
s'avançant coupe la Norwége en deux parties, Nord et
Sud, juste comme nous parlons de la Grande Bretagne
au nord et au sud de la Tweed. Là aussi de l'autre côté
d'Éric étaient ses frères d'armes, Thorir le cerf, de la
baie, dans Helgeland, au Nord, et ce rouge et violent Viking qu'il avait ramené et réconcilié à la cause du jarl
Hacon, Thorstein à la longue taille. De l'autre côté de
Sweyn étaient ses frères Erlend et Sigurd, trop jeunes
encore pour porter le titre de jarl comme Éric et comme
lui-même, mais assez forts pour prendre leur part dans
la défense du pays. Ils étaient assis aux deux côtés du
jarl Sweyn, flanqués de deux hommes liges du jarl venus
de Naumdale, le vieil Eyvind, fils de Finn, et Erlend
Steak. Ces chefs étaient pour la plupart ceux des districts
au nord de Stad, mais les champions du sud et de l'est
ne manquaient pas à ce repas, et dans le nombre il faut
citer comme les principaux Gissur le blanc, de Valdres,
et notre vieil ami Thorkell de Leira, de la baie, l'ennemi
mortel de Vagn.

Outre ces chefs il y avait divers Irlandais, dont le jarl
était enthousiaste à l'excès à cause de leur bravoure et
de leurs talents, et plus encore peut-être parce que jusqu'à ce moment ils avaient résisté à toutes les intrusions
du christianisme et étaient restés étroitement attachés à
la foi ancienne. De tous les étrangers le premier en ligne
était Sigmund l'incomparable, des îles Feroë, ni Islandais,
ni Norwégien, mais doué des meilleures qualités de chacun des deux peuples. Le plus en faveur après lui était
Einar le scalde dont le père était Helge, de Bearhaven
dans Broadforth dans l'ouest de l'Islande, et dont la mère
était Nidbeorga, fille d'un roi d'Écosse, qui avait été enlevée par son mari dans une croisière sur les eaux de
l'Occident; mais elle aussi avait du sang norse dans les
veines, car sa mère était Kathleen, une fille de Rolf le
marcheur, engendrée en Islande avant que son père eût

abandonné les courses sur mer et se fût fixé en France pour y fonder le duché et la dynastie de Normandie. Parmi les Islandais il y avait encore Vigfus, le fils de Glum, de l'embouchure de l'Isle dans le Nord, appelé Viga-Glum, à cause de ses nombreuses occisions d'hommes, et deux autres, Thord d'Alvidra, et son frère Thorleif-Écume.

A mesure que le repas s'avançait le visage du jarl qui d'abord avait été sombre et nuageux s'éclaircit, et il fit des signes de tête à ceux qui étaient à distance et parla gracieusement et avec bienveillance à ceux qui étaient près de lui. A Skofti, il dit tout haut, en sorte que tous purent l'entendre :

« Les choses sont comme elles devaient être, Skofti ; je suis heureux de te voir près d'Éric, épaule contre épaule. C'est le temps ou jamais d'oublier les vieilles querelles. »

Skofti s'inclina profondément et resta quelques instants sans répondre, car son cœur gardait encore rancune à Éric qui, lorsqu'il n'était qu'un enfant de douze ans, s'était jeté avec son père d'armes Thorleif, sur son père Skofti, appelé Skofti-Nouvelles, et l'avait tué par point d'honneur.

« Allons, l'ami, dit le jarl, ne couvez plus ces vieux souvenirs ; que les choses passées soient les choses passées. Vous aviez, il est vrai, une querelle de sang contre Éric à cause de votre père ; mais cet Éric que j'aime comme ma vie, j'en fis un proscrit pour ce fait, et je te payai une compensation telle qu'aucun jarl de Norwége, et encore bien moins aucun homme lige, n'en a jamais reçu. Tout le monde sait combien j'aimais votre père ; oui, continua-t-il avec un soupir, je l'aimais plus tendrement qu'un frère, et si j'avais pris Éric, au moment où ses mains étaient rouges du meurtre, je l'aurais tué sur place. Mais maintenant nous sommes tous de bons amis, et en outre il y a des années de cela.

— Le sang est plus fort que l'eau, dit Skofti d'un ton sombre, et plus persistant qu'aucune peinture ; vous pouvez le couvrir d'or et le dérober ainsi à la vue ; mais la tache

persiste sous le prix d'un homme à quelque hauteur que
vous puissiez empiler l'or.

— Nous ne parlerons plus à ce sujet, Skofti, dit le
jarl. Oubliez Éric et votre querelle, mais n'oubliez pas
la Norwége; » et alors élevant la voix, il dit d'un ton à la
fois profond et perçant :

« Sache tout homme ici venu pour nous rendre bon
service, que si moi ou mes hommes liges avons quelque
sujet de plainte contre lui soit pour péage, ou taxe, ou
affaire de sang, ou violence, ou délit de quelque genre
que ce soit, qu'il est aujourd'hui entièrement absous
comme s'il n'avait jamais fait offense, absous pour
l'amour de cette terre de Norwége que nous sommes
tous tenus de défendre contre ces Vikings. »

Un tonnerre d'applaudissements déchira l'air et se ré-
percuta de table en table, et de groupe en groupe, car
nous pouvons être bien sûrs, que pendant que les chefs
mangeaient et buvaient, leurs hommes qui encombraient
le rivage ne mettaient pas de paresse à satisfaire leurs
appétits.

Ces applaudissements avaient à peine cessés, qu'un
grand homme maigre se leva de sa place à la table du
jarl, vint se placer devant lui, et dit :

« Salut, seigneur! quand vous plaira-t-il d'entendre
mon *Manque d'or*?

— Votre *Manque d'or*, Einar des vierges du bouclier!
Avec vous c'est toujours *Manque d'or*; mais quant à ce
chant de votre composition que vous appelez ainsi et que
vous désirez que j'entende, sachez qu'il y a un temps pour
toute chose, et que ce n'est pas le moment d'entendre
des chants.

— Quel meilleur temps pourrait trouver un skalde pour
chanter vos louanges et vos grandes actions, que ce temps,
seigneur, où tant d'hommes braves se trouvent réunis?

— Je te dis, Einar, dit le jarl que c'est le temps de
combattre et non pas de chanter. Tu peux à la fois combattre et chanter, car pas un homme dans le Nord ne fit
jamais face à son ennemi plus vaillamment que toi. Viens

me trouver à cette heure demain, après le combat, mais combats maintenant et laisse dormir ton chant. »

Le vaillant Islandais sourit et dit :

« Une fois que j'étais avec notre ami Égil, fils de Baldgrim, à Burg, dans les marais d'Islande, je lui demandai de me dire en quelle occasion il s'était trouvé dans le plus grand péril, et il chanta :

> Une fois je combattis seul contre huit,
> Deux fois onze hommes cherchèrent Égil,
> De ma seule main je les tuai tous,
> Alors les loups firent grasse chère ;
> Cruellement alors nous taillâmes et tranchâmes,
> Les boucliers épars jonchèrent le champ de bataille,
> Jusqu'à ce que devant mon épée et ma lance,
> Pas un ne me résistât ni de près ni de loin.

— Chanta-t-il ainsi, Einar ? dit le jarl. Bon ! ce fut un chant court et joyeux, et roulant tout sur sa personne. Je voudrais bien que nous l'eussions ici aujourd'hui pour tuer de sa propre main une douzaine ou environ de ces Vikings.

— Écoutez mon chant, seigneur, demanda de nouveau l'Islandais.

— Contente-toi, Einar, d'avoir chanté un seul chant, et qui n'a pas été le tien propre, dit le jarl.

— Vous ne voulez pas décidément l'entendre, seigneur, dit l'obstiné Einar ; en ce cas je vais aller chercher quelqu'un autre ailleurs. » Et sur ces mots il tourna les talons, et courut vers la plage, en chantant pendant qu'il s'éloignait :

> Sur ce jarl j'ai fait un chant
> Il estime long de l'écouter maintenant ;
> Vaut-il mieux que les rois
> Qui ont déjà payé mes louanges par des bracelets ?
> Il pourra s'apercevoir qu'il peut combattre
> Le skalde dont il traite maintenant les vers avec dédain.

« Qu'est-ce qu'il dit ? cria le jarl. Quelque chose qui

résulte de cela nous ne devons pas perdre notre skalde, car comment nos exploits d'aujourd'hui seraient-ils chantés? »

Le jarl alors se leva et suivit Einar au rivage où il vit qu'il montait à bord de son vaisseau; mais Einar ne fut pas plutôt sur le point de l'aborder, que remarquant qu'il était suivi par le jarl, il descendit précipitamment la galerie du faux-pont comme s'il était en grande hâte; mais néanmoins, il se contenta de piétiner sur place sans faire aucun chemin, et de fait, il était évident que tout ce qu'il souhaitait, était de voir comment le jarl prendrait la chose. Il se tint donc debout sur le faux-pont et chanta un autre couplet :

> Cherchons-nous ce jarl là-bas dont l'épée sanglante
> Entasse pour les loups une chère délicate;
> Je veux dire Sigvald dont le bras vaillant
> Fait à ses ennemis meurtrissures et blessures;
> Il ne me dédaignera pas lorsque je le prierai
> D'entendre le chant d'un poëte.

Puis il continua en prose : « Pourquoi pas un jarl aussi bien qu'un autre? Sigvald vaut pour moi autant que Hacon. Il ne peut pas me faire moins d'honneur que ce jarl des Granges. »

Il y eut des époques dans la vie du jarl Hacon où Einar aurait payé de son existence des paroles semblables; mais soit qu'il aimât l'homme et qu'il lui fâchât de le perdre, soit qu'il jugeât de bonne politique de garder un bras aussi vaillant à ses côtés et de mettre Einar en bonnes dispositions, toujours est-il que le sévère jarl des Granges se contenta de rire, lorsqu'il entendit les couplets d'Einar, puis qu'il l'appela et lui ordonna de venir lui parler.

Aussitôt qu'Einar eut obéi à l'appel, le jarl dit :

« C'est pure hâblerie, de parler de vous réfugier auprès des Vikings. Savez-vous d'ailleurs, où ils sont? et autre chose, pensez-vous que nous vous laisserions partir juste à ce moment critique pour révéler tous nos plans? Il vaut bien mieux rester ici et combattre vaillamment avec nous.

Alors, quel que soit celui qui gagnera la victoire, peut-être si vous sortez vivant de la bataille, trouverez-vous de nouvelles choses que vous pourrez ajouter à votre *Manque d'or*, qui pourront accroître notre gloire et votre renommée comme skalde ; car, vous le savez, il faut même aux meilleurs skaldes de grandes actions pour matière de leurs chants. »

Puis, voyant que le récalcitrant Islandais persistait encore dans ses bouderies, il dit :

« Restez, et je vous donnerai une récompense qui ne pourrait pas être plus grande, quand bien même j'aurais écouté votre *Manque d'or* et que je vous aurais rémunéré généreusement pour cela. Je vous dis que je veux vous avoir à mon côté aujourd'hui pour chanter les gloires de cette grande bataille dont on se rappellera, tant que la Norwége aura des habitants. »

En parlant ainsi, il posa sa main sur l'épaule de l'Islandais et le ramena à la grange. Puis il entra dans l'intérieur, et quelques heures après en sortit apportant dans sa main une paire de balances et deux poids.

Aujourd'hui, les poids et les balances ne rappellent probablement au lecteur que des marchands de fromages et des apothicaires, et on pense involontairement à de hideuses balances de cuivre avec des poids d'airain encore plus hideux s'il est possible ; mais il y a balances et balances, et dans les temps primitifs, les poids et les balances pouvaient être des choses très-artistiques, des choses de prix, comme on disait. Les balances et les poids du jarl Hacon étaient de ce genre. Les balances étaient du plus bel argent, purifié au feu et richement doré. Les poids étaient l'un d'or et l'autre d'argent, et chacun était sculpté de manière à présenter l'apparence ou l'image d'un homme. Ils étaient aussi employés comme sorts, car c'était une pratique habituelle parmi les gens du Nord de tirer des sorts pour connaître les futurs événements. C'étaient donc les propres poids et les propres balances du jarl, et il les employait dans toutes les occasions solennelles.

« Voyez, Einar, dit le jarl, je vous les donnerai pour

rendre notre amitié étroite et ferme. Savez-vous comment
il faut les employer ?

— Je sais où mon sort est jeté, dit Einar, toujours bou-
deur, mais je ne sais pas le jeter. La destinée gouverne
en cela comme en toute autre chose.

— Regarde, je vais te l'enseigner, dit solennellement
le jarl. Par ces balances et ces sorts, je puis m'enquérir
de l'avenir, et ils répondent toujours juste. Que deman-
derai-je ?

— Demandez si vous gagnerez la journée, c'est ce que
nous souhaitons tous savoir.

— Soit, dit le jarl. Maintenant remarquez ce que je
vais dire et faire. Vous voyez cette petite image sur ce
poids d'or, et cette image d'argent sur l'autre ? Lorsque je
vais les jeter dans la balance, si l'image d'or a la face
tournée en haut, et si l'image d'argent ne l'a pas, nous
gagnerons la journée, mais nous ne la gagnerons pas si
l'image d'argent a la face en haut; maintenant, que les
dieux décident. »

En parlant ainsi, il jeta les sorts chacun dans un des pla-
teaux de la balance ; il y eut un fort tintement et les sorts
roulèrent sur eux-mêmes plusieurs fois. Enfin ils s'arrêtèrent, et voyez ! le poids d'or présentait son image face
en haut, tandis que le poids d'argent s'était arrêté le re-
vers tourné.

Einar était sur le point de laisser échapper une exclama-
mation, lorsque le jarl l'arrêta.

« Attendez un peu, Einar ! cria-t-il, il y a quelque chose
encore à venir. Voyez, les sorts sont immobiles et je tiens
les balances dans l'immobilité ; cependant, les balances
vont encore parler à leur manière. »

Comme ils regardaient, Einar vit que le lot commençait
à remuer quoique le jarl tînt la balance d'un bras aussi
ferme et aussi libre de tremblement qu'un rocher. Enfin,
il roula et roula sur lui-même, et la balance rendit un
tintement qui fut nettement entendu.

« Remarquez cela, Einar, dit le jarl. Les dieux rendent
par la balance témoignage que la question posée a reçu

sa vraie réponse. Il en a toujours été ainsi pour moi, et il en sera toujours ainsi pour vous si vous gardez votre foi dans les dieux pure et libre de toute souillure. Et soyez sûr d'une chose, nous gagnerons la journée quels que soient les sacrifices que nous aurons à faire. Et maintenant, portez ces choses précieuses dans votre case à bord de mon vaisseau, et que mon esclave, Kark, sonne de la corne pour rassembler nos forces. A cette heure, tous nos hommes doivent avoir bu et mangé leur saoul. »

CHAPITRE XI

PRÉPARATIFS POUR LE COMBAT.

Le son des cornes norwégiennes au travers de l'eau, reçut la réponse des cornes des Vikings qui, après un repas pris de plein cœur, se trouvaient prêts pour l'action.

La tentative de Vagn pour saisir le jarl ayant manqué, il était clair que la querelle devait être vidée dans un beau combat prolongé. Les deux armées étaient fort inégales en nombre, les Norwégiens dépassant de beaucoup le nombre de leurs assaillants qui étaient à peine dix mille. Mais, comme nous l'avons déjà dit, quoique les vaisseaux vikings ne fissent que la moitié des trois cents navires qui s'étaient réunis sous la bannière du jarl Hacon, ils étaient, vaisseau pour vaisseau, très-supérieurs à la majorité de ceux de la flotte norwégienne, qui, bien qu'elle contînt beaucoup de grands vaisseaux ou navires de guerre, s'était largement recrutée parmi les navires marchands et les galères de commerce, lesquels étaient absolument incapables de se mesurer avec les serpents de guerre des Vikings qui allaient bientôt fondre sur eux.

Tandis que la masse de ses hommes était à déjeuner, le jarl Hacon avait envoyé des espions, quelques-uns dans des embarcations légères, et d'autres par terre, pour escalader les rochers des deux côtés de la baie, et lui rapporter des renseignements relatifs au nombre, aux dimensions et à l'équipage de la flotte ennemie. Ces renseignements obtenus, il s'occupa d'ordonner ses forces qu'il avait déjà disposées en trois divisions formant un demi-cercle à travers la baie très-semblable à la forme que prend un filet quand on le lance. A l'intérieur de ce demi-cercle, se trouvaient le vaisseau du jarl et quelques autres contenant les chefs qu'il avait résolu de placer à la tête de chaque division. Pour lui, il prit la résolution de n'en commander aucune, mais de rester avec son vaisseau libre de se porter pendant l'action là où besoin serait de secours.

Au milieu de son armée, ou à la division du centre contre laquelle on pouvait attendre que le capitaine des Vikings viendrait donner, il plaça son fils aîné Sweyn, avec deux autres vaisseaux pour soutenir le premier choc des Vikings. Si Sigvald venait donner au centre, on pouvait s'attendre qu'il aurait en sa compagnie son frère Thorkell le gigantesque, et contre lui on appela Skeggi de fer, Sigurd Steak et Thorir le cerf, chacun avec son vaisseau. C'était une grande supériorité, même contre Thorkell le gigantesque; car les vaisseaux des hommes liges que nous avons nommés étaient égaux en réalité à n'importe lesquels des navires de guerre des Vikings. D'ailleurs, si le jarl Sigvald venait donner au centre, comme on s'y attendait, il n'aurait pas à se mesurer avec le jarl Sweyn seul, car il devait être soutenu par deux des plus vieux amis et des plus braves chefs du jarl, l'un, notre vieil ami Gudbrand de la vallée, l'autre Styrkar de Gimse.

L'arrangement des forces en était là, lorsque le jarl cria d'une voix forte :

« Nous avons placé trois champions à tes côtés, Sweyn, contre Sigvald, ce jarl parvenu. Le second en commandement après lui sera Bui, fils de Veseti, le plus brave

et le plus opiniâtre Viking de toute la flotte. Eh bien,
notre vieil ennemi et notre nouvel ami, Thorkell longue
taille, c'est le moment de montrer votre trempe. Nous
vous établissons contre Bui, et avec vous se tiendra
Hallstein, le fléau des paysannes. Ce ne sera pas un jeu
de paysannes, Hallstein, ce sont des hommes que vous
aurez à combattre aujourd'hui et non de vieilles femmes;
et comme Bui est exceptionnellement fort, le troisième
qui lui sera opposé sera vous, Thorkell de Leira, et maintenant puissiez-vous l'emporter à vous tous et partager
entre vous ses caisses d'or.

— Avec Bui, dit Sigmund, qui se tenait à la main
droite du jarl, viendra Sigurd le champion, comme on
l'appelle.

— Deux de nos hommes suffiront pour lui tenir tête,
dit le jarl, et vous serez ces deux hommes, vous le père
et le fils, Armod d'Onundfirth et Arni.

— Vous avez laissé un des pires pour le dernier, seigneur, dit Sigmund. Dans toute cette flotte qui nous
guette dans ce détroit là-bas, il n'y a pas de guerrier
aussi hardi et aussi heureux que Vagn, fils d'Aki.

— Je ne l'avais pas oublié, dit le jarl. Comme il est si
fort amoureux de votre fille, Thorkell, et comme il vous a
déjà payé une visite, c'est à vous qu'il appartiendrait de
le combattre si vous n'étiez pas si occupé avec Bui; j'ins-
talle ici mon fils Éric pour se mesurer avec lui et je lui
adjoins Erling de Skuggi. Ces deux devraient suffire,
mais comme ces Vikings doivent être combattus pour la
plupart par trois, nous leur ajouterons Ogmund le blanc.
Son moignon est à peine guéri, mais il a un compte à
régler avec Vagn pour cette affaire de la Baie; et si Éric,
Erling et lui ont bonne chance ils pourront reconquérir
à Ogmund, notre homme lige, son beau bracelet d'or.

— Il n'y a plus qu'un chef audacieux à nommer, dit
Sigmund. Avec Vagn viendra le plus vieux mais non le
plus faible des Vikings, son père d'armes, Beorn le gallois. Il faudra trois hommes pour en venir à bout.

— Et ils sont ici, dit Hacon, en se tournant vers un

groupe de trois hommes qui étaient à une faible distance
de lui. Le premier sera Einar le petit, court de stature,
mais robuste comme un ours. Qu'il se mesure avec cet
ours gallois. Avec lui tiendront Havard le bien éveillé et
Halvard de Flydruness. Maintenant je pense que nous
avons pourvu à tous nos ennemis. Montez donc à bord,
hommes braves et fidèles, et attachez vos vaisseaux ensemble aussitôt que vous verrez les Vikings venir autour
de cette pointe là-bas. Pour moi, mon navire flottera
libre dans le fer à cheval derrière vous, prêt à venir au
secours du point où notre ligne sera trop pressée. Mais
attendez, j'oublie trois hommes. N'avons-nous pas ici nos
Islandais? Einar est sain et sauf à bord de mon vaisseau,
et nous sommes en solide amitié avec notre skalde; mais
où est Vigfus, le fils de Viga Glum? où sont Thord d'Alvidra et Thorleif-Écume, tous robustes compagnons. Où
sont-ils?

— Je puis répondre à leur place, mon père, dit Éric.
Ce matin, de bonne, ils sont venus me trouver, et m'ont
prié, puisqu'ils n'ont pas de navires à eux, de les laisser
combattre à bord du mien; j'ai dit oui, et ils sont tous
allés dans le bois pour trouver une massue à Thorleif.

— C'est un robuste compagnon, ce Thorleif, dit le
jarl, et je suis enchanté que ces Islandais aillent avec toi,
Éric. Si Vigfus combat aussi bien que son père Glum,
quand il tua le Berserker ici, en Norwége, il y a des années, peu de Vikings lui résisteront. Et maintenant je le
répète, chaque homme à son vaisseau, et avec le secours
des dieux, nous gagnerons la journée pour la Norwége. »

Alors le jarl, ses fils, les chefs et leurs hommes se
mirent en marche pour le rivage au bruit des applaudissements et des acclamations.

« Ces Islandais viendront trop tard avec leur massue,
dit Éric à Erling de Skuggi. Les batailles, comme le
temps et la marée, n'attendent personne. Les Vikings
seront bientôt sur nous. Nous voici déjà à mi-marée. »

Erling se tourna du côté du bois qui bordait le versant
et dit :

« Les voici là-bas qui viennent à travers la forêt de pins, et voyez quelle massue Thorleif porte dans sa main droite !

— Je le vois bien, » dit Éric ; et alors il héla l'Islandais qui, au lieu de venir droit à lui, se dirigea vers les feux où les hommes avaient fait cuire leur repas du matin et qui se consumaient sous leurs cendres. Thorleif y enfonça sa massue, la tourna et la tordit jusqu'à ce qu'elle fût toute dépouillée et séchée, puis l'enlevant comme une plume sur son épaule, il courut avec les autres rejoindre Éric. Lorsqu'ils furent près de lui, le jeune jarl dit :

« Vous étiez presque en retard, Thorleif. Mais que voulez-vous faire de cette énorme massue ? »

En réponse, Thorleif se mit à parler en vers et psalmodia ce couplet :

> Je tiens dans ma main
> Un marteau pour les têtes,
> Briseur des os de Bui,
> Funeste pour les hommes.
> Que Sigvald prenne garde
> A ce soldat de Hacon ;
> Car ce tronçon de chêne,
> — Si je tiens tous le jour —
> Rossera les Vikings
> Et leur procurera mauvaises aventures.

« Bien chanté, bien chanté, Thorleif! dit Éric avec un grand éclat de rire. Einar des vierges du bouclier, ou, comme mon père l'a maintenant surnommé, Einar Tintement de balances, n'aurait pas pu tourner un meilleur couplet. Et maintenant, dans le bateau tous tant que nous sommes, et vite à mon vaisseau! Avant que nous revenions à terre, plus d'un vaillant compagnon dormira dans le froid, au sein de Ran. »

Pendant que le jarl et ses hommes se préparaient ainsi pour le combat, Sigvald et les Vikings n'étaient pas oisifs. Après qu'ils eurent bien mangé et bu, — le dernier repas sur terre pour beaucoup, — Sigvald tint conseil

avec ses capitaines à bord de son vaisseau. Ce n'était pas
le moment pour Sigvald de ne pas user de sa langue
adroite, et il s'adressa à ses capitaines du haut de la
poupe.

« Nous voici, vaillants camarades, arrivés au jour que
j'espère devoir être celui de notre victoire. Au moins, avant
que la nuit tombe, nous aurons tous eu l'occasion d'accomplir nos vœux, et puissions-nous tous les bien accomplir.
Je sais, à la vérité, que c'est l'heure d'agir plutôt que de
parler ; mais je ne pouvais me dispenser de dire ces quelques paroles, et, avec autant d'hommes braves que j'en
vois devant moi, qui peut douter de la victoire ? La chose
importante à décider maintenant est comment nous les
attaquerons, et dans quel ordre ; et ici nous sommes incer-
tains, car aucun de nous n'a même jeté un coup d'œil
dans l'anse de la baie là-bas, excepté Beorn et Vagn. Comment dites-vous, Beorn le Gallois, vous qui avez vu tant
de combats, que sont la forme et la figure de la baie
autour de ce coude là-bas ?

— Elle s'ouvre après l'inclinaison, dit le vieux Viking,
en une longue anse qui devient plus large en se rappro-
chant de la terre, et finit en fer à cheval ; mais à quelque distance du rivage, peut-être à une portée d'arc, il y
a deux petits rochers ou îlots qui brisent l'étendue de
l'eau et la divisent en trois parties. Derrière ces îlots se
trouvent les vaisseaux du jarl, deux environ contre un
des nôtres, mais plus petits. C'est là tout ce que j'ai vu,
et Vagn l'a vu comme moi.

— C'est juste comme le dit Beorn, dit Vagn.

— Eh bien, en ce cas, dit Sigvald, la marche que nous
avons à suivre est facile. Nous allons ramer pour entrer
dans la baie en tournant le coude, nous profiterons pour
cela du flux qui devient maintenant fort, et aussitôt que
nous atteindrons ces îlots nous attacherons nos vaisseaux en trois divisions, nous nous laisserons glisser
jusqu'à eux avec la marée, et alors nous tomberons sur
eux, nous éclaircirons leurs ponts, et nous nous empare-
rons de leurs vaisseaux aussi vite que nous pourrons.

Qu'en dites-vous encore, Beorn? le conseil est-il bon?

— Il ne pourrait être meilleur, » dit Beorn.

Sigvald continua :

« Nous avons maintenant établi trois divisions, reste à établir qui les commandera. Le milieu, entre les deux îlots, est la place d'honneur, et c'est là probablement qu'aura lieu le premier choc de la bataille. Comme capitaine, je réclame ce poste pour moi-même ; j'y commanderai et j'y élèverai ma bannière, et à côté de mon vaisseau sera celui de mon frère Thorkell. Vous commanderez la division de gauche, Bui l'intrépide, et avec vous marchera Sigurd le champion ; et vous Vagn, fils d'Aki, et vous, Beorn le Gallois, vous commanderez celle de droite. Nous avons donc un centre, deux ailes, et deux capitaines par chaque division. Quelqu'un a-t-il quelque objection à présenter contre cet ordre de bataille ? »

Pas un mot ne répondit à cette question, mais il y eut comme d'habitude un murmure d'applaudissements pour la promptitude et l'habileté du jarl à disposer ses forces.

« Voilà donc qui est établi, continua Sigvald ; maintenant, à nos rames, et arrivons sur eux aussi rapidement que faire se pourra ! »

Une minute ou deux se passèrent pendant lesquelles les vaisseaux des Vikings continuèrent à rester inertes sur l'eau, se laissant doucement glisser avec la marée jusqu'à la bouche de la baie. Puis vinrent le tapage des rames et le tonnerre des vagues lorsque la flotte entière commença à fendre les eaux. Nous avons vu que les Vikings étaient d'habiles marins, et leur habileté leur fut de bon secours en cette occasion. Ce n'était pas le premier capitaine venu qui aurait pu conduire cent cinquante longs vaisseaux à travers l'ouverture de la baie, mais Sigvald était égal à la difficulté. Quand il prit le commandement de l'avant-garde, ses cornes sonnèrent, et la flotte comme par magie se sépara en trois divisions, la tête sous Sigvald allant de l'avant, le centre et la queue reculant, puis en moins de temps qu'il n'en faut pour le dire, ce qui n'avait été qu'une longue ligne prit la forme de trois escadres de

cinquante vaisseaux chacune, sous les commandements
de Sigvald, de Bui et de Vagn. Il y avait à peine assez
d'espace pour éviter les rochers de chaque côté, mais
quoique le champ fût petit, il fut suffisant. Sans s'em-
barrasser, sans toucher côte, les trois divisions passèrent le détroit à l'inclinaison, point après lequel, comme
nous le savons, la baie s'ouvrait graduellement. Ils ramèrent dans cet ordre jusqu'à ce qu'ils furent arrivés jusqu'au point où Beorn et Vagn s'étaient déjà avancés le
matin. Là la flotte entière vit ce que les deux aventuriers
avaient déjà contemplé, la baie en fer à cheval, frangée
d'une longue ligne courbe de vaisseaux, et devant eux les
deux îlots qui coupaient les eaux ouvertes en trois larges
canaux.

C'était un glorieux spectacle dans cette fraîche matinée
d'hiver, cette large baie fourmillant de vaisseaux avec la
bannière de Sweyn à droite, et celle d'Éric à gauche,
tandis qu'au centre, mais libre et non pas attaché comme
les autres, flottait un long vaisseau sur lequel tremblait
au vent l'étendard bien connu du Corbeau, celui du jarl
Hacon lui-même.

Les deux armées n'étaient pas maintenant séparées par
un mille, et les Vikings pouvaient entendre les voix des
hommes fondues dans un murmure général, que dominaient de moment à autre des clameurs de défi et de
dérision poussées par les robustes équipages des Norvé-
giens.

Le vaisseau de Thorkell le gigantesque se trouvait côte
à côte de celui de son frère qui lui cria de la poupe du
Bison :

« Un beau spectacle, frère ! ici au moins nous trouverons
des ennemis dignes de notre acier !

— Un beau spectacle, en effet, frère ! répondit de sa
voix de tonnerre le gigantesque Viking. Puissions-nous
tous accomplir nos vœux, et poser sur nos ponts, avant que
le soir tombe, ces bannières orgueilleuses de là-bas ! »

Mais ce n'était pas l'heure des paroles. Des exclamations
d'étonnement, de surprise, de joie, partirent sans doute

des deux flottes, mais c'était tout ce que le temps permettait. Les cornes de Sigvald sonnèrent encore le signal pour que la flotte se formât en une seule ligne, et de même que cette ligne avait, quelques instants auparavant, été séparée soudainement en trois divisions, ces trois divisions prirent maintenant la forme d'une longue ligne. Mais ce n'était pas une longue ligne comme celle des Norwégiens dont les navires, à quelques exceptions près, étaient tous attachés ensemble flanc contre flanc, avec leurs proues tournées contre l'ennemi. Comme les deux îlots coupaient l'espace en trois larges canaux avant qu'on pût arriver à la baie en fer à cheval, la ligne de Sigvald fut formée de trois escadres séparées, chacune de cinquante vaisseaux qui furent attachés ensemble. Pendant le temps nécessaire pour exécuter ces manœuvres, la ligne entière s'était approchée des îlots. Les cornes sonnèrent encore la charge, et alors comme si elles eussent été guidées par la force d'un seul homme, les trois escadres se précipitèrent en avant, les deux îlots séparant le centre placé sous Sigvald de Bui à gauche et de Vagn à droite. Les îlots rocheux furent évités sans perte d'hommes et de vaisseaux. Les trois escadres alors se formèrent encore en ligne, puis se précipitèrent comme un seul navire à travers l'espace ouvert qui les séparait de la ligne norwégienne. Les flèches volèrent, les javelots et les pierres sifflèrent dans l'air, et la bataille de Hjoringvœ, dont l'issue devait décider du sort du beau royaume de Norwége, se trouva actuellement commencée.

CHAPITRE XII

LA BATAILLE COMMENCE.

Tandis que les pierres pleuvaient sur les ponts, et que les javelots et les flèches tourbillonnaient dans l'air, les

Vikings ramèrent droit à leurs adversaires, et les chargè-
rent proue en avant, portés à la fois par leurs rames et
par la marée. Nous avons déjà décrit l'ordre d'un ancien
combat de mer dans le Nord, et le commencement de la
bataille de Hjoringvæ fut comme toutes les actions du
même genre. L'objet des assaillants était de briser la
ligne de l'ennemi, soit en séparant les attaches qui liaient
les vaisseaux ensemble, soit en forçant l'ennemi à les couper et à fuir. Si ce résultat était atteint, la bataille dégé-
nérait en une suite d'actions entre vaisseau et vaisseau,
dans lesquelles le parti dont les attaches étaient brisées
en premier lieu était généralement défait, car il était difficile de séparer ces attaches jusqu'à ce que les ponts du
navire attaqué eussent été éclaircis de leurs hommes.

Le premier choc des escadres vikings lorsqu'elles abor-
dèrent leurs ennemis fut terrible; mais les cœurs des
Norwégiens étaient résistants, et résistants étaient aussi
leurs vaisseaux, et quoique quelques-uns eussent été fracassés de l'avant à l'arrière par les hautes proues des
Vikings, nous ne lisons pas qu'il y en eût aucun d'enfoncé sur le coup, ou que leurs ponts furent éclaircis rapidement. Enchaînées ensemble par leurs proues, les flottes
rivales se trouvèrent pendant quelque temps sous un
énorme nuage de flèches et de dards qui étaient lancés
des deux côtés avec une précision terrible, les combattants
étant si proches. Mais bien que les Vikings eussent peut-
être l'avantage dans cette phase de la rencontre, les équipages norwégiens étaient si braves, et ils dépassaient tellement en outre leurs ennemis par le nombre, que pour
un temps ce fut une bataille de javelots, de flèches et de
pierres, et que des vaisseaux vikings, tout grands qu'ils
étaient, pas un homme n'avait encore osé aborder un
navire norwégien et éclaircir ses ponts avec le tranchant
de l'épée ou la pointe de la lance.

C'est ainsi que la bataille faisait rage, et pendant tout
ce temps-là le soleil d'hiver rayonnait resplendissant, et
comme il y avait absence de cette fumée qui maintenant
enveloppe d'obscurité nos actions sur mer et sur terre, ce

fut sans doute un noble spectacle que de voir vingt mille
hommes dans quatre cent cinquante vaisseaux combattant
pour conquérir la Norwége au sein de cette superbe baie
en fer à cheval.

Nous avons vu que le jarl Sweyn était posté au centre
contre le jarl Sigvald, son vaisseau étant lié aux autres au
milieu même de la ligne. Derrière lui, dans son vaisseau
flottant en liberté, était le jarl Hacon lui-même, prêt à
porter secours, à faire décider la bataille ou à la rétablir à
n'importe quel point de la ligne où sa présence pourrait
être nécessaire.

Lors du premier choc de la flotte viking le jarl se
trouvait avec son fils aîné Sweyn sur le vaisseau du jeune
homme qui soutint bravement la charge du *Bison*.

« Ça été un rude coup, Sweyn, dit le jarl. Voyez
comme le navire tressaille dans toute sa charpente, mais
néanmoins il flotte aussi intact qu'auparavant; ce n'était
pas un médiocre constructeur que celui qui en assembla
les pièces.

— Oui, oui, père! dit Sweyn, il est bien entier, n'ayez
crainte; il flottera aussi longtemps que la Norwége s'élè-
vera au-dessus de la mer. » En ce moment, une énorme
pierre vint frapper son chapeau d'acier, et il continua :

« Cela a fait tinter mon casque. Ces Vikings ne font
pas la guerre avec des dragées. »

A ce moment même, un javelot lancé du vaisseau de
Sigvald faillit atteindre le jarl au milieu du corps, et
ensevelissant profondément sa pointe dans le pont, il se
fixa tout vibrant entre le père et le fils.

« Voilà qui a été bien lancé, Sweyn, dit le jarl. Ce cama-
rade-là voulait ma mort; mais coup évité vaut un mille
fait, et celui que les anciens dieux protégent n'a rien à
craindre de tous les tireurs du monde.

— Si ce coup vous avait atteint, père, dit Sweyn, cela se
serait mal passé pour vous en dépit de votre longue chemise de mailles.

— Je ne crains ni dards ni javelots, avec ou sans ma
chemise de mailles, dit orgueilleusement Hacon. En cela,

comme en toutes choses, la destinée à laquelle Odin lui-
même doit céder, règle et gouverne, et ce n'est pas telle
bataille, ou tel risque de vie, dans lesquels un homme peut
se trouver, qui ont pouvoir par eux-mêmes. »

Puis, tout en promenant son œil d'aigle le long de la
ligne, il dit :

« Tout va bien ici au centre. Le jarl Sigvald, ce parvenu de fraîche date, aura besoin de mieux combattre et
d'être plus hardi s'il veut gagner la journée. Ici nous
nous maintenons solidement, et son vaisseau n'est pas
plus près de nous aborder qu'au commencement. Vos
hommes combattent vaillamment, Sweyn, et voyez! les
ponts des vaisseaux de l'ennemi sont jonchés d'hommes
qui ont besoin d'enterrement mais non de médecins. Oui,
ajouta-t-il, il n'est pas probable que ce soit ici, au centre,
que Sigvald accomplira son vœu insolent. Ici le jarl des
Granges battra le jarl des voleurs, n'ayez peur ! Là-bas à
l'aile gauche, Eric et ses hommes luttent bravement contre
Vagn, fils d'Aki, et son père d'armes. Là aussi notre ligne
garde sa courbe, et n'a ni plié, ni été échancrée; mais, à
notre droite, les choses ne vont pas aussi bien. Là Bui,
fils de Veseti, a fait un si furieux assaut que notre ligne a
déjà plié et cédé, si toutefois elle n'est pas déjà rompue.

— Qu'y a-t-il à faire, père? dit Sweyn. Ici, comme vous
le dites, nous nous maintenons.

— Ce qu'il y a à faire ! dit Hacon ; mais porter secours
où il est nécessaire. Prenez mon vaisseau qui flotte ici
derrière nous, allez vers Éric, et dites-lui que s'il pense
que ses hommes peuvent tenir en son absence, il monte
sur son *Côtes de fer* qui flotte libre comme mon vaisseau,
puis allez-vous-en tous deux tomber sur Bui et rétablir
notre ligne. Il ne faut pas qu'ils puissent jamais, et un
capitaine comme Bui moins que tout autre, briser notre
ligne et se placer entre nous et la terre. »

Puis comme Sweyn traversait le pont ensanglanté pour
lui obéir, le jarl Hacon ajouta : « Arrêtez, Sweyn, quoique vous preniez mon vaisseau, laissez-moi ma bannière.
Si elle était retirée, on pourrait dire que le jarl Hacon

a fui du combat, et l'ennemi prendrait cœur; mais fuir son ennemi, c'est ce que le jarl Hacon ne fera jamais. »

Une minute après Sweyn était à bord du vaisseau de son père, et il fut bientôt derrière l'escadre de son frère.

Là se tenait le vaillant Éric sur son second vaisseau, entouré par ses hommes liges et par le groupe des Islandais dont il était aimé plus qu'aucun membre de sa famille.

« Comment cela marche-t-il, frère? dit Sweyn en hélant Éric.

— Bien, frère, dit Éric, en lançant dans le vaisseau de Vagn un javelot, dont la *Saga* dit « l'homme qui se trouvait devant ce dard n'eut pas besoin d'en attendre un second. » Bien, et comment cela marche-t-il avec notre père?

— Bien aussi, dit Sweyn. Nous tenons bon contre Sigvald, et quoique nous ayons perdu beaucoup d'hommes, ils en ont perdu beaucoup aussi, et nous sommes mieux en état de supporter la perte, car nous, nous pouvons sentir l'odeur des crêpes que font nos femmes en ce moment, tandis que pour eux il y a belle distance d'ici à Jomsburg.

— En ce cas, la bataille est à notre avantage, frère, et nous n'avons rien à craindre, dit Éric en lançant à la façon des héros d'Homère une pierre pesante sur les Vikings du vaisseau de Beorn.

— Il n'en est pas ainsi, frère, dit Sweyn, et c'est pour cela que je suis ici.

— Je pensais bien que vous deviez être venu pour quelque affaire, frère, dit Éric, quelle est-elle? Dites-la vite, le temps est à ménager, et chaque mot que je prononce épargne la vie d'un ennemi.

— Notre père vous fait demander, dans le cas où vous ne seriez pas trop pressé, si vous ne pourriez pas monter à bord de votre *Côtes de fer*, et venir avec moi pour rétablir le combat à l'aile droite où Bui pousse tout devant lui.

— Pourquoi perdre tant de paroles, frère? dit Éric. Sans doute je vais y aller, et je prendrai mes Islandais

avec moi. Je laisserai les autres ici. Il ne faudra pas longtemps pour rétablir notre ligne, et je serai de retour avant
que Vagn puisse nous faire grand dommage. Un dard de
plus et je suis prêt. »

En disant ces mots le jeune jarl lança d'une main
sûre un dard contre le brigadier de Vagn qui tomba raide
mort. Éric s'arrêta un moment pour voir l'effet de son
dard, et dit : « Ce camarade ne remplira jamais n'importe quel vœu qu'il ait fait avant de venir ici, à moins
que ce vœu ne fût de rencontrer la mort en Norwége. » Puis
il partit avec son frère, monta à bord de son grand *Côtes
de fer*, le meilleur vaisseau de toute la flotte, et bientôt
les deux frères luttèrent de vitesse pour arriver à l'aile
droite.

Ils arrivèrent juste au moment critique, car Bui avait
bien maintenu la réputation qu'il avait d'être le plus terrible de tous les capitaines vikings. Il est vrai qu'il ne
trouvait devant lui aucun adversaire de race royale, et
que pas une seule bannière du Corbeau ne flottait sur les
vaisseaux norwégiens qui lui étaient opposés; cependant
il avait en face de lui Thorkell longue taille, un Viking qui tout récemment encore était pour les Norwégiens un sujet de terreur presque égal à Bui lui-même ;
Hallstein, fléau des paysannes, n'était pas non plus un antagoniste à mépriser, en dépit de son absurde sobriquet,
et enfin en Thorkell de Leira, qui aurait eu tous droits
à être opposé à Vagn, il avait à affronter un des plus
fidèles hommes liges et un des plus braves champions que
le jarl Hacon pût compter parmi ses hommes. Mais les
Vikings étaient tous des hommes choisis, et l'équipage
de Bui était encore composé de la fleur même des champions du Nord. On disait de lui que tout braves que fussent
Vagn, et Beorn, et Sigurd, et d'autres encore de la bande,
il y avait dans la compagnie un capitaine plus brave que
tous ceux-là, et que ce capitaine était Bui. Sa vie était
gouvernée par une pensée d'une absolue simplicité, et
tandis que Sigvald était politique et se mariait, que Vagn
était amoureux d'Ingibeorg, que Beorn non content d'être

un vétéran était un haïsseur de femmes, Bui était un Viking et n'était rien de plus. La poussière de la bataille était comme le souffle de ses narines, et tandis que les autres prenaient plaisir à la poésie, à l'amour, au butin, Bui n'avait souci que de la bataille seule, et s'il ne pouvait combattre il ne se souciait pas de vivre. Un tel capitaine, si entièrement consacré aux armes, était sûr d'avoir de dignes compagnons; en outre sa richesse et ces deux caisses d'or rouge qu'il portait toujours avec lui étaient dés aimants qui attiraient à lui les guerriers les plus choisis du Nord.

Aussitôt donc que Bui commença l'action avec son escadre à l'aile gauche des Vikings, il fit pleuvoir une grêle si continue de pierres, de flèches et de dards sur le vaisseau opposé au sien, lequel se trouva être celui de Hallstein au surnom malheureux, qu'un homme à peine y put répliquer. Quelques flèches et quelques dards furent bien lancés en retour, mais les Norwégiens pour la plupart furent contraints de se retirer sur les boulevards pour y trouver un abri, et ils furent tellement lapidés derrière leurs boucliers qu'ils tombaient comme des moutons sous les projectiles de Bui.

Ce fut en vain que les deux Thorkell, Thorkell longue taille d'un côté, et Thorkell de Leira de l'autre, essayèrent de secourir Hallstein et de maintenir leur ligne avec son vaisseau ; leurs vaisseaux furent aussi repoussés par Bui, et au lieu d'une courbe convexe l'aile droite norwégienne présenta bientôt une courbe concave. Quelque chose comme une terreur panique se répandit de ces trois vaisseaux sur les navires norwégiens qui étaient proches, tandis que toute l'escadre de Bui devint plus hardie dans son attaque quand elle vit que son capitaine avait si bien débuté. Les Norwégiens diminuèrent rapidement sur toute cette aile, et leur ligne entière commença à chanceler et à reculer. Ce moment était celui même où Bui avait l'intention d'aborder et de couper cette ligne en deux en séparant les attaches du vaisseau de Hallstein; alors il allait être libre, ou bien de couler bas les vaisseaux ennemis l'un après l'autre, ou bien de garder ses vaisseaux tous unis ensemble, et d'aller avec sa force entière saisir en queue le jarl Hacon au centre et le placer ainsi entre deux feux.

Mais cet heureux moment ne vint jamais pour les Vikings de Bui. L'œil vigilant du jarl Hacon avait aperçu le point faible de sa ligne, et ses deux fils dans leurs deux grands vaisseaux venaient juste au moment critique pour rétablir le combat. Arrivant en queue des trois vaisseaux du centre de l'aile, le *Côtes de fer* et son compagnon apportèrent par leur grande masse un secours bienvenu aux Norwégiens, et de leurs poupes, comme du haut de deux grands châteaux, Éric et Sweyn firent pleuvoir une telle grêle de projectiles sur Bui et ses hommes, que ceux-ci durent à leur tour penser à s'abriter et abandonner pour le moment toute intention d'abordage. Lentement mais sûrement les vaisseaux norwégiens chancelants se reformèrent en ligne, et de nouveau ils présentèrent une courbe convexe à l'ennemi.

Ce service accompli, Éric tourna instinctivement les yeux sur sa propre escadre qu'il venait de quitter, et il vit, avec quelque chose comme de l'effroi, que Vagn et ses Vikings étaient en train d'effectuer à gauche la manœuvre qu'il venait d'empêcher Bui d'exécuter à droite.

Hélant Sweyn du haut de la poupe du *Côtes de fer*, Éric cria : « Nous avons rétabli la ligne sur cette aile, frère, mais les choses vont presque aussi mal à gauche. Il faut que je me hâte d'y retourner, mais je puis faire cela seul ; restez ici en attendant, surveillez Bui, et encouragez vos hommes.

— Oui, oui, frère! » dit Sweyn, — et le *Côtes de fer* monté par le vaillant Éric fendit bientôt les vagues pour revenir à l'aile gauche.

Le jeune jarl avait un cœur léger, et ne laissait jamais une chose grandir sous ses yeux, comme disait le proverbe ; en d'autres termes il tirait toujours le meilleur parti de toute chose. Mais son cœur aurait été léger dans un plus mauvais sens, s'il n'avait pas eu assez d'attention pour discerner le péril que Vagn et son père d'armes fai-

saient courir à la gauche norwégienne. Vagn et Beorn
avaient vu que Bui pressait étroitement l'ennemi sur la
droite norwégienne, ils avaient vu Sweyn monter précipitamment dans le vaisseau du jarl Hacon et amener son
frère dans le vaste *Côtes de fer* pour rétablir les chances
de la journée.

Lorsqu'ils partirent Vagn héla son vieux pères d'armes,
et dit :

« Père d'armes, voici les petits du vieil ours qui s'en vont
l'aider sur la droite, tandis que cet ours, que nous espérions attraper ce matin, combat contre Sigvald au centre.
C'est le moment pour nous de suivre l'exemple de Bui.
Il ne peut nous convenir que ce soit lui qui brise le premier la ligne norwégienne.

— Sans aucun doute, enfant, dit Beorn. Maintenant vous
dites des choses sensées et non plus des non-sens. En
avant ! abordons-les, et laissons là tout ce jeu d'enfant de
dards, de pierres et de flèches. Venons-en aux coups de la
main et aux coups de l'épée ; abordons-les et brisons leur
ligne !

— De tout mon cœur, dit Vagn, abordez de votre vaisseau, et j'aborderai du mien. »

Réunissant leurs meilleurs hommes dans les coursives
de leurs deux vaisseaux, Vagn et Beorn se précipitèrent en
avant, épée en main et bouclier au bras, et sautèrent des
proues de leurs navires sur les gaillards d'avant des Norwégiens. Ce fut une manœuvre si hardie — car les vaisseaux norwégiens avaient encore leurs équipages en force,
et personne n'aurait pu songer que les Vikings se fussent aventurés à aborder avant qu'un plus grand nombre eût succombé — que les Norwégiens furent pris à
l'improviste. Quoique leurs gaillards d'avant fussent remplis de leurs hommes les plus braves, ils firent peu ou
même point de résistance à l'impétueuse attaque de Vagn
et de son père d'armes. Quelques-uns des plus braves tombèrent devant les épées des Vikings, les autres perdirent
cœur et s'enfuirent du gaillard d'avant dans les coursives
des deux navires, où, pris comme dans une trappe, ils se

trouvèrent entièrement exposés aux lances des ennemis qui les massacrèrent jusqu'à ce que les galeries de pont des deux navires fussent balayées et que tous ceux qui restaient pour continuer le combat eussent grimpé dans la poupe pour y chercher refuge.

Au lieu de s'attarder à les poursuivre et à les détruire, Vagn préféra briser la ligne sans délai et ne pas vider entièrement d'hommes ces navires. Il cria donc à Beorn de couper les liens qui attachaient au reste de la flotte le vaisseau qu'il avait abordé, tandis qu'il ferait la même chose pour le sien. Cela fait, Vagn poussa dans l'espace ouvert au delà de la ligne les vaisseaux capturés. Le premier grand succès de la journée avait été remporté pour les Vikings par Beorn et Vagn. La ligne norwégienne était brisée à l'aile gauche, et quoique Eric pût réparer le désastre, personne ne pouvait dire que la ligne n'eût pas été brisée.

CHAPITRE XIII

LES VIKINGS ONT L'AVANTAGE.

Après avoir brisé la ligne des Norwégiens, Beorn et Vagn s'occupaient à détacher les liens de leurs propres navires afin de pouvoir les pousser dans l'espace ouvert à travers la ligne, lorsque Éric revint dans son *Côtes de fer*. Le vaisseau de Vagn était déjà libre, mais avant qu'il eût pu traverser la ligne, Vagn trouva le passage bloqué par le vaste vaisseau du jeune jarl. Néanmoins il tint ferme et essaya de forcer son chemin, mais la proue du Norwégien le rencontra, et les deux vaisseaux se heurtèrent l'un contre l'autre.

Les deux navires reculèrent au choc, et puis se trouvèrent avec leurs avants penchés l'un sur l'autre. Quoique
le vaisseau de Vagn fût haut, le vaste *Côtes de fer* était
plus haut encore ; mais il n'était pas si haut qu'un abor-
deur hardi ne pût sauter du vaisseau le plus bas sur le plus
élevé. Déjà, pendant que les charpentes des deux navires
tressaillaient encore, Vagn était monté sur son gaillard
d'avant, et avant que les hommes d'Éric pussent se douter
de son dessein, il avait sauté sur leur gaillard d'avant,
suivi par Aslak, la Tête chauve de Bornholm, que Bui avait
donné à Vagn, exactement comme Tofa, l'épouse de Sigurd, le lui avait donné. A peine eurent-ils le pied ferme
sur le vaisseau de l'ennemi qu'ils se précipitèrent sur les
hommes du gaillard d'avant d'Éric — ses A B de premier
choix comme nous les appellerions aujourd'hui — et les
poussèrent vigoureusement devant eux. Puis, tournant
chacun de son côté, l'un à bâbord et l'autre à tribord, ils
commencèrent à balayer les galeries de pont qui faisaient
le tour du vaisseau d'Éric. Si impétueuse avait été leur
attaque, et si bien secondés avaient-ils été par leurs
hommes, qui maintenant fourmillaient derrière eux dans
le gaillard d'avant, que personne ne put tenir devant eux
et qu'ils étaient en bonne voie de nettoyer de son équipage le *Côtes de fer* et de le capturer.

Pendant ce temps-là Éric était sur la poupe, mais lorsqu'il vit cette attaque audacieuse et qu'il contempla ses
hommes tombant de chaque bord comme des moutons il
sauta dans la coursive, suivi par ses Islandais, dont le premier en tête fut Vigfus, fils de Viga Glum. Quand ils
sautèrent de la coursive sur les galeries du pont, Éric dit :

« Allons, Vigfus, montre-toi digne de ta race et de ton
nom. Tu sors d'une tige guerrière et, avec ton nom,
tu dois aimer passionnément la bataille. Monte à bâbord
pendant que je prendrai à tribord, et arrêtons ces fous
furieux qui balayent nos galeries de pont. »

Vigfus eut un sourire terrible mais ne dit rien. En une
minute il fut sur la galerie de bâbord échangeant des
coups avec la Tête chauve de Bornholm.

Cette journée, pour une journée d'hiver, était chaude et brillante, et dans le feu de la bataille les hommes s'échauffèrent tellement qu'ils jetèrent tous leurs vêtements d'hiver et combattirent simplement avec leurs chemises et leurs armures défensives lorsqu'ils en avaient une. Vagn, Beorn, et quelques autres de leur parti avaient des bonnets d'acier et des chemises de mailles ou *byrnies* ; Éric, Vigfus, et d'autres en avaient de l'autre côté ; mais le plus présomptueux de tous dans cette mêlée était la Tête chauve de Bornholm qui ne porta ni bonnet d'acier ni bonnet de laine de toute cette journée, mais qui allait traversant la bataille en donnant pour ainsi de là corne avec son crâne dépouillé.

« Bien tapé, cria Éric de la galerie de tribord, lorsqu'il vit Vigfus frapper la Tête chauve sur le front avec son épée. Sous un coup pareil un bœuf même tomberait. »

Mais à son émerveillement ce coup robuste sembla glisser sur ce crâne brillant comme s'il eût frappé sur la glace, et la Tête chauve continua d'aller front en avant sur la galerie de pont, tandis que Vigfus glissait et tombait dans la coursive parmi les bancs des rameurs.

Pensant que la Tête chauve était le plus formidable des deux ennemis, Éric sauta dans la coursive, de là s'élança sur la galerie de babord, et asséna à Aslak un coup de hache en plein sur le front. Jamais homme n'avait encore échappé à un coup asséné par le jeune Éric de toute sa force, aussi comptait-il que sa hache partagerait la tête, mais son attente fut vaine, car la hache sembla tourner dans sa main et glissa sur le crâne brillant, juste comme avait fait auparavant l'épée de Vigfus.

Saisi d'étonnement le jeune jarl cria à ses hommes :

« Ce n'est pas un homme, mais quelque Troll de race maudite dont la tête est rocher solide sans cavité pour contenir le cerveau. »

Tout en disant ces mots il évita un coup qu'Aslak lui destinait, et sautant dans la coursive, il l'attaqua de là avec un groupe d'hommes, mais avec peu d'efficacité.

« Que peut-il être ? fut alors le cri général. Il est dur,

il est impénétrable ; nulle arme ne peut l'entamer ; s'il n'en était pas ainsi, sa tête chauve aurait été partagée jusqu'au menton ! »

En dépit de leurs exclamations la Tête chauve allait d'un pas ferme le long de la galerie de bâbord, et personne n'osait l'affronter. Il avait traversé de cette façon la coursive du vaisseau, et venait d'arriver à une petite échelle qui conduisait à la poupe. Tous les yeux étaient tournés sur lui, et Éric était en train de s'élancer sur la poupe par l'échelle du tribord, lorsque Vigfus, qu'on avait perdu de vue depuis qu'il était tombé de la galerie du pont, apparut sur la poupe prêt à empêcher l'ascension de l'échelle à Aslak.

Comme les hommes regardaient, ils s'aperçurent que Vigfus ne portait dans sa main ni épée ni hache, ces armes inutiles qui s'étaient montrées si impuissantes contre la Tête chauve. Il traînait de ses deux mains une énorme pierre servant d'enclume, qui était placée sur la poupe afin que les hommes pussent réparer par son secours leurs épées et leurs haches. Déjà dans la matinée Vigfus l'avait cherchée pour souder le pommeau de son épée qui s'était détaché, et maintenant il la portait pour un meilleur dessein. Au lieu de servir à réparer les armes cette pierre allait devenir arme elle-même. Lentement il traîna le grand bloc de pierre, et lorsque Aslak eut son pied sur le premier degré de l'échelle, il leva la pierre des deux mains et la lança sur cette tête chauve et luisante.

Lorsqu'elle tomba il sembla à tous qu'elle s'enfonçait dans ce crâne brillant comme dans du beurre. La Tête chauve de Bornholm chancela et tomba inerte comme une pierre sur la galerie qu'il avait si bravement nettoyé, et les hommes d'Éric s'y élancèrent de la coursive et la remplirent de nouveau.

« Bien réussi, Vigfus, cria le jarl, il s'était fait invulnérable au fer, mais non à la pierre, et c'est par la pierre qu'il a reçu la mort de ta main. »

Pendant que cet événement se passait à la galerie de

LES VIKINGS. II. — 8

babord Vagn n'avait pas été oisif à tribord. Il allait tout
le long de la galerie du pont portant de terribles coups à
droite et à gauche, et tuant et mutilant des hommes à
chaque coup. Éric, comme nous l'avons vu, s'était d'abord
précipité pour l'aborder, mais il avait été arrêté par les
progrès d'Aslak sur l'autre galerie du pont qui semblaient
nécessiter sa présence. Lorsqu'il se dirigea vers la galerie
de babord avec Vigfus il commanda aux autres Islandais
de faire face à Vagn et de le tenir en échec jusqu'à ce qu'il
pût revenir. Bravement ils lui firent face, et bravement il
leur résista, gagnant toujours du terrain, jusqu'à ce qu'il
eût passé le mât du milieu et qu'il se fût frayé son chemin
vers la poupe, mais sans aller pourtant aussi loin qu'Aslak,
car on ne supposait pas qu'il eût usé de charmes et qu'il
se fût rendu invulnérable comme la Tête chauve de Bornholm. Quoique terrible ennemi, il n'excitait aucun sentiment de découragement dans les âmes des hommes
d'Éric, qui, en le combattant, savaient qu'ils ne combattaient pas contre des arts ténébreux, mais contre la chair
et le sang servis par le courage et la force musculaire.

La lutte dura donc jusqu'au moment où de grandes
acclamations s'étant élevées, Vagn s'arrêta pour savoir
d'où elles venaient et ce qui les occasionnait. Alors il vit la
Tête chauve tourbillonnant dans sa chute, et il comprit que
sur cette galerie de pont son projet d'occuper et d'éclaircir
de ses hommes le vaisseau du jeune jarl avait échoué.
Comme il se trouvait sur la galerie de pont, il put reconnaître que la position des deux vaisseaux avait changé
pendant l'action, et que la force de la marée les avait
rapprochés presque bord contre bord. En bon capitaine,
Vagn vit que la retraite sur son propre vaisseau était le
meilleur parti qui lui restait, et au moment même où il
pensait au moyen par lequel il pourrait le mieux effectuer
sa retraite, Torleif Écume, l'Islandais, dont nous avons
déjà parlé, courut vers lui tout du long de la galerie du
pont avec sa massue de chêne et lui en asséna sur son
chapeau d'acier un coup qui le fendit, et l'étourdissant le
fit tourner sur lui-même comme s'il allait tomber.

Lorsque Vagn vit arriver ce coup formidable il se précipita contre Thorleif avec son épée, et lorsque le coup
tomba il chancela en avant de tout le poids de son corps
sur son épée, donnant à l'Islandais une égratignure selon
sa supposition. Puis, reprenant possession de ses sens il
sauta de la galerie de pont qui dominait la coursive du
Côtes de fer dans la coursive de son propre navire où il
tomba debout, et quand il sauta, ses hommes qui avaient
les yeux sur leur capitaine sautèrent aussi. Ainsi dispa-
rut du vaisseau d'Éric cet essaim d'envahisseurs, mais
avec grande gloire pour Vagn qui avait brisé la ligne
norwégienne et à demi vidé de ses hommes le vaisseau
du jarl.

La gloire d'Éric n'était pas moindre, car il avait rétabli
le combat et fait échouer l'entreprise de Vagn pour capturer son vaisseau; mais la perte d'hommes des deux côtés
avait été si grande qu'ils furent heureux de pouvoir se
reposer quelque temps de cette lutte, et de rester tranquillement dans leurs vaisseaux à réparer leurs forces.

Pendant que cette lutte désespérée se poursuivait sur la
gauche norwégienne la résistance n'avait pas été moins
grande à leur centre et à leur droite. Au milieu, entre
les rochers, le jarl Hacon, quoique privé du secours de
Sweyn qui continuait à s'opposer à Bui à gauche, avait
tenu bon contre Sigvald et Thorkell le gigantesque. On
n'en était venu à l'abordage sur aucun point de la ligne,
sauf dans le combat entre Éric et Vagn, mais l'action avait
été chaude et sanglante sur toute son étendue, et quelques-uns des plus petits vaisseaux norwégiens avaient été
tellement fracassés par le choc des grands vaisseaux
vikings qu'ils étaient à peine capables de tenir la mer,
tandis que leurs ponts avaient été presque éclaircis d'hommes par les pluies de projectiles lancés sur eux d'une
hauteur qui donnait à leurs assaillants un grand avantage.

Le jarl Hacon était un habile capitaine, et à ce moment de la bataille, il vit quel avantage ce lui serait, à
lui qui était si supérieur en hommes, de se retirer un ins-

tant du combat, et, pendant que les deux armées se repo-
seraient, de réparer ses dommages et de rééquiper ses
vaisseaux avec les fraîches recrues qui restaient oisives sur
le rivage. A peu près vers le temps où le furieux combat
entre Vagn et Éric avait pris fin, le jarl Hacon avait donc
arrêté la résolution de retirer sa ligne entière plus près
du rivage, et d'y attendre une seconde attaque des Vikings.
Lorsqu'ils se seraient reposés et refaits ils pourraient ramer
en avant pour aller de nouveau à leur rencontre, ou bien
si les Vikings ramaient pour les attaquer, ils ne seraient
pas dans une pire situation pour combattre à plus grande
proximité de la terre.

Tandis que la bataille faisait encore rage, bien qu'avec
moins de fureur peut-être que précédemment de chaque
côté, — même les Vikings et les Norwégiens n'étaient
après tout que de chair et de sang, et ils avaient combattu
plus de deux heures, — les cornes à bord du vaisseau du
jarl sonnèrent une retraite, et alors reculant lentement et
favorisée par la marée qui n'avait pas encore tourné,
l'énorme flotte se retira dans un sombre silence vers le
rivage de la terre ferme, et la bataille cessa un instant,
car Sigvald et ses capitaines furent pris à l'improviste et
eurent à se consulter avant d'arrêter une résolution sur
ce qu'il y avait à faire. Les cornes du vaisseau de Sigvald
sonnèrent donc à leur tour, et en quelques minutes le
jarl se vit entouré de ses capitaines sur la poupe du
Bison.

A mesure qu'ils montaient l'échelle qui menait de la coursive à la poupe, Sigvald donnait à chacun un accueil amical.

« Merci, vaillant camarade, dit-il à Bui. Tu as la gloire
d'avoir le premier courbé et forcé la ligne norwégienne
de telle sorte qu'elle était presque brisée, et qu'elle l'aurait été, si les deux jeunes jarls n'étaient pas arrivés en toute
hâte. »

Bui passa avec un sombre sourire, murmurant pendant
qu'il s'éloignait : « Si j'avais été au centre peut-être la ligne
serait-elle depuis longtemps brisée. »

Puis arriva Vagn suivi par le fidèle Beorn.

« La bienvenue à tous les deux, dit Sigvald, et deux fois la bienvenue à Vagn qui, comme nous l'avons vu, a brisé la ligne et l'a traversée, bien que, pour dire la vérité, nous sachions à peine ce qui s'est passé ensuite, tant nous avons été occupés ici jusqu'à la retraite des Norwégiens.

— Nous avions percé la ligne comme vous l'avez vu, capitaine, dit Vagn, mais avant que j'eusse pu la traverser entièrement le jarl Éric s'était jeté dans l'ouverture faite avec son *Côtes de fer*. Alors j'ai essayé de l'aborder et j'ai échoué, quoique j'eusse à demi éclairci son navire, et je l'aurais pris, je le crois, si ce Vigfus, le fils de Viga Glum, comme ils l'appelaient, n'avait pas ouvert le crâne de la Tête chauve de Bornholm avec un bloc de pierre qu'ils employaient comme enclume.

— Mauvais sont les arts ténébreux, dit Sigvald, voyez ce qui résulte des charmes et des sortiléges. Si la Tête chauve s'était confié en un bon chapeau d'acier, et non aux sorcières et aux sorciers, il serait peut-être en vie à l'heure qu'il est, et le *Côtes de fer* serait à nous. »

Après avoir ainsi complimenté ses capitaines, Sigvald demanda leurs avis. Bui et Vagn étaient l'un et l'autre d'opinion qu'il ne fallait pas donner à l'ennemi un instant de repos, qu'il fallait le suivre immédiatement sans le moindre délai, et décider la querelle avec le tranchant de l'épée. Ils avaient fait retraite, disaient-ils, et cela seul suffisait pour indiquer qu'ils étaient affaiblis. S'ils s'étaient sentis forts ils seraient restés où ils étaient et auraient combattu sans fléchir.

Sigvald, Thorkell et le vétéran Beorn furent d'une autre opinion. « Les hommes n'étaient en tous lieux que des hommes, dirent-ils. Ce qui était bon pour les Norwégiens était aussi bon pour eux. Eux aussi avaient besoin de repos et de nourriture, et n'en combattraient que mieux s'ils avaient les deux. S'ils avaient eu l'avantage dans la première attaque ils auraient aussi l'avantage dans la seconde. D'ailleurs le soleil était encore haut, et il y avait assez de temps pour se reposer et pour gagner la bataille.

Elle était déjà à moitié gagnée, et avant la tombée de la nuit elle serait entièrement à eux. »

Là-dessus le conseil prit fin, et les capitaines s'en retournèrent, chacun à son vaisseau.

Lorsque Bui et Vagn, les deux chefs qui avaient voté pour l'action immédiate, descendirent dans la coursive du vaisseau de Sigvald, Vagn dit à son camarade :

« Que penses-tu de la journée, Bui?

— Je pense qu'elle est à la fois gagnée et perdue, Vagn. Gagnée maintenant si nous marchions sur eux tandis qu'ils sont maltraités et déconfits, et qu'ils n'ont pas eu le temps de réparer les avaries et de refaire les équipages de leurs navires. Perdue, si nous ne le faisons pas, et si nous leur donnons le temps de se refaire.

— C'est beaucoup mon opinion, Bui, et voici autre chose. Nous combattons loyalement, au moins la plupart d'entre nous, maintenant que la Tête chauve de Bornholm n'est plus, mais qui peut dire comment agit le Jarl Hacon? On dit qu'il est puissant par les sortiléges et les charmes. Qui peut dire ce qu'il est en train de faire à ce moment même? Il y a au moins une chose que j'espère, quoi qu'il arrive, c'est que nous aurons tous à cœur aujourd'hui de remplir nos vœux.

— Je remplirai le mien, quoi qu'il arrive, dit Bui.

— Et moi le mien, dit Vagn, si j'ai seulement un peu de chance.

— N'ayez crainte, enfant, dit Beorn, qui était à ce moment arrivé derrière eux. N'ayez crainte, vous aurez votre chance. Il m'aurait été égal de tomber sur eux sans sursis, mais le capitaine pensait autrement, et l'obéissance est la première loi d'un Viking. Comme nous pouvons manger et nous reposer, venez, fils d'armes ; vous au moins avez travaillé dur aujourd'hui, et la nourriture et un somme vous feront le plus grand bien du monde. »

Les Vikings se tinrent donc un bord à terre, un bord au large, mangèrent et se reposèrent, tandis que les Norwégiens se serrèrent près du rivage, se reposèrent, se refirent et rééquipèrent leurs navires. Quant au jarl Hacon, ses actions seront rapportées dans le chapitre suivant.

CHAPITRE XIV

LES DIEUX CHOISISSENT LEUR VICTIME.

Le jarl Hacon ne fut pas plutôt à terre qu'il appela près de lui ses quatre fils, Sweyn, Éric, Erlend et Sigurd, et leur parla comme suit :

« Mes fils, dit-il, et vous surtout, Éric et Sweyn, qui êtes devenus des hommes et de braves capitaines tous les deux, je désire vous laisser savoir que mes yeux ne sont pas aveugles sur ce qui s'est passé aujourd'hui. Je me suis trouvé dans bien des combats de mer et dans bien des combats de terre aussi. Dans la lutte danoise avec le vieux roi Gorm contre l'empereur Othon ; contre Harold à la fourrure grise et Harold le riche de Danemark, que je vainquis et que je tuai tous les deux dans la même journée ; sur les flottes comme commandant, et sur de simples vaisseaux avec mes seules forces contre des chefs et des Vikings ; mais jamais je n'ai vu un combat aussi douteux que celui-là. Il n'y a pas à craindre d'être démenti en disant que jusqu'à présent la bataille nous est contraire. C'est fort bien de dire à la masse de nos hommes que nous faisons retraite quelques instants pour manger, nous reposer et nous refaire, afin de mieux combattre ensuite. Cela prouve simplement la force des Vikings, car s'ils n'avaient pas été si forts la bataille aurait fini il y a longtemps, et nous n'aurions eu besoin ni de nourriture ni de repos jusqu'à ce qu'elle eût été achevée et gagnée. Pour dire la vérité, ces Vikings sont infiniment

plus forts que je ne le pensais, bien que je ne les esti-
masse pas à bas prix. Je n'ai pas encore rencontré d'ennemis auxquels il fût aussi difficile de résister, et si nous
ne pouvons faire mieux tourner le combat dans l'après-
midi que nous n'avons pu le faire tourner avant midi,
le soleil qui se couchera ce soir verra ma fin et celle des
miens en Norwége. »

Ici il s'arrêta, regarda chacun de ses fils tour à tour,
et sembla leur adresser une question par ses regards. Ce
fut Éric qui répondit, car Sweyn avait la parole lente,
mais Éric avait la langue agile comme Hacon lui-même.

« Personne ne peut dire, père, que nous n'avons pas
fait de notre mieux. Nous avons tous combattu bravement. Je ne parle pas de moi-même ; mais vous, et Sweyn,
et Erlend, et nous tous, nous avons combattu bravement,
et ainsi ont fait nos hommes. J'appelle cette bataille douteuse, mais non perdue. »

Ici Sweyn se trouva avoir pris suffisamment cœur pour
dire quelque chose, car quoique un lion dans le combat, il
était un agneau dans ses discours.

« S'ils sont si forts, père, pourquoi ne viennent-ils pas
et ne nous attaquent-ils pas immédiatement?

— Cela n'est pas sagement parlé, Sweyn, dit le jarl. Ils
ne viennent pas et ne nous attaquent pas maintenant, parce
qu'ils sont si forts et si sûrs de la victoire qu'ils peuvent
se permettre d'attendre et jouer avec leur proie comme
un chat avec une souris.

— Quelque chose me dit, père, dit Éric, que nous gagnerons encore la journée.

— Voyez comme les *quelque chose* sont différents, dit
le jarl d'un ton sombre. Quelque chose me dit à moi que
nous la perdrons si nous ne faisons pas quelque chose de
plus pour la gagner.

— Je ne sais pas ce que nous pouvons faire de plus,
dit Éric. Mon *Côtes de fer* a été deux fois complétement
équipé aujourd'hui. Un équipage entier est maintenant
en route pour faire fête ce soir avec Odin dans le Valhalla.

— C'est justement ce à quoi je pensais, dit le jarl. Beaucoup sont tombés et cependant les dieux sont irrités. Ils demandent une plus noble victime.

— Pourquoi alors aucun de nous n'est-il tombé dans la bataille? demanda Sweyn. Les Valkyries étaient là pour faire leur choix.

— Un homme qui tombe dans la bataille n'est pas une victime, il va au Valhalla de droit. Il n'est pas une offrande aux dieux, mais un champion qui va à la fête sans y être envoyé ni invité. »

Après ces paroles le jarl s'arrêta quelques instants comme s'il retournait de nombreuses pensées dans son esprit, et à la fin il dit :

« Mes fils, dans l'île là-bas est un temple des dieux où je vais me rendre pour apprendre une fois encore leurs volontés. Pendant que je serai absent, restez tous ici auprès de l'armée, car il serait inconvenant que tous nos capitaines la laissassent à elle-même dans le cas où ces Vikings de Jomsburg rameraient pour nous attaquer, ce qui n'a rien d'improbable, car ils doivent voir qu'ils ont eu le meilleur dans le combat. Je te prendrai avec moi, toi, Sigmund, fils de Brestir, dit-il en se tournant vers le gigantesque enfant des îles Feroë; et toi, Kark, dit-il en se tournant vers son principal esclave, je puis avoir besoin de ton service.

— Allez, père, dit Éric, et puissent les dieux exaucer votre prière! Quant à moi, à Sweyn, et aux autres, n'ayez crainte que nous ne tenions pas tête à ces Vikings de Jomsburg s'ils nous attaquent en votre absence. »

Là-dessus le jarl Hacon entra dans un bateau avec Sigmund et Kark, l'un radieux et brillant comme le jour avec son beau visage et ses boucles dorées, l'autre noir et sinistre comme la nuit; l'un tout chevalerie et tout honneur, l'autre outil fait pour les actes ténébreux et sombres.

Il n'y avait qu'une demi-portée d'arc pour se rendre à l'îlôt rocheux qui semblait couvert d'une forêt vierge ; mais au débarquement un sentier escarpé les conduisit au travers des rochers, puis traversant une frange de pins, ils arrivèrent à une large clairière au milieu du bois.

Jusqu'à ce moment le jarl n'avait rien dit, mais alors il se tourna vers Sigmund, et dit d'une voix profonde et sourde :

« Te rappelles-tu, Sigmund, fils de Brestir, l'avertissement des dieux relativement aux victimes et le grondement du tonnerre ?

— Oui, seigneur, dit Sigmund, je me rappelle tout cela.

— Maintenant voici l'heure où nous allons vérifier si c'était un signe véritablement envoyé par les dieux. Dans ce temple là-bas, tout petit et tout pauvre qu'il puisse être, se trouve une image de Thorgerda, vierge du sanctuaire, et sans doute elle m'écoutera, moi son dévot, surtout maintenant que nous avons entassé un tel monceau de morts où elle et ses sœurs peuvent faire leurs choix, non-seulement parmi ces Vikings, mais encore parmi ces fidèles hommes de Norwège.

— Qu'elle nous écoute, ou non, seigneur, dit Sigmund, ici gisent à terre et flottent sur la mer bien des corps robustes de guerriers dont Odin n'aura pas à être honteux, si, comme vous le dites, il siége ce soir dans le Valhalla.

— Comme je le dis ! cria le jarl ; si Odin siége dans le Valhalla ! Qui peut douter que ce que je crois est vrai, et qu'Odin siége aujourd'hui dans Asgard, comme il y a toujours siégé, et fera fête ce soir à ses guerriers dans le Valhalla, comme il leur a toujours fait fête ? Venez avec moi dans le temple, et voyez si Thorgerda, qui est la messagère d'Odin, n'écoutera pas mes prières.

— Peut-être, dit Sigmund, ne sera-t-elle pas dans le temple. Si elle est une Valkyrie elle doit être à cette heure occupée à écumer les vagues à mesure qu'elles roulent les cadavres au rivage.

— Je te dis, Sigmund, dit le jarl avec impatience, que les dieux sont toujours présents auprès des hommes, présents lorsqu'ils entrent dans leurs temples, présents lorsqu'ils glissent à travers la mer dans leurs serpents de guerre, présents dans la mêlée de la bataille lorsque les épées se croisent et que les haches sont brandies dans l'air. Thorgerda, vierge du sanctuaire, a du temps pour toutes choses ; elle peut à la fois choisir les morts que j'ai couchés à terre pour elle et cependant prêter l'oreille à mes prières dans ce pauvre temple. »

Tout en parlant ainsi ils avaient atteint la porte du temple en bois, qui ne pouvait lutter, ni pour la façon ni pour les matériaux, avec le temple de la vallée de Gudbrand, ou même avec celui de Hod. Le jarl y entrant sans plus de préliminaires, suivi de Sigmund seul, se jeta le visage contre terre devant la grossière image de Thorgerda qui se trouvait dans une niche à l'extrémité faisant face à la porte.

Mais avant d'ensevelir sa face dans ses mains, il regarda Sigmund qui se trouvait près de lui, et dit :

« Pendant que je prierai, je ne veux pas même lever la tête pour la regarder. Je ne suis pas digne qu'elle me donne un signe, mais vous, regardez-la avec attention, observez son visage, et voyez si elle retient ce bracelet d'or que voilà.

— Je ferai selon votre commandement, seigneur, dit Sigmund, mais je crois qu'elle ne fera pas de signe.

— Nous verrons, nous verrons, Sigmund, dit le jarl. Que votre cœur ne faiblisse pas, et croyez aux dieux comme je crois en eux. »

Alors il ensevelit son visage dans ses mains et pria quelque temps en silence.

Au bout de quelques instants il dit à Sigmund dans un chuchotement sourd :

« Remarques-tu quelque chose, Sigmund ?

— Rien, seigneur ! » fut la réponse.

Alors le jarl commença à prier à haute voix, se roulant à terre devant l'idole, pendant que sa prière s'échappait spasmodiquement de sa bouche.

« Ecoute-moi, Thorgerda, vierge du sanctuaire, puissante pour sauver ! cria-t-il, toi que j'ai toujours honorée depuis ma jeunesse, si bien que ton culte n'a jamais dimi-

nué dans aucun temple de Norwége où je sois jamais entré.
Oui, et je t'ai offert même des choses plus précieuses qu'à
Odin, à Thor, et aux autres grands dieux. Daigne en conséquence prêter l'oreille à ton zélateur dans son extrême
nécessité, et donne-lui un signe et une marque qui lui
disent quel sacrifice détournera ta colère et donnera la
victoire de ce jour à la Norwége. Dis-moi, veux-tu de l'or
ou des pierres précieuses, ou des moutons, ou des bœufs,
ou des chèvres? Fais seulement un signe favorable, et des
milliers de bestiaux seront sacrifiés aux autels des dieux,
et non moins au tien qu'à ceux des autres. »

Tout en priant ainsi le jarl leva la tête vers Sigmund,
et dit :

« Ne fait-elle pas de signe ?

— Aucun, dit Sigmund. Sa face est toujours une face
de tronc d'arbre, et son bras de bois retient toujours son
bracelet d'or contre son côté.

— Thorgerda, vierge du sanctuaire ! continua le jarl,
je vois maintenant clairement que tu es irritée contre moi
et contre la Norwége puisque tu ne veux pas accepter nos
offrandes. Toutes mes réserves d'or, tous mes bracelets,
tous mes chevaux et tous mes bestiaux seront à toi. Je
t'ai offert tout cela, et cependant tu es encore irritée. Fais
seulement un signe, et le Valhalla recevra ce soir, lorsque
la victoire sera gagnée, la fumée du sang de gras troupeaux et de nobles coursiers. »

Sigmund regarda encore la hideuse idole, mais elle ne
fit aucun signe.

« Tu ne veux pas d'or, ni de bracelets, ni de bestiaux,
ni de moutons, dit le jarl en continuant à prier, je vois
que tu veux avoir la vie non de bêtes mais d'hommes.
Mais s'il en est ainsi, pense aux morts qui ce matin encore
étaient des guerriers pleins de vie et d'espoir. Dis, est-ce
qu'ils ne suffisent pas à te contenter? Si cela est, fais un
signe que je puisse prendre comme un gage de victoire. »

Sigmund regarda encore, mais regarda en vain cette
face de bois.

« Lequel veux-tu de plus? continua le jarl. Lequel de

nos chefs ou de nos hommes liges? Dis, veux-tu ton propre
zélateur, ou Gudbrand de la vallée, ou Ogmund le blanc?
Arnmodr, fils d'Arni, est à toi depuis ce matin, et en lui
tu possèdes le plus brave et le plus noble de tous les fils
de la Norwége, à l'exception de notre propre race. Fais
un signe, lequel veux-tu? » Et ici le jarl récita toute une
liste des noms de ses vaillants capitaines sans épargner
même Sigmund qui était près de lui.

Alors il ensevelit sa face dans ses mains, et ordonna à
Sigmund d'observer si elle donnait un signe; mais aucun
signe ne vint.

« Eh quoi! cria le jarl, aucun de mes chefs! aucun
de mes hommes liges! et cependant ils sont nombreux
ceux qu'Odin serait fier d'appeler ses champions! Dis, ô toi
qui des Valkyries possèdes le cœur le plus dur, exiges-tu
un sacrifice quelconque, en outre de ces guerriers tués
dans le combat, avant de faire tourner la fortune de la
journée du côté de la Norwége? »

Puis, levant la tête vers Sigmund, il dit : « Regarde attentivement cette fois, Sigmund, car beaucoup de choses
dépendent de cet instant. »

Alors Sigmund regarda, et dans l'ombre il lui sembla
qu'il voyait un cruel sourire passer sur la face de bois, et
au même instant le bracelet fit bruit en glissant légèrement sur le bras raide.

« Un signe! un signe, seigneur! cria-t-il. Il me semble
que Thorgerda a souri d'un sourire cruel, et le bracelet
d'or a glissé légèrement sur le bras replié.

— Merci maintenant à tous les dieux! dit le jarl, car
ils ne sont pas plus longtemps sourds à nos prières. Ainsi
les dieux désirent une victime, et une plus noble victime
qu'aucune que je leur aie encore offertes. Sigmund, fils
de Brestir, ce signe ne peut que nous désigner, nous ou
quelqu'un de notre race. Tout ce qu'il y a, en dehors de
nous, de noble soit en Norwége, soit dans notre armée, a
été offert et refusé.

— Il en a été ainsi, seigneur, dit Sigmund.

— Thorgerda, vierge du sanctuaire, cria le jarl en se

courbant et en se roulant devant son idole, je vois que tu
veux avoir une plus noble victime qu'aucune de celles que
je t'ai offertes jusqu'ici, et que cette victime aussi me doit
être plus chère et doit être plus près de moi-même. C'est
bien ; car dans un jour pareil à celui-ci la Norwége a droit
à réclamer les vies de n'importe lesquels de ses fils, si
leur sang peut remplir le gouffre qui bâille pour l'englou-
tir. Commençons donc par le premier et le plus élevé
pour finir par le dernier du pays. Je ne refuse pas de
mourir pour le salut de la Norwége. Dis, est-ce moi que
tu veux ? »

Sigmund regarda de nouveau. « Seigneur, cria-t-il, il
n'y a pas de signe.

— Odin n'a pas encore besoin de moi, dit le jarl avec
orgueil. J'ai encore quelque besogne à faire pour lui ici-
bas avant qu'il m'appelle à sa fête. »

Puis il continua : « Veux-tu Sweyn, mon premier né ?
En lui la Norwége perdrait un vaillant capitaine. »

Sigmund regarda encore, mais il n'y eut pas de signe.

« Ensuite vient Éric, dit le jarl, Éric l'enfant opiniâtre
et volontaire qui est devenu le plus brave et le plus beau
des hommes. C'est le second par la date de la naissance,
mais le premier dans mon amour. Les dieux ne voudront
pas l'appeler. Qu'il meure — comme il est sûr de mourir,
— dans le combat. Regarde, Sigmund, regarde ! Donne-t-
elle un signe ? »

Sigmund regarda encore, mais il n'y eut pas de signe.

Éric était celui de ses fils qu'il aimait le mieux, et le visage du jarl s'éclaircit lorsqu'il regarda Sigmund et qu'il
apprit qu'il n'y avait pas de signe.

« Les dieux sont cléments même dans leur colère, dit-il.
Et maintenant de toute ma race, il ne reste à nommer
que deux fils, tous deux des enfants par l'âge, quoiqu'ils
se soient comportés bravement à bord de mon vaisseau
aujourd'hui. Dis, Thorgerda, vierge du sanctuaire, — car
il ne te reste plus que peu de choix, — veux-tu Erlend, fils
d'Hacon, ou Sigurd, fils d'Hacon. Tu es libre de choisir
entre les deux. Je vais d'abord nommer le plus jeune, Si-

gurd, le bien-aimé de sa mère ; il n'est âgé que de huit ans ; le veux-tu ? Regarde, Sigmund, regarde ! »

Sigmund regarda l'idole, et le jarl le regarda.

« Il n'y a pas de signe, seigneur, dit Sigmund, après une pause.

— Alors tu veux avoir Erlend ? il est déjà presque homme fait. Regarde, Sigmund ! »

Sigmund n'eut pas besoin de regarder, car le bracelet d'or glissant du bras replié tomba sur le pavé avec un tintement aigu, et roula aux pieds du jarl Hacon qui le ramassa, et se leva en disant :

« Sigmund, ne dis jamais, toi à qui les dieux ont montré tant de signes et de marques, qu'ils ne manifestent jamais leur volonté aux hommes. Mais retournons en toute hâte. Les Vikings peuvent à tout instant reprendre le combat. Qu'ils viennent, ils s'apercevront dans cette seconde lutte que les dieux combattent pour la Norwége, et qu'Odin a fait pencher la balance de la bataille en notre faveur. »

Ils rejoignirent alors Kark qui se tenait debout d'un air sombre et les attendait à l'extérieur.

« Puis-je vous rendre quelque service, seigneur ? dit-il, s'avançant vers Hacon avec un geste de flatterie.

— Pas encore, Kark, pas encore, ton heure viendra peut-être, à un moment ou à un autre. »

Ils descendirent en toute hâte au rivage, et entrèrent en silence dans le bateau que les bras vigoureux du sombre esclave poussèrent à robustes coups de rames à travers l'étroit canal jusqu'à la terre.

« Tout est-il bien, père ? dit Erlend, qui, dans tout l'orgueil de sa beauté et de sa force juvéviles, courut au rivage et saisit l'avant du bateau.

— Tout est bien, Erlend, dit le jarl. C'est-à-dire que tout ira bien pour la Norwége aujourd'hui, si tout Norwégien est prêt à faire son devoir pour elle.

— Ne sommes-nous pas tous prêts, dit l'enfant. Avons-nous quelques traîtres dans l'armée ?

— Aucun, aucun, j'en ai la pleine confiance, dit le

jarl. Mais, dis-moi, Erlend, qu'est-ce que tu es prêt à faire pour la Norwége et pour moi?

— N'importe quelle chose, père, dit l'enfant. J'abandonnerais volontiers ma vie pour la Norwége.

— Bien parlé, Erlend, dit son père avec une profonde émotion. Les dieux demandent aujourd'hui le sacrifice volontaire de l'un des plus nobles fils de la Norwége, et ils t'ont choisi!

— Moi, père! dit Erlend. Où et comment m'ont-ils choisi?

— Par des signes certains dans le temple de cette île qui est là-bas, » dit le jarl.

Une légère pâleur se répandit sur la face du noble enfant lorsqu'il entendit les paroles de son père, qui, exprimées avec un sérieux concis, coupaient tout espoir d'une plus longue existence. Mais ce ne fut que pour un moment que ses joues blanchirent. Le plein courant du sang revint bientôt dans ses veines, et il dit avec une dignité qu'un héros n'aurait pu surpasser :

« Vous dites, père, que les dieux ont désiré un sacrifice volontaire. Puis-je choisir la manière de mourir?

— Vous le pouvez, dit son père, en réprimant ses sentiments avec la plus grande difficulté. Vous le pouvez, mais cela doit être bientôt, car notre victoire dépend de votre mort. Les chances de la bataille ne tourneront pas en notre faveur jusqu'à ce que votre sang ait été répandu.

— N'ayez crainte, père, dit Erlend, n'ayez crainte : je serai le premier à tomber aussitôt que la bataille recommencera. »

Le jarl le regarda avec des yeux pleins de tendresse et d'orgueil lorsqu'il prononça ces mots. Puis il le prit doucement dans ses bras, le baisa, et dit :

« Si tu avais pu devenir un homme il n'y aurait pas eu à craindre que la vieille souche des jarls des Granges ne restât pas droite pour toujours. Les dieux ont bien jugé, lorsque voulant choisir une noble victime, ils t'ont pris. »

Puis se tournant vers Sigmund, il dit :

« J'en ai l'assurance, ce n'était pas la pensée des dieux

lorsqu'ils ont choisi la vie de cet enfant. Ils désiraient un sacrifice et une victime, et j'avais pensé que ce pourrait être la besogne de mon esclave Kark, ici présent, qui a déjà envoyé des victimes humaines à Hela lorsque les dieux étaient irrités; mais ces victimes étaient de simples boucs émissaires, esclaves et prisonniers, les gens les plus vils du pays. Ici nous avons la plus noble victime prête à s'offrir elle-même en sacrifice de la plus noble manière. Nous n'avons pas besoin du service de Kark; nulle hache, nul couteau de sacrifice ne touchera un cheveu de la tête d'Erlend. L'enfant sera son propre exécuteur. Il s'est dévoué lui-même pour le salut de la Norwége, et il se sacrifiera lui-même. »

Alors, se tournant vers Kark, il dit : « Va-t'en à bord du vaisseau avec ta face ténébreuse et sinistre. Cet acte de sang ne rentrera pas dans tes attributions.

— J'en suis chagrin, seigneur, dit l'esclave aux sourcils épais, en entrant dans le bateau. Souvent et souvent, à ton commandement, j'ai plongé mon couteau dans un sang ignoble; aujourd'hui, je pensais qu'il allait enfin goûter de quelque sang réellement riche et noble, mais cette pensée n'était qu'un rêve; il rentre donc dans son fourreau, et attendra le temps où il pourra peut-être couper la gorge à un jarl.

— Pars, chien! cria le jarl avec colère. Couper la gorge à un jarl, vraiment! A quelle époque est-il probable que tu aies un tel honneur?

— Qui peut savoir? dit Kark; peut-être aujourd'hui ferez-vous captif le jarl Sigvald, quoique cela ne semble pas probable, et alors vous pourrez m'ordonner de lui couper la gorge, et je devrai vous obéir; ou bien le jarl Sigvald peut vous faire prisonnier, vous, ou Sweyn, ou Éric, et alors il peut me forcer à vous couper la gorge, ou à leur couper la gorge, ou à couper toutes vos gorges, et je pourrai être forcé de lui obéir. Les esclaves ont en ce monde plus d'un maître, et leur devoir est d'obéir à chacun successivement. Mais je dois l'avouer, s'il fallait couper la gorge d'un jarl... »

LES VIKINGS.   II. — 9

Pendant ce temps le bateau s'éloignait, poussé par son bras vigoureux, en sorte que la fin de son discours fut perdu pour le jarl qui continuait à rester sur la plage avec Sigmund et Erlend.

« Couper la gorge à un jarl! répéta-t-il; se pourrait-il cependant qu'une telle pensée fût entrée dans la tête de ce chien! Mais allons, Erlend, soyons braves, tandis que nous le pouvons, et allons informer Sweyn et Éric de ce qui va nous arriver.

— De tout mon cœur, père, dit Erlend. La mort n'a pas d'amertume pour moi, lorsque je sais qu'en mourant je gagnerai la victoire pour la Norwége.

— Noble enfant! » dit le jarl, pendant que de la plage ils s'acheminaient vers le groupe de guerriers où se trouvaient Sweyn et Éric.

CHAPITRE XV

LE DÉVOUEMENT D'ERLEND.

Lorsque le jarl et Erlend furent près du groupe, il s'ouvrit, et le politique chef d'état fut bientôt entouré par ses fils et ses capitaines.

« Comment s'est passé votre voyage, père? dit Eric à la langue toujours prête, qui avait toujours débité ce qu'il avait à dire pendant que Sweyn en était encore à chercher ses mots. Les dieux nous ont-ils donné un signe de faveur?

— Les dieux sont gracieux, comme ils le sont toujours à ceux qui se confient en eux, dit le jarl. Quoique nous ayons été durement touchés ce matin, j'ai maintenant bon espoir que nous gagnerons la journée; mais les dieux ne sont gracieux qu'à une condition.

— Les dieux gracieux à une condition! dit Sweyn à l'esprit lent. Voilà qui m'étonne! Est-ce que nos dieux ne sont gracieux qu'à condition. Font-ils marché et trafic comme des marchands?

— Les dieux, dit le jarl, ne sont gracieux à l'homme que s'il est obéissant à leur volonté, et quoique cette volonté soit dure aujourd'hui, nous sommes tenus de lui obéir. Ils demandent une victime, et sans cette victime leurs faces se détourneront encore de nous.

— N'ont-ils pas eu assez de victimes, père? dit Éric. Assurément l'équipage complet de mon vaisseau, pour ne rien dire de tous les braves compagnons qui sont tombés des deux côtés aujourd'hui, pourrait suffire à les satisfaire.

— Ce n'est pas sagement parlé, Éric, dit son père. Tous ceux qui sont morts dans le combat, sont morts par hasard ou par destin. Ils n'ont pas été des victimes volontaires, et les dieux désirent une victime volontaire.

— Une victime volontaire! mugit Sweyn. Mais quoi! tous les hommes braves qui tombent dans le combat sont des victimes volontaires. Il en est tombé déjà aujourd'hui des milliers.

— Davantage! les dieux demandent davantage! dit le jarl qui prêta à peine attention à la naïve interruption de son fils. Ils demandent un des plus nobles enfants de ce pays, et ils l'ont choisi eux-mêmes par de vrais signes montrés par Thorgerda, vierge du sanctuaire.

— En ce cas, dit Éric, si les dieux ont choisi quelqu'un de la plus noble famille du pays, il faut qu'ils vous aient choisi ou l'un de nous, vos fils; car nous sommes après vous les plus nobles du pays.

— C'est vrai, Éric, répliqua le jarl; cette fois vos paroles ne sont pas si légères. Les dieux ont choisi quelqu'un de notre famille. » En disant ces mots il regarda avec fixité ses deux fils, Sweyn et Éric.

« Est-ce moi, père? demanda Sweyn.

— Non, Sweyn, dit le jarl. Vous pourrez tomber aujourd'hui, mais non comme la victime que les dieux ont choisie.

— Est-ce moi, père? demanda Éric.

— Non, Éric; j'ai confiance que vous traverserez cette journée sans blessure. Vous n'êtes pas la victime que les dieux choisissent.

— Ni moi, ni Sweyn, cria Éric. Ce ne peut être vous-même, père!

— Les dieux ne m'ont pas choisi, Éric, dit le jarl.

— Qui peuvent-ils avoir choisi? crièrent ensemble Sweyn et Éric.

— Vous n'avez pas à le chercher loin, dit le jarl solennellement, car il est ici à mon côté.

— Quoi, Erlend! si jeune et si plein de promesses! dit Éric. Cela ne peut pas et ne doit pas être! Dites, Erlend, dites, par la mère qui nous engendra tous deux, que cela ne sera pas.

— Frère Éric, dit Erlend d'une voix basse et virile, les dieux en qui nous croyons tous m'ont choisi pour leur victime, et je suis prêt à mourir afin que la Norwége gagne cette journée. Mon père me dit que les dieux désirent une victime volontaire, et je sens qu'il a raison. Songez combien cela aurait été pis pour la Norwége si les dieux dans leur colère avaient choisi ou vous, ou Sweyn, ou notre père lui-même. Ils auraient été justes en cela cependant, car les dieux disposent de nous tous à leur bon plaisir. Mais vous deux, et lui plein de force et de sagesse, vous restez pour le bien du pays, et moi qui n'ai ni nom ni gloire, mais seulement la promesse et l'espérance que je n'aurais pas fait déshonneur à notre bonne vieille souche, je me sépare d'un monde où je ne suis pas encore entré, et je termine ainsi une existence qui ne vient que de commencer. Mais, malgré tout, j'aurai vécu assez longtemps, si, en mourant aujourd'hui victime volontaire, je puis me rendre les dieux propices et les détourner de leur colère contre le pays. Et maintenant assez de paroles. Par mes actes je vous montrerai à tous comment il faut mourir, et mon dernier mot est : mort aux Vikings et longue vie à vous tous et à chacun de vous! »

Un tonnerre d'applaudissements partit de la foule des

hómmes à ces nobles paroles de l'adolescent dont le discours frappa droit dans tous les cœurs. Éric le saisit dans ses bras, et Sweyn qui n'était pas aussi près de lui par le sang l'embrassa sur le front, tandis que le jarl Hacon, impuissant pour cette fois à se contraindre devant les yeux du public, fondit en larmes et l'embrassa avec amour à plusieurs reprises.

Combien ces tendresses auraient pu durer, cela est difficile à dire ; mais le son des cornes porté sur les eaux vint justement alors frapper leurs oreilles, et chaque guerrier fut aussitôt en alerte.

« C'est le signal des Vikings, dit le jarl. Ils nous ont donné un plus long répit que je ne le pensais, une heure et demie. Mais qu'ils viennent! Je suis affligé, il est vrai, de ce qui va tout à l'heure frapper ma maison, mais je ne suis plus découragé, je ne me sens plus comme si j'étais obligé de combattre avec un poids autour de mon cou, comme je me sentais ce matin. Qu'ils viennent donc, et au nom de tous les dieux, nous les détruirons. »

Les paroles du jarl, et le noble dévouement d'Erlend, réveillèrent les esprits abattus des Norwégiens, qui ramèrent joyeusement de concert avec la marée pour rencontrer l'ennemi qui s'avançait. Nulle précaution n'avait été négligée des deux côtés pour renouveler le combat avec avantage. Mais le répit, comme il était inévitable, avait été tout à l'avantage des Norwégiens qui avaient pu remplacer leurs hommes tués par de fraîches recrues, tandis que les Vikings se représentaient au combat simplement avec leur force première. Cependant, étant donnés leurs grands vaisseaux et leurs matelots exercés, il aurait été un homme hardi, celui qui se serait aventuré à dire, lorsqu'ils ramèrent orgueilleusement une seconde fois pour engager l'action, que ces terribles guerriers ne gagneraient pas encore la journée.

Ils avancèrent, comme la première fois, en trois divisions ; mais comme la marée était maintenant contre eux ils eurent à ramer dur pour prendre position avant d'attacher ensemble leurs vaisseaux dans les trois escadres,

tandis que les Norwégiens, qui avançaient de concert avec la
marée, dressèrent leur ligne avec beaucoup moins de peine.

Alors la bataille commença, mais non pas avec autant
de projectiles lancés à distance que dans la première attaque. Il semblait maintenant que le but des deux flottes
fût de tirer tout le parti possible de cette courte journée
d'hiver, d'approcher de près l'adversaire, et de combattre
flanc de navire contre flanc de navire, et poupe contre
poupe, jusqu'à ce que l'une ou l'autre fût forcée de céder.

Dans cette attaque, comme dans la première, le jarl
Sigvald se trouvait opposé au centre qui était maintenant
entièrement sous le commandement du jarl Hacon lui-
même ; ses deux fils, Sweyn et Éric, commandant le premier sa droite contre Bui, le second sa gauche contre Vagn.

Le jarl Hacon se tenait debout sur la poupe de son
grand vaisseau — dont les dimensions égalaient celles de
n'importe lequel de la flotte viking, — avec de nombreux
capitaines et hommes-liges à ses côtés, parmi lesquels se
faisaient remarquer Einar Tintement de balance, le skalde
islandais, et Sigmund l'incomparable.

A bord du même vaisseau était le dévoué Erlend ; mais
dès le commencement il avait pris position, non à côté de
son père sur la poupe, mais sur le gaillard d'avant, parmi
les vétérans dont le froid courage était principalement
nécessaire aux avants de navires lorsque les longs vaisseaux s'abordaient proue contre proue. Erlend se tint le
premier en tête sur l'avant-bec, juste à l'endroit où la
gueule de dragon du vaisseau du jarl ouvrait sa rouge
mâchoire à l'ennemi approchant, jusqu'au moment où les
deux navires se heurtèrent proue contre proue. Le choc
fut assez fort pour le précipiter lui et tous ceux qui l'entouraient sur le pont exhaussé, mais ils furent de nouveau
bien vite sur leurs pieds, et lancèrent une pluie incessante
de javelots et de dards contre les Vikings qui ne furent
pas lents à répondre par les mêmes armes. Comme le
jarl Hacon, avec sa petite couronne d'or et sa chemise
d'acier, fut aisément reconnu par les Vikings, sa personne
et sa garde du corps sur la poupe fournirent à l'ennemi

un point de mire excellent ; aussi les flèches et les dards
volèrent-ils en telle quantité dans cette direction que, s'il
n'avait pas porté son chapeau d'acier et sa chemise de
mailles à l'épreuve des flèches, il n'aurait pu traverser
vivant cette pluie de mort. Sa chemise de mailles fut tellement remplie de flèches qu'il en ressemblait à un héris-
son ou à un porc-épic, et qu'il eut à secouer les dards qui
hérissaient du haut en bas sa cotte protectrice. Sigmund
et Einar furent tous deux blessés à ses côtés, et plusieurs
furent frappés à mort.

Ce même genre de combat, ou quelque chose de très-
semblable, se produisait en même temps et se poursuivait sur toute la ligne, et il sembla que dans cette seconde
attaque comme dans la première, la fortune voulut favo-
riser les Vikings.

Un des premiers à découvrir la mauvaise tournure de
cette lutte à bord du vaisseau du jarl Hacon fut le dévoué
Erlend qui dès le premier choc avait cherché une occasion
de mourir, mais qui en avait été jusqu'alors empêché par
l'espace qui séparait les deux navires, lesquels s'étaient
quelque peu éloignés l'un de l'autre après s'être frappés
mutuellement de leurs proues. Toutefois la marée, qui avait
porté les Norwégiens à ce nouvel engagement, poussa alors
l'avant du vaisseau du jarl Hacon contre le serpent de
guerre du jarl Sigvald, et à la fin, à la grande satisfaction d'Erlend, les vaisseaux se touchèrent presque. C'était
tout ce qu'il demandait, et poussant avec vigueur ce cri,
pour la Norwége et le jarl! il se précipita du bec d'avant
dans le vaisseau du jarl Sigvald, et lorsqu'il mit le pied
parmi ses ennemis, tout enfant qu'il était, il frappa de
mort sur le pont un des vétérans vikings. Deux ou trois
de ses compagnons, en voyant ce saut insensé, s'étaient
élancés après lui, et ils se tenaient maintenant à ses côtés
sur le gaillard d'avant de l'ennemi. Les vagues séparèrent
alors de nouveau les deux vaisseaux, et la bataille s'endormit quelque peu, pendant que tous les yeux étaient
tournés sur ce petit groupe d'hommes, faible espoir abandonné, qui avaient abordé l'énorme *Bison* du jarl viking.

Avec une bravoure égale à son dévouement, Erlend, après avoir frappé son premier ennemi sur le pont, se détourna pour faire face à un second qui venait à lui en toute hâte.

« Thorkell ! frère Thorkell ! cria le jarl Sigvald de la coursive du navire, épargne le brave enfant ; un acte aussi vaillant mérite bien que son auteur vive pour devenir homme. »

Parant le coup qu'Erlend lui destinait avec son épée, le gigantesque Thorkell cria :

« Rends-toi, enfant, et accepte la paix que t'offre le capitaine ; et si nous gagnons la journée, jette ton lot avec nous, et deviens un Viking de Jomsburg.

— Thorkell le gigantesque, cria le vaillant enfant, Erlend, fils d'Hacon, vous défie, toi, et ton capitaine, et toute ton armée de voleurs ! » En parlant ainsi il s'élança, et porta un tel coup sur le chapeau d'acier de Thorkell que celui-ci en eut le crâne fracassé.

Pendant ce temps ses hardis compagnons avaient chacun tué leur homme, et une foule de robustes Vikings encombraient le gaillard d'avant pour rencontrer ces ennemis inattendus.

La vaste forme de Thorkell tourbillonna sous le coup d'Erlend ; mais il n'était pas décrété par le destin que cette gigantesque charpente tomberait en Norwége. Murmurant entre ses dents serrées, « bien, puisque tu as choisi l'épée, tu tomberas par l'épée, » le géant porta de toutes ses forces un coup à Erlend juste sur la gorge, à un endroit où sa chemise de mailles rejoignait à peine le bord de son chapeau d'acier. Le coup fut décisif, et un flot de sang jaillit et coula par-dessus les attaches de son armure.

Portant un second coup, mais cette fois sans force, à son énorme adversaire, Erlend tomba sur le pont en s'écriant : « C'est ainsi que les rejetons des jarls de la Grange savent mourir pour leur pays, » tandis que Thorkell, appuyé sur la poignée de son épée, se dressait au-dessus de lui, plus ému de pitié que de colère. Un ou deux jets de sang pourpre qui jaillirent alors de la bouche aussi bien que de la blessure béante, un serrement spasmodique des

mains et un frémissement à travers tout le corps, et
puis les yeux du vaillant enfant s'enténébrèrent de mort,
et l'esprit d'Erlend, fils d'Hacon, s'envola avec la ferme
croyance que par sa mort il avait sauvé la Norwége, et
qu'il s'assiérait le soir de ce jour au festin d'Odin dans le
Valhalla.

« Ç'a été pitié, frère, dit Thorkell à Sigvald qui se trouvait alors à son côté, mais l'enfant s'est attiré son sort à
lui-même.

— C'est la fortune de la guerre, Thorkell ; mais placez
de côté sous les bancs des rameurs le gentil cadavre, et
ne le jetez pas par-dessus bord. »

Puis, se tournant vers l'un des trois compagnons d'Erlend, dont deux étaient déjà étendus morts sur le pont,
tandis que lui, le troisième, s'appuyait aux boulevards,
blessé à mort qu'il était de plus d'un coup, il dit :

« Qu'est-ce qui l'a poussé à cet acte inutile, et pourquoi
l'avez-vous suivi dans cette folle entreprise ? »

Le Norwégien mourant sourit d'un sourire de spectre,
et dit avec son dernier souffle :

« Pas si inutile que vous le pensez, vous, Vikings. Ce
n'était pas pour une folle entreprise qu'Erlend, fils d'Hacon, a sauté sur votre navire, et que moi, son père d'armes, je l'ai suivi. Il est venu chercher la mort en s'offrant
volontairement en sacrifice pour la Norwége et le peuple
entier, par obéissance à la volonté des dieux, et nous,
nous sommes venus mourir avec lui afin de le suivre au
Valhalla et d'y souper ce soir avec Odin. »

Comme il balbutiait ces mots d'un souffle défaillant le
guerrier tomba mort sur le pont, et le sacrifice d'Erlend
et de ses compagnons fut complet.

« Avez-vous remarqué ses paroles, frère Thorkell? dit
Sigvald. Quand nous avons à lutter contre des chefs aussi
dévoués et des soldats aussi fidèles, il me semble que
nous devrons trouver cette après-midi nos vœux plus diffi-
ciles à réaliser que nous ne le pensions lorsque nous avons
ramé ce matin pour engager le combat.

— Je n'avais jamais pensé, frère Sigvald, répliqua

Thorkell, que nous trouverions que les gens de Norwége
fussent des soupes au lait. Combattons hardiment, et
voyons quel sera le résultat à la fin du jour. Nous aurons
alors assez de temps pour penser à remplir nos vœux;
mais quant au mien j'entends bien le remplir, et la chose
sera d'autant plus facile qu'elle dépend de la manière
dont vous accomplirez le vôtre.

— Jetez ces trois cadavres par-dessus bord, camarades. »
dit Sigvald, en retournant à la poupe.

Comme il s'éloignait au milieu d'une grêle de traits, —
car après son apaisement momentané la bataille avait re-
pris avec une rage furieuse au centre, — il pensa peut-être
à Astrida, sa chère femme, assise toute seule dans la salle
d'Harold le superbe, en Scanie, et se demanda s'il rever-
rait jamais les domaines de ses pères.

Cependant tout le long de la ligne norwégienne, de vaisseau en vaisseau, ce mot courait, qu'avec la mort d'Erlend
le sacrifice que les dieux avaient demandé au jarl Hacon
avait été accompli. Tous les cœurs se sentirent grandir
à ces nouvelles émouvantes, tous se sentirent en même
temps rassurés, et chaque soldat recommença l'action
avec le sentiment que le ciel combattrait maintenant avec
eux, et que la colère des dieux avait été détournée.

CHAPITRE XVI

LES DIEUX COMBATTENT POUR LA NORWÉGE.

Lorsque les nouvelles vinrent au jarl Hacon qu'Erlend
était tombé avec ses compagnons sur le gaillard d'avant
du vaisseau du jarl Sigvald, il dit seulement :

« Brave enfant! le temps de te pleurer n'est pas encore

LES VIKINGS DE LA BALTIQUE

venu, c'est maintenant l'heure de la vengeance. Placez notre vaisseau flanc contre flanc de cet énorme *Bison*, et combattons-le à outrance. » Puis se parlant à lui-même, il dit : « Le sacrifice aux dieux est fini ; nous avons fait à cette heure tout ce que nous pouvions. Voyons si Thorgerda, vierge du sanctuaire, et sa sœur Irpa combattront maintenant pour nous. »

En parlant ainsi, il se tourna vers le Nord, et un cruel sourire éclaira son visage en voyant un banc de nuages qui s'amoncelait sur ce point.

Jusqu'à cette heure le temps, comme nous l'avons vu, avait été beau et brillant, avec peu de vent ; ç'avait été un de ces tranquilles jours de novembre qui, même dans le Nord, sont souvent doux et chauds. Pendant le premier, et même pendant le second engagement, les hommes s'étaient si fort échauffés dans la furie de l'action, qu'ils avaient mis bas tous leurs vêtements, et que beaucoup d'entre eux avaient combattu en simples chemises. Mais maintenant vers trois heures de l'après-midi, alors que le soleil commençait à baisser, un vent froid et mordant se mit à souffler du nord droit contre les visages des Vikings, et ce banc de nuages, dont la vue avait arraché au jarl Hacon ce sourire cruel, se mit à grossir de plus en plus, jusqu'à ce qu'il eût recouvert l'étendue entière du ciel en un temps si court que cela seul semblait merveilleux.

La bataille continuait toujours cependant, et les Vikings étaient toujours le parti agresseur, en dépit de l'âpre ouragan qui glaçait leurs membres et faisait claquer leurs dents, tandis que la mer devenant bruyante se soulevait en vagues clapotantes, et que leurs vaisseaux, ayant maintenant contre eux vent et marée, ne tenaient plus que difficilement en ligne. Mais malgré tout les Vikings se portaient bravement en avant, et leurs ennemis eux-mêmes n'auraient pu leur reprocher aucun relâchement d'ardeur.

Ce changement de température n'échappa pas au jarl.

« Merci, Thorgerda, vierge du sanctuaire ! s'écria-t-il, lorsqu'il vit le ciel devenir subitement noir et sombre, et la chaude brise du sud céder la place à une tempête du nord. Merci. Les prières de ton zélateur ont été entendues, et son sacrifice est accepté. Montre des témoignages nouveaux de ta puissance. »

Puis se tournant vers ses chefs qui l'entouraient sur la poupe, il cria :

« Contemplez! les dieux combattent, pour nous enfin, et de notre Nord souffle une tempête qui pousse les vaisseaux des Vikings hors de leur ligne. Faites passer à tous nos vaisseaux à droite et à gauche l'ordre de pousser en avant, de briser la ligne et de disperser les vaisseaux de nos ennemis. »

Pendant que la flotte norwégienne se portait en avant par un effort combiné, et que les vaisseaux des Vikings commençaient enfin à lentement reculer, de nouveaux signes des cieux ne manquèrent pas pour réjouir les cœurs de l'une des flottes et abattre les cœurs de l'autre.

Le ciel au dessus de leurs têtes était noir comme la nuit, des éclairs jaillissaient de ce manteau ténébreux de nuages, et le tonnerre grondait sans un moment d'intervalle. Ce phénomène naturel, si rare dans les hivers du Nord, était suffisant pour frapper de terreur les cœurs des Vikings, s'il y avait eu place pour la crainte dans ces braves poitrines.

« C'est le tonnerre de Thor, qui avec son marteau, démolisseur des géants et des voleurs, combat ainsi pour la Norwége, cria le jarl à Sigmund. Qu'en dites-vous maintenant, enfant des Feroë? les dieux ont-ils entendu nos prières?

— Il semble qu'il en soit ainsi, seigneur, dit Sigmund; mais les cieux ont tonné avant ce jour-ci, et Thor n'est pas toujours dans le nuage du tonnere. J'attendrai la fin de la journée.

— Attendez en ce cas, moi je crois, dit le jarl sévèrement. Quels témoignages pourriez-vous désirer de plus que cette tempête soudaine qui suffit à elle seule pour pousser nos ennemis devant nous? »

Comme le jarl parlait un nouveau prodige se produisit. Une terrible averse de grêle, dont les grêlons étaient de dimensions énormes, chacun suffisant pour estropier un homme, sortant obliquement du nuage, vint donner droit sur les visages des Vikings, dont les Norwégiens purent, des proues de leurs navires, voir la pâleur ressortir sur ce fonds de ténèbres.

« Contemplez encore un autre signe, dit le jarl en extase. Voyez, la grêle ne tombe que sur nos ennemis; c'est à peine s'il en tombe un grain sur nos ponts. Vent, tonnerre, éclairs, grêle, tous les ouragans, tous les dards, tous les traits du ciel se détournant de nous vont tomber sur leurs têtes dévouées. »

Averse après averse la grêle meurtrière tombait sans discontinuité, tandis que les éclairs ne cessaient de flamboyer et que le tonnerre grondait au-dessus des flottes. Une telle tempête permettait difficilement un étroit combat. A mesure que les Norwégiens avançaient avec le vent et la marée, ils secondaient l'artillerie du ciel par des nuées de flèches et en lançant des dards et des pierres, mais quant aux Vikings, résister à l'âpre tourmente et à la meurtrière pluie de grêle était autant qu'ils pouvaient faire; cependant ils se tenaient fermes derrière leurs boulevards, tout cruellement meurtris et estropiés qu'ils fussent, et toujours se retournant pour répondre à l'attaque, ils cédaient lentement et avec colère le champ à leurs adversaires.

A bord de leurs vaisseaux aussi, ce soudain changement de température et cette attaque des éléments matériels contre eux ne pouvaient être considérés que comme des prodiges. Si les dieux ou les puissances naturelles réglaient le vent, la grêle et les éclairs, n'était-il pas évident que l'attaque de toutes ces forces combinées prouvait qu'il y avait quelque chose de surnaturel dans le changement d'un jour si doux et si brillant en une température d'hiver froide, ténébreuse et mordante?

Les soldats du commun furent, comme il était naturel, les premiers à ressentir cette influence erronée ; mais, à mesure que le jour s'écoulait sans amener aucun arrêt dans la grêle, le vent et le tonnerre, l'infection, nous ne

dirons pas de la crainte, mais de la superstition, gagna
peu à peu les chefs et les capitaines eux-mêmes.

Comme il se tenait avec Thorkell sur le côté du mât
placé sous le vent dans la coursive du navire, — car il n'y
pas possibilité de se tenir sur la poupe, — Sigvald dit à
son frère, d'une voix basse :

« Pourquoi avez-vous tué l'enfant, Thorkell? Tout allait
bien jusque-là, mais depuis qu'il est tombé, il y a une
demi-heure à peine, notre chance a tourné. Odin, si nous
croyons en Odin, désire le sang des hommes et non des
enfants. Pourquoi avez-vous tué cet enfant là-bas? » En
parlant ainsi, il montrait du doigt le corps d'Erlend étendu
roide et glacé sous les bancs des rameurs, et dont le visage
charmant recevait la grêle par couches épaisses.

« S'il est tombé, frère, dit le gigantesque Viking, il
est tombé par sa propre faute. C'est le moment de tuer
les petits de l'ours lorsqu'ils vont vous étouffer à mort
s'ils ne sont pas tués. D'ailleurs il voulait mourir, et s'il
n'était pas tombé sous ma main, l'un ou l'autre de vos
hommes lui aurait donné son coup de mort. Je lui ai offert
la paix, et il l'a repoussée. Que pouvait-on faire de plus?

— Je ne sais pas, frère, dit le jarl viking, mais malgré
tout je voudrais bien que vous ne l'eussiez pas tué. Avec
sa vie est parti tout notre bonheur. »

A ce moment même il y eut une légère éclaircie dans
les nuages, et l'averse de grêle diminua quelque peu sur
cette partie de la ligne ; mais le noir banc de brouillards
qui descendait lentement du Nord montrait que la force de
la tempête était assoupie et non épuisée. Par devant, entre
la flotte de Sigvald et le rivage, la ligne en fer à cheval
des Norwégiens pressait sur les Vikings, et par derrière,
tombant des collines et pendant jusqu'au rivage, avançait
le noir amas de nuages et de brouillards, d'où par intervalles irréguliers jaillissait le rouge éclair suivi tout aussitôt par de violents éclats de tonnerre.

Si des pensées comme celles que nous avons décrites
remplissaient le cœur de l'avisé Sigvald, si cet homme, qui
était autant au-dessus des superstitions de son siècle

qu'homme alors vivant dans le Nord pouvait l'être, n'avait pu s'empêcher de voir quelque chose de surnaturel dans la guerre des éléments qui s'était si brusquement déchaînée contre les Vikings, nous pouvons être bien sûrs que ces sentiments de terreur étaient encore plus communs, non-seulement parmi les équipages de sa flotte, mais aussi dans les cœurs de ses capitaines. En un mot, les Vikings étaient bien au-dessus de la crainte de l'homme ou de la crainte de la mort, mais ils s'inclinaient encore devant la colère du ciel, et croyaient que contre ces pouvoirs invisibles la puissance de l'homme était de peu de valeur et de peu de poids.

A l'aile gauche, comme nous le savons, Vagn était capitaine de l'escadre, et là, sa proue toujours tournée contre le bec du *Côtes de fer* d'Éric, il maintenait le combat sans inégalité. Le vent et la marée, plutôt que la force de l'ennemi, avaient fait reculer ses vaisseaux, mais sa ligne était absolument intacte. Le navire de son père d'armes Beorn était tout contre le sien, flanc contre flanc, et comme ils se touchaient, le vieux Viking et son fils d'armes pouvaient se parler de leurs poupes respectives. Aussi dès le début de la tempête, Beorn héla-t-il Vagn.

« Mauvais temps, fils d'armes, comme disait mon homonyme l'ours, lorsqu'il fut enfermé par la neige dans son repaire et que ses griffes ne pouvaient plus lui creuser le chemin pour en sortir.

— Cela sera bientôt passé, et le soleil brillera de nouveau, cria Vagn.

— Pas d'aujourd'hui, pas d'aujourd'hui, enfant, rugit Beorn en réponse. Plus de soleil pour nous aujourd'hui !

— Ne louez ou ne blâmez jamais le jour avant sa fin, père d'armes. Voilà, je vous renvoie un de vos propres dictons.

— Ce jour, dit Beorn, nous sera à demi à louange, à demi à blâme. Nous en avons eu le meilleur, et en voici venir maintenant le pire.

— Ce n'est qu'une tempête passagère, je vous dis ! cria Vagn.

— C'est une tempête qui ne passera jamais pour quelques-uns de nous, rugit en réponse le vieux vétéran. Je te dis, enfant, que ce n'est pas une tempête ordinaire. Qui a jamais entendu parler de tonnerre et d'éclairs en Norwégè, lorsque le temps d'Yule est proche. Non, ces ténébreux nuages sont arrivés par sorcellerie et par ces arts magiques, dans lesquels, cela est bien connu, le ténébreux jarl des Granges est si habile.

— Je ne crois pas aux arts magiques, cria Vagn. Je ne crois qu'en moi-même, et si je pouvais seulement accomplir mon vœu et conquérir la belle Ingibeorg... »

Le reste de ce discours fut perdu dans la tempête ; le vent s'en empara et le porta au loin sur la mer, mais du vaisseau de Beorn partirent un ricanement rauque, puis ces mots :

« Conquérir Ingibeorg ! nous serons heureux, enfant, si nous nous tirons de là la vie sauve. »

Tout cela se disait avant que la tempête fût arrivée à son point culminant ; mais bientôt le vent devint si fort, et les averses de grêle devinrent si rudes, que Vagn et Beorn, comme avaient fait Sigvald et Thorkell, cherchèrent les coursives de leurs navires et ne parlèrent plus de quelque temps.

Une fois encore la tempête diminua, et les deux capitaines remontèrent sur leurs poupes.

« Comment cela va-t-il, père d'armes ? dit Vagn.

— Bien, enfant, bien, mais tant soit peu meurtri par ces blocs de glace, que le ciel, puisque vous ne voulez pas que je dise les arts magiques, lance sur nous à cinq à la livre. Le jarl Hacon, nous pouvons le dire, nous donne bon poids avec sa sorcellerie.

— Je commence à penser que c'est beaucoup comme vous le dites, père d'armes, dit Vagn, et qu'il y a dans cette tempête quelque chose de pervers.

— Comment cela, enfant ? parle, cria Beorn. Vois-tu quelque chose que personne d'autre ne peut voir ? Tu sais que la seconde vue est un don de ta race.

— Il me semble voir, dit Vagn, regardant les noirs

nuages au-dessus de sa tête, il me semble voir, lorsqu'une nouvelle averse de grêle est sur le point de fondre sur nous, comme la forme d'une femme gigantesque chevauchant le nuage qui est sur le point de crever, les bras étendus et désignant de ses doigts nos navires ; puis le nuage crève sur nous, et nous sommes meurtris et estropiés par ces énormes grêlons.

— Combien de fois as-tu vu ce fantôme, enfant? demanda Beorn.

— Deux fois, dit Vagn, et voyez ! les nuages s'assemblent de nouveau, et cette fois pour une averse encore pire. A nos coursives, père d'armes, de peur que ces ouragans de sorcellerie ne nous précipitent par-dessus bord dans la froide maison de Ran pour y souper ce soir avec Ægir au lieu de souper avec Odin. »

Ils descendirent tous les deux dans les coursives de leurs navires, et là, se plaçant à côté de son mât qui se courbait sous la force du vent comme s'il allait se briser, pendant que son bon vaisseau était ballotté de çà et de là, le jeune Viking, insoucieux des grêlons qui tintaient sur son chapeau d'acier, regarda de nouveau les noirs nuages.

De nouveau, juste au moment où l'épais nuage noir allait crever, il lui sembla qu'il pouvait discerner parmi le brouillard courant sur le ciel la forme d'une femme gigantesque qui venait maintenant volant plutôt que chevauchant sur la tempête, et qui avec ses bras étendus et ses doigts indicateurs semblait guider ces terribles averses de grêle contre les Vikings.

« C'est comme je le pensais, dit-il, et sautant sur la galerie de pont qui courait tout autour des boulevards, il appela Beorn qui était maintenant plus près de lui dans la coursive de son navire qu'il ne l'avait été sur la poupe.

— Regardez en haut, père d'armes, au-dessus de votre tête, et dites-moi si vous voyez quelque chose chevauchant ou volant sur les nuages ? »

Beorn regarda en haut comme Vagn le lui recommandait, regarda longtemps, et dit enfin :

« Je ne vois rien, enfant, si ce n'est la tempête qui vole,

des nuages entr'ouverts qui roulent, et du brouillard ;
mais je ne dis pas pour cela que tu ne puisses rien voir ;
car je n'ai pas le don de seconde vue, et je ne vois les
choses que comme elles sont, et non comme les autres
semblent les voir. Mais as-tu revu cette sorcière ? A quoi
ressemblait-elle ?

— A une femme des Trolls, cria Vagn ; énorme, sans
forme, et cependant elle avait une forme, et pendant
qu'elle chevauchait sur la tempête, elle étendait ses deux
bras, et de chaque doigt de ses mains les averses de grêle
tombaient drues et rudes sur nos têtes.

— Voici ses grêlons, sans doute, dit Beorn ; car celui-là
qui est énorme vient juste de m'enlever une de mes quelques dents. Je n'en ai cependant pas trop à prodiguer, et
voilà ce que je gagne en regardant dans le ciel pendant
une semblable grêle au lieu de tenir ma tête à l'abri sous
le couvert de mon chapeau d'acier et de mon garde-nez. »

En parlant ainsi, il lança dans le vaisseau de Vagn par-
dessus les boulevards un gros morceau de glace qui aurait cassé les dents de n'importe quel homme aussi jeune
qu'il pût être. Puis il continua :

« Ça aurait pu être mon œil, fils d'armes, c'est encore
une consolation ; et maintenant tout ce que nous avons
à faire c'est de combattre contre homme ou sorcière, oui,
et même contre les dieux de la Norwége eux-mêmes. Qui
peut dire lorsque le jour sera fini si nous aurons besoin
d'yeux ou de dents, ou de n'importe quoi, sauf d'un
tertre sur nos os ?

— Oui, oui, père d'armes, dit Vagn, arrive ce que voudra ! nous ferons notre devoir et nous combattrons jusqu'à
la fin. »

Pendant que cela se passait à l'aile droite, on ressentait
beaucoup les mêmes impressions à l'aile gauche où Bui
commandait. Lorsque le temps changea soudainement et
que les nuages s'assemblèrent, l'intrépide champion se
trouvait sur sa poupe ayant à son côté Havard le rude
tireur, le robuste guerrier que Tofa, la femme de son frère
Sigurd, lui avait donné comme témoignage de son amour.

D'abord Bui ne parla pas. « Nous avons eu l'avantage jusqu'à présent, et tout ira encore bien, pensait-il. Que le vent souffle. »

Puis lorsque les noirs nuages s'amoncelèrent, que l'éclair rouge en jaillit, et que le tonnerre gronda, il dit tout haut à Havard :

« C'est Thor qui nous souhaite la bienvenue, Danois ; car Thor, nous dit-on, est le Dieu du tonnerre, et le gardien de cette terre de Norwége.

— Une rude bienvenue ! murmura Havard qui, comme Bui, était homme de peu de paroles. S'il désire nous souhaiter la bienvenue, pourquoi nous envoie-t-il ce vent droit contre les dents ? Voyez, le timonnier peut à peine tenir le navire ferme en y mettant toute sa force.

— Thor n'est pas une soupe au lait, dit Bui. Peut-être accueille-t-il ses amis avec des soufflets au lieu de petites tapes de la main.

— Cela peut être, » murmura Havard.

Lorsque la première grosse averse de grêle tomba, et que même les joues de Bui, toutes tannées qu'elles fussent par les tempêtes, sentirent la douleur sous les grêlons qui les frappaient, le capitaine viking se mit à se promener sur le pont, et ne dit rien de quelque temps. Enfin Havard, qui se promenait à son côté, lui demanda :

« Penses-tu, Bui, que ce soient encore quelques-uns des tendres soufflets de Thor ?

— Sans doute, dit Bui. Ce sont ses provisions d'hiver qu'il a emmagasinées tout l'été afin de pouvoir nous les donner à nous, les guerriers qu'il aime, maintenant que nous sommes venus le voir dans son propre pays. »

C'était là un long discours pour Bui, et pendant quelque temps ni l'un ni l'autre Viking ne dirent un mot de plus.

Enfin lorsque la première accalmie arriva et que l'impitoyable lapidation de la première averse de grêle eut cessé, Bui, qui seul de tous les capitaines vikings avait dédaigné de quitter la poupe, se tourna brusquement vers Havard, et lui dit :

« As-tu le don de seconde vue, et peux-tu voir les choses comme elles sont réellement, et non comme la plupart des hommes les voient ?

— Chez moi, en Danemark, dit Havard, j'étais regardé comme ayant ce don.

— Nous l'avons dans notre maison de père en fils, et Vagn est regardé comme l'ayant aussi, mais jusqu'à présent je ne me suis jamais aperçu que je visse quelque chose autrement que la masse des hommes. Mais maintenant il me semble que je vois quelque chose au-dessus de nous. Regarde en haut, et dis-moi ce que tu vois. »

Havard le rude tireur regarda, et après avoir passé en revue les nuages et l'horizon, il dit :

« Je ne vois rien, Bui. »

Alors Bui regarda lui-même, et dit :

« C'est étrange ; voilà qu'en regardant de nouveau je ne vois rien. Promenons-nous sur le pont un moment, et puis regardons de nouveau juste au moment où crèvera cette averse qui se rassemble sur ce penchant de colline là-bas. »

Les deux guerriers se promenèrent donc sur le pont dans des dispositions d'esprit sombres, tandis que la bataille se ralentissait au milieu de la révolte des éléments, et que les deux flottes allaient à la dérive devant le vent et la marée. Puis, juste au moment où creva la seconde averse de grêle, Bui demanda à son compagnon de regarder encore.

« Regarde ! regarde maintenant, Havard le rude tireur ! »

Alors Havard regarda en haut, et, au bout de quelques instants, il s'écria :

« Je la vois maintenant, l'exécrable sorcière ! je la vois chevauchant sur la tempête, la sale Troll !

— Ainsi tu la vois, toi aussi, cria Bui. Tu vois cette forme énorme de femme qui chevauche la tempête, et qui nous envoie la grêle sur nos têtes et contre nos visages.

— Comment ne la verrais-je pas ! rugit Havard avec colère. La voilà qui vole et flotte, et quand elle étend ses mains, il en tombe des grêlons qui nous lapident aussi rudement que les coups d'où j'ai tiré mon surnom. »

Alors Bui appela un de ses plus robustes guerriers qui

se tenait tapi sous le vent contre les boulevards, et lui dit de monter sur la poupe.

« Viens ici, Éric de Bornholm, je désire te parler. »

L'énorme Viking à chevelure rouge se leva lentement de son abri, et grimpa l'échelle qui conduisait à la poupe.

« Salut, capitaine, cria-t-il, en se présentant devant Bui, et trois fois salut, et ainsi la politesse et la grêle se rencontrent dans le même mot [1]. Nous sommes tous fiers, pendant que nous sommes couchés dans la coursive, de voir que nous appartenons à un capitaine qui continue à enjamber le plancher, et dédaigne de s'abriter même par un temps de chien comme celui-là.

— Retranche un peu de tes paroles, Éric le rouge, dit Bui. Ce n'est pas pour t'entendre vanter ma hardiesse que je t'ai appelé ici pendant que les grêlons battent le plancher. On dit que tu te connais parfaitement au temps : regarde en haut maintenant, et dis-nous ce que tu vois dans les cieux au-dessus de nous. »

Le rouge Viking regarda, et regarda longtemps, passant tout le ciel en revue. Enfin il ramena ses yeux vers la terre et regarda le capitaine.

« As-tu bien regardé ton soûl ? dit Bui. Alors dis-nous ce que tu as vu.

— Je vois, dit Éric, je vois qu'il y en a encore beaucoup à venir. Nous avons eu deux averses, et la troisième sera la plus terrible, croyez-en ma parole. Je vois la tempête qui vole, et les nuages qui roulent, et les coups de vent et les éclairs. J'en vois assez pour être sûr que la tempête n'est pas à sa moitié, et que nous aurons une rude nuit.

— Ne parle pas de la nuit avant que le jour soit achevé, dit Bui, presque avec colère. Ne vois-tu rien de plus que cela, que tous peuvent voir ?

— Je ne vois rien d'autre, dit le Viking avec étonnement. Que pourrais-je voir d'autre ?

— Beaucoup de choses, Éric, dit Bui, s'il t'était donné

---

1. Jeu de mots intraduisible. *Hail* signifie à la fois *grêle* et *salut*.

de les voir; et maintenant retourne à ton abri, pendant qu'Havard et moi nous nous promènerons sur le pont. Aussitôt que la tempête s'apaisera, il nous faudra être encore debout et nous jeter sur eux, et alors faites de votre mieux, toi et tous les hommes de Bui.

— N'ayez crainte, noble capitaine, dit le rouge Éric; je voudrais être ausssi sûr que la tempête s'apaisera que je suis sûr que nous combattrons tous jusqu'au dernier homme. »

CHAPITRE XVII

LA BATAILLE RECOMMENCE.

À ce moment les deux flottes liées vaisseau à vaisseau, les Vikings en trois escadres, les Norwégiens en une seule longue ligne, avaient glissé à une distance du rivage à peu près double de celle qui les en séparait au commencement de la bataille. Le centre des Vikings, où le jarl Sigvald commandait, était donc périlleusement près des rochers cachés et des écueils que dans sa première position il avait laissés à bonne distance derrière lui.

Le jarl Hacon ne tarda pas à apercevoir cet avantage, et en réalité c'était la tactique choisie par tous les chefs norwégiens, Éric en tête, de pousser les vaisseaux vikings sur les rochers, et puis d'éclaircir leurs ponts tandis que la mer les briserait en pièces.

Après la seconde averse de grêle dont nous avons parlé, les nuages s'éclaircirent, et il y eut une longue accalmie, pendant laquelle il fit moins noir, bien que le soleil voilât toujours sa face, et, comme le dit le jarl Hacon, il y eut assez de lumière pour voir les traits de l'ennemi dans un combat corps à corps.

Ce fut alors qu'il fit passer tout le long de la ligne 'ordre de recommencer l'engagement, de pousser contre l'ennemi, et d'éclaircir ses ponts avec des dards et des flèches.

Les Vikings, de leur côté, n'étaient pas fâchés de reprendre à outrance le combat, maintenant que la fureur de la tempête était passée. Leurs visages et leurs bras étaient noirs et bleus des soufflets de la grêle, et leurs membres, si pleins de chaleur et de vie peu de temps auparavant, étaient maintenant raidis et glacés par le froid. Mais si le temps avait changé pour eux à cet égard, n'avait-il pas aussi changé pour les Norwégiens? N'avaient-ils pas d'ailleurs maintenu leur ligne jusqu'à présent, et s'ils avaient cédé, n'était-ce pas seulement à l'attaque des éléments?

Aux averses de grêle succédèrent donc rapidement des nuées de dards, de pierres et de flèches. Beaucoup tombèrent, mais la perte fut à peu près égale des deux côtés, et, après une lutte qui dura une demi-heure, les Norwégiens semblèrent aussi loin de la victoire que jamais, si vaillamment les trois escadres des Vikings avaient maintenu leur position contre la flotte du jarl Hacon. Dans cette résistance ils furent incontestablement aidés par la hauteur et la solidité de leurs vaisseaux, qui, comme nous l'avons déjà dit, s'élevaient dans la plupart des cas au-dessus des navires norwégiens dont les équipages étaient obligés de viser leurs ennemis d'en bas, tandis que les Vikings les visaient d'en haut comme d'un château-fort.

Cette demi-heure était en réalité le point tournant de la journée, et le jarl Hacon sentait qu'elle appartiendrait aux Vikings si les Norwégiens ne pouvaient les vaincre rapidement. Au moment même où les Vikings combattaient en désespérés, un frisson superstitieux pour ainsi dire, courut de vaisseau en vaisseau à travers toute l'armée, lorsque les hommes s'apprirent l'un à l'autre, à travers les boulevards, les visions étranges et de méchant augure que ceux qui avaient le don de voir avaient contemplées aux deux ailes dans les nuages et les vapeurs

qui s'étendaient au-dessus de leurs têtes. Il était évident
que le simple changement de température aurait suffi
par lui-même pour abattre les ardeurs d'hommes combattant pour leurs vies contre toute une nation, mais lorsque à ce sentiment de découragement vinrent s'ajouter
les bruits des choses étranges que des capitaines comme
Bui et Vagn avaient vues dans l'air supérieur, on peut
imaginer aisément que l'histoire s'accrut rapidement à
mesure qu'elle fut rapportée, et au moment où elle arriva
des deux ailes à bord du vaisseau de Sigvald elle avait pris
les proportions les plus surnaturelles.

« Qu'est-ce qu'ils disent, et qu'est-ce qui les fait tenir
ainsi bouche béante dans la coursive, frère Thorkell? »
demanda Sigvald, qui avait remarqué que plusieurs de
ses hommes restaient frappés d'effroi de quelque chose
qu'ils avaient entendu du vaisseau voisin. Puis se tournant
vers un matelot qui se trouvait au-dessous de lui, il lui
commanda de monter à la poupe et de venir lui parler.

« Qu'y a-t-il, camarade? demanda le jarl. Quel sac
de mauvaises nouvelles a-t-on jeté dans notre vaisseau?
Si des Vikings de Jomsburg pouvaient jamais avoir peur,
je dirais que la moitié d'entre vous étaient tout à l'heure
saisis de crainte.

— Nous ne craignons aucun homme, répondit le robuste
Viking. Non, ni les Trolls non plus, si ce sont eux qui sont
en question ; mais ceux contre qui nous combattons sont
supérieurs à tout homme et à tout Troll.

— Supérieurs à tout homme ou à tout Troll! dit Sigvald. En ce cas quelle manière d'ennemis cela peut-il
être ?

— Envoyez chercher Havard le rude tireur, et deman-
dez-le-lui, dit le Viking ; peut-être pourra-t-il vous le
dire. Quant à nous, nous ne savons que ce qu'il a vu.

— Havard le rude tireur ! dit Sigvald. Comment vous
qui êtes ici au centre, pouvez-vous savoir ce qu'a vu Havard? il est avec Bui, bien loin, sur la gauche.

— Ah ! dit le Viking, nous n'en savons pas moins ce
qu'il a vu, et aussi ce qu'ont vu sur la droite Vagn, fils

d'Aki et Beorn le Gallois. Les nouvelles ont passé de vaisseau en vaisseau, et nous les connaissons aussi bien que si nous les avions entendues de leurs propres lèvres.

— Et qu'est-ce qu'ils ont vu ? Ni Bui, ni Havard, ni Vagn, ni le vieux Beorn, ne sont des lâches ; ce sont des hommes vaillants et vrais, et ce qu'ils ont dit, ils le soutiendront.

— Ils disent, dit le Viking en diminuant le volume de sa voix jusqu'au chuchotement, que Havard le rude tireur qui a la seconde vue, a vu dans le ciel, au-dessus de nos têtes, une énorme sorcière qui chevauchait sur la tempête, et chaque fois qu'elle étendait sa main, — et elle les étendait toutes les deux, — une flèche s'échappait de chacun de ses dix doigts, et celui que cette flèche frappait trouvait la mort.

— Bon ! dit Sigvald ; ainsi c'est là ce que Havard a vu ? Bon, en cela il a vu clair, car il est certain que beaucoup de nos hommes ont trouvé la mort par des flèches aujourd'hui, et que beaucoup d'autres encore la trouveront avant que nous en ayons fini. Quand bien même cette sorcière en haut, que vous me dites avoir été vue par Havard, tuerait un ou deux hommes de plus dans nos rangs, qu'est-ce que cela fait ? Cela lui fait plaisir, et ne nous fait pas grand mal. Nous autres Vikings de Jomsburg ne sommes pas gens à nous laisser arracher notre proie par une vieille sorcière.

— Ah ! noble capitaine, dit le Viking, juste au moment où nous apprenions ce que Havard avait vu à bâbord, il nous est venu de tribord la nouvelle que Beorn et Vagn avaient vu la même chose à bord du vaisseau de Vagn ; une des flèches de la vieille sorcière a même frappé Vagn en pleine poitrine, et n'eût été que sa chemise de mailles était solide, la flèche l'aurait traversé comme le gui du chêne traversa Balder : quoi qu'il en soit, elle a glissé sur sa chemise de mailles.

— Bon ! dit Sigvald, et qu'est-ce que cela prouve ? que même ces flèches de sorcières sont sans pouvoir pour nous nuire. Un coup manqué vaut un mille fait, camarade ; et maintenant retournez auprès de vos compagnons, et recommandez-leur de combattre bravement jusqu'à ce que nous ayons gagné la journée.

— Il est cependant étrange, dit Sigvald à Thorkell, que Bui et Vagn, qui ont la seconde vue, aient vu tous deux quelque chose en haut. Mais, ce qui est plus qu'étrange, c'est que ces présages se soient répandus à travers l'armée avec la rapidité d'un feu follet. Ordonnez aux cornes de sonner une charge, frère, et inclinez notre étendard trois fois du haut du mât pour une attaque. Alors la flotte prendra courage; et nous pourrons encore gagner la journée. »

Les cornes sonnèrent et l'étendard fut agité, et ceux des navires vikings qui purent mettre leurs rames dehors en frappèrent l'eau, avancèrent et arrêtèrent les progrès des Norwégiens, s'ils ne purent pousser assez pour que cette action fût appelée une charge.

Ce ralliement et cette attaque toutefois suffirent pour attirer l'attention du jarl Hacon, qui s'était tenu orgueilleusement sur sa poupe avec Sigmund et Einar à ses côtés pendant toute la tempête, croyant que les anciens dieux et Thorgerda, vierge du sanctuaire, combattaient pour la Norwége avec le tonnerre et l'éclair, avec le vent et la grêle. Mais maintenant que la tempête s'était quelque peu apaisée, et qu'il voyait les Vikings faire un nouveau mouvement, il devint furieux, et se tournant vers Sigmund, il dit :

« Nous avons sacrifié notre cher fils Erlend aux anciens dieux dans une mauvaise heure, s'ils doivent nous abandonner dans cette extrémité. Voyez! les Vikings se rallient et s'avancent contre nous.

— Patience, seigneur, dit Sigmund, ce n'est que le dernier battement d'ailes de l'oiseau lorsque le trait l'a frappé, le dernier mouvement du poisson que le pêcheur a harponné. Que les Vikings fassent leur dernier effort et la journée est à vous.

— La journée devrait être à nous déjà, enfant des Feroë, dit le jarl. Elle sera perdue, si ces Vikings se rallient et nous attaquent encore. Leur audace est merveilleuse.

— Ils sont en effet audacieux, seigneur, dit Sigmund, et quiconque a pris part à cette bataille ne reverra jamais leurs pareils.

— Ne louez pas l'ennemi, Sigmund, » dit le jarl avec humeur; et en disant ces mots il se retira à l'écart vers le couronnement du navire. Là, seul avec lui-même, la tête basse, il pria à peu près en ces termes :

« Écoute-moi, Thorgerda, vierge du sanctuaire, puissante pour sauver; n'arrête pas ta main, mais étends-la une fois encore contre l'ennemi qui a osé envahir ta terre sacrée de Norwège, et m'attaquer, moi ton fidèle zélateur. Je ne t'ai pas refusé mon cher fils Erlend qui s'est sacrifié en obéissance à ta volonté. L'ennemi a été terrifié par tes traits, mais il n'est pas encore vaincu. Étends ton bras une fois encore, et disperse son armée avec tes tempêtes et ta grêle. Viens, et amène ta sœur Irpa avec toi. Les morts qui vont être entassés pour toi sur les ponts seront alors trop nombreux pour que toi seule puisses les choisir. »

Pendant que cette scène se passait à bord du vaisseau du jarl Hacon, Sigvald était occupé à encourager ses hommes et à faire circuler sur toute la ligne des Vikings l'ordre de se rallier pour un nouvel effort. Mais, pour dire la vérité, il trouva que l'histoire des prodiges qui s'était répandue avec tant de rapidité, avait été si entièrement acceptée, qu'il lui resta peu d'espoir de renouveler le combat avec la même ardeur et le même entrain qu'auparavant.

Cependant il regarda hardiment encore la situation en face, et lorsque Thorkell lui-même lui demanda s'il pensait que les dieux fussent contre eux en leur envoyant un pareil temps, il s'écria :

« Frère! frère! à quoi sert-il maintenant de venir parler des dieux, et des Trolls, et des sorcières, à nous et à nos hommes qui n'avons jamais cru qu'en nous-mêmes et en nos bonnes épées, à nous qui jusqu'à cette heure avons traité également tous les dieux et tous leurs sanctuaires, non comme des maisons de prière et de foi, mais comme des maisons contenant des trésors faits pour être pillés et volés? Qu'importe, si les dieux de ce pays que nous sommes venus piller sont contre nous? Nous avons toujours été contre eux, et contre tous les dieux également, soit païens, soit chrétiens. Qu'avons-nous donc à faire, si ce n'est de combattre aujourd'hui comme nous avons toujours combattu, contre toutes les circonstances, en nous confiant en nous-mêmes et en nous seuls, et sans nous soucier que dieu et homme soient contre nous?

— Je n'en aurais pas souci, frère, dit Thorkell, si je croyais que ce temps fût un temps naturel.

— Tout temps est naturel, Thorkell, dit Sigvald, celui-ci comme les autres : une tempête n'est qu'une tempête après tout, et même ces grêlons, — et il désigna du doigt un amas épais qui s'était amoncelé dans les dalots —, tout énormes qu'ils sont, sont naturels. En vérité, frère, continua-t-il, les hommes pourraient aussi bien t'appeler anti-naturel à cause de ta haute taille. Il en est de même de ces grêlons.

— Je dis, dit Thorkell, de mauvaise humeur, que cette température est le résultat d'un artifice, et que le jarl Hacon ne combat pas avec l'épée et la lance, mais avec la sorcellerie et les arts ténébreux.

— Et qu'importe s'il fait cela, frère! Eh bien, nous n'en aurons qu'une plus grande gloire en gagnant la journée. Levons-nous donc et donnons sur eux immédiatement. Si nous avons à combattre contre des Trolls aujourd'hui, cela rend notre tâche plus difficile, voilà tout; tout ce que nous avons à faire est de mettre nos épaules à la roue et de pousser d'autant plus vigoureusement, et si nous agissons ainsi nous devrons triompher à la fin.

— Regardez, frère! dit Thorkell, voilà que cela vient encore!

— Qu'est-ce qui vient encore? cria Sigvald, regardant droit devant lui, et passant la revue de son *Bison* qui, juste à ce moment, marchait proue en avant contre le vaisseau du jarl Hacon.

— Pas de ce côté! frère, pas de ce côté! dit Thorkell;

ne regardez pas devant vous, mais en haut. Regardez là
où les nuages se rassemblent et où le brouillard roule, et
où tout ce poids de vapeurs s'abaisse comme si le ciel
allait tomber sur nos têtes; et voici que souffle encore
l'ouragan du nord comme s'il n'avait pas soufflé un seul
coup de vent de la journée. Le vieux géant qui fait le
vent du nord est en train d'agiter rudement ses ailes, à
coup sûr.

— Qu'il les agite jusqu'à ce que ses jointures craquent,
dit Sigvald, et que le ciel tombe si cela lui fait plaisir;
notre route est en avant jusqu'à ce que nous ayons renversé le jarl Hacon et sa maison, et rempli nos vœux. »

Comme il lançait ainsi le défi au ciel, un éclair jaillit
et un coup de tonnerre retentit, un coup de tonnerre en
comparaison duquel tous ceux qui avaient été entendus
auparavant n'étaient que bruits de jouets d'enfant. Tout
fut silence un moment après la détonation, mais alors
tout navire dans les deux flottes fut roulé et bercé, et leurs
bois craquèrent et gémirent comme si un esprit investiga-
teur les visitait, et éprouvait chaque nœud et chaque fibre
de leurs charpentes. Éclairs et tonnerres semblèrent riva-
liser pour briller et gronder en même temps; et pendant
que les vaisseaux étaient toujours bercés et roulés l'ouragan les frappa de toute sa fureur, et des grêlons encore
plus énormes que les précédents furent poussés contre les
Vikings. Ils semblaient non pas tomber, mais être dirigés
obliquement contre leurs visages.

Il n'était pas extraordinaire que dans cette soudaine
explosion de la tempête le vent et la mer accomplissent
contre la flotte viking ce que les Norwégiens avaient tout
le jour essayé de faire. Il n'y avait pas d'attaches de
chanvre qui pussent tenir également sur toute la ligne
contre un pareil ouragan; aussi, quand les trois escadres
vikings se portèrent en avant contre l'ennemi, les éléments
trouvèrent beaucoup de points faibles, et le résultat fut
que, dans chaque escadre, nombre de grelins furent brisés
et que la ligne viking fut rompue.

Quant au vaisseau de Sigvald, il était si près de celui

du jarl Hacon que les marins du gaillard d'avant avaient accroché leur ennemi avant que la tempête éclatât, et maintenant qu'elle était à son apogée, les deux grands navires se trouvaient bout à bout l'un de l'autre, le *Bison* suspendu pour ainsi dire à la proue du Norwégien, tandis que les attaches qui le réunissaient des deux côtés aux vaisseaux de la ligne viking s'étaient brisées net par l'effet de la secousse soudaine.

Aussitôt que le grappin de fer avait eu saisi le vaisseau du jarl, Sigvald, en dépit de la tempête, était monté en toute hâte avec Thorkell sur le gaillard d'avant et s'était apprêté à aborder le vaisseau de son adversaire. Cruellement souffleté par la tempête, et trébuchant à chaque pas sur le pont couvert de glace, il avait à peine atteint l'avant, lorsque deux autres secousses des deux côtés lui apprirent que le *Bison* était libre, et que la ligne viking était brisée dans son centre même. La clef de voûte était abattue, et tout l'édifice de sa tactique allait tomber rapidement en ruines.

« Contre une telle tempête il y a pas de chanvre qui pourrait tenir, murmura-t-il. Qu'y a-t-il à faire maintenant, frère Thorkell? aborderons-nous l'ennemi, et nettoierons-nous ses ponts? »

Le géant, protégeant de sa main ses yeux contre l'averse de la grêle, regarda attentivement la proue de l'ennemi qui fourmillait d'hommes, tandis qu'entre les deux extrémités du grappin de fer qui accrochait le vaisseau du jarl s'ouvrait un gouffre de mer furieuse.

« Je pourrai faire cela, frère, et tu pourrais le faire, et peut-être un homme ou deux encore, et si nous n'étions pas immédiatement précipités en dehors du navire par cette forêt de lances hérissées, nous pourrions y prendre pied et y tuer un homme ou deux, comme a fait Erlend il y a quelques instants, et puis tomber comme des hommes en travers l'un de l'autre. Ce serait, en vérité, un acte d'audace à outrance, et je suis prêt à le faire, mais cela ne nous ferait pas remporter la victoire; et même si nous essayons nous pouvons parfaitement manquer notre saut, et tomber entre les deux vaisseaux dans la gueule de cette tempête. »

Le sagace Sigvald avait vu d'un coup d'œil, même avant que son gigantesque frère eût parlé, qu'il n'y avait aucun espoir d'aborder le vaisseau du jarl Hacon. En même temps il savait que la ligne viking était brisée, et que lorsque la tempête s'apaiserait, les Norwégiens seraient prêts à s'avancer en une ligne intacte contre ses escadres en désordre.

Il vit comme un habile capitaine que la journée était maintenant perdue, et que la bataille allait dégénérer en une série de luttes acharnées entre vaisseau et vaisseau, luttes dans lesquelles le nombre donnerait un grand avantage aux Norwégiens qui fondraient en masse autour des Vikings isolés.

A partir de ce moment il se dit que l'expédition était manquée, et que l'exécution de son vœu au moins était chose impossible. Ce qu'il cherchait maintenant, ce n'était pas une occasion heureuse d'aborder le vaisseau du jarl Hacon contre de telles inégalités, mais une excuse pour faire volte-face, retirer son vaisseau de la bataille, et pour donner à ses capitaines le signal de se retirer aussitôt que possible; quant aux pertes d'hommes éprouvées, ce serait un compte à faire lorsque la journée serait achevée.

Il restait là rêveur avec son frère à côté de lui, l'un et l'autre se protégeant du mieux qu'ils pouvaient sous les boulevards à la fois contre la grêle meurtrière et contre les dards et les flèches que les Norwégiens leur lançaient par intervalles, lorsqu'un maigre Viking, affrontant la tempête sans se courber ni se garer, marcha droit à lui, et sans plus d'étiquette lui dit :

« Un mot, capitaine.

— Alors il faut qu'il soit court, camarade, dit Sigvald. C'est le moment d'agir plutôt que de parler. Protége-toi contre la grêle et les traits, et garde tes paroles pour un meilleur moment.

— Il y a un temps pour chaque chose, dit le Viking, et celui où nous sommes est le temps des paroles. Quant à me protéger, dit-il, montrant un dard qui lui avait été lancé et qui s'était enfoncé frémissant dans le pont à ses pieds, il est inutile de protéger un homme contre ce qui est décrété. Il était décrété que ce dard frapperait le pont. C'était son billet, et le voilà qui frémit à cette place ; mais il y a d'autres choses qui sont décrétées par le destin, et c'est ce que je souhaite vous dire.

— Parle, dit Sigvald.

— Ce que j'ai à dire, le voici, dit le Viking. Moi et mes camarades, en bas dans la coursive et ici sur le gaillard d'avant, nous sommes prêts à te soutenir dans n'importe quelle querelle avec des hommes ; mais nous ne voulons pas combattre plus longtemps avec toi dans cette querelle qui n'est pas une querelle avec des hommes, mais avec des diables.

— Des diables! dit Sigvald ; qu'est-ce que c'est que des diables ?

— Les diables! dit le maigre Viking, vous êtes capitaine, et vous ne savez pas ce que sont les diables! Alors je m'en vais te le dire. Les diables sont les Trolls, et les lutins, et les mauvaises puissances des chrétiens ; j'ai cru en eux autrefois, et dans leur pouvoir pour faire le mal, lorsque j'étais un petit enfant chrétien : depuis que je suis devenu Viking, j'ai cru en moi seul, et en somme c'est une agréable foi pour la besogne de tous les jours, et lorsque tout va bien pour un homme ; mais aujourd'hui tout va, non pas bien, mais mal, et de même qu'une pomme a toujours le goût de l'arbre qui l'a portée, ainsi moi pour aujourd'hui au moins je crois aux diables.

— Je ne vois pas, camarade, dit le jarl avec colère, en quoi votre croyance aux diables peut m'importer. Croyez en eux si cela vous fait plaisir, j'y consens de tout mon cœur.

— C'est justement là le point important, capitaine, répliqua le Viking. Je crois aux diables exactement comme la moitié de l'équipage croit aux Trolls et aux sorcières, et ce que nous disons tous, et ce qu'ils m'ont envoyé vous dire, c'est qu'ils ne combattront pas plus longtemps aujourd'hui contre les uns et contre les autres.

— Comment connaissez-vous, demanda Sigvald, que nous combattons non contre des hommes, mais contre de mauvais esprits ?

— Comment je le connais ! dit le Viking, abaissant sa rude voix jusqu'au chuchotement, tout enfant pourrait connaître cela. D'abord ce soudain changement de température et cette tempête. Cela ne serait pas assez cependant. Nous nous sommes tous trouvés dans des temps pires même que celui-là, mais nous n'avions pas alors à livrer bataille au milieu de la tempête. Puis, pendant une accalmie de la tempête, d'étranges nouvelles ont couru toute la flotte de vaisseau en vaisseau, rapportant que sur chaque aile ceux qui ont la seconde vue avaient vu des sorcières chevauchant dans les nuages, et nous envoyant grêle, éclairs et vent. Bon ! ces nouvelles arrivent à ce vaisseau, le cœur de toute l'armée, et juste au moment où nous recommencions à combattre, cet autre ouragan crève sur nous, nous aveugle et nous estropie, brise nos grelins, et met la flotte en morceaux. En sorte que pendant que nous étions à couvert sous les boulevards il y a quelques instants, Kyrielax le Finnois, le seul de sa race que nous ayons dans l'armée, et le seul Finnois, je crois, qui ait jamais été Viking, a dit tout net : « Le capitaine peut tout aussi bien donner l'ordre de couper les attaches sur toute la flotte, car aucun bien ne sortira jamais pour nous de cette bataille. » Alors nous lui demandâmes comment il le savait, et il dit : « Je le sais aussi bien que je sais que je mourrai aujourd'hui, car hier soir, pendant que nous étions abrités dans le hâvre aux îles Her, je vis le tout aussi clair que le jour. Je vis le commencement de la bataille, et comment nous avions presque gagné la journée ; puis je vis le combat s'arrêter, et je vis le noir jarl Hacon prier les dieux et consentir au sacrifice de son fils ; je vis la bataille recommencer, et je vis le noble enfant tomber mort sur notre gaillard d'avant. Mais je vis plus, je vis la tempête se rassemblant, et une énorme sorcière chevauchant sur les nuages et dénouant de gros rouleaux de brouillards, et à mesure qu'elle les déroulait, le vent, la grêle, et les rouges foudres s'en échappaient. Je vis tout cela la dernière nuit, et je connus que nous perdrions la journée ; et je vis la sorcière, comme je la vois maintenant au-dessus de nos têtes, détachant encore la tempête et combattant contre nous ; et je vis ma propre face pâle et blanche au sein de la mort. »

— Est-ce que le Finnois Kyrielax a dit tout cela ? demanda Sigvald.

— Oui, en vérité ! dit le Viking.

— Alors amenez-le-moi, en dépit de la violence de la tempête, ici, immédiatement, à cette place même, dit Sigvald.

— Est-ce là ta volonté, capitaine ? demanda le Viking.

— Sans doute ; pourquoi l'exprimerais-je sans cela ?

— En ce cas, capitaine, il vous faut commander à quelqu'un de plus fort que moi de vous amener Kyrielax ; car Kyrielax le Finnois est mort, dit le Viking.

— Mort ! cria Sigvald ; comment, vous disiez qu'il était vivant et qu'il parlait dans la coursive il y a quelques instants !

— C'est ce qu'il faisait, dit le Viking ; mais, malgré cela, il est mort ; car juste au moment où il disait qu'il voyait la sorcière comme il l'avait vue auparavant, il cria : « Maintenant je vois non plus une, mais deux sorcières qui nous envoient la tempête avec une force double, et de chacun de leurs dix doigts vole une flèche mortelle, et las ! en voici une qui m'arrive ! » Et comme il parlait ainsi, une flèche s'enfonça dans sa poitrine, et il tomba mort sur le pont où il est maintenant étendu.

— Et que disent les hommes ? demanda Sigvald.

— Ils disent comme je dis, et comme tous nous disons, dit le Viking, qu'ils ne te suivront pas plus longtemps dans cette querelle, qui est une querelle contre des diables et de méchants pouvoirs, et non contre des hommes.

— Soit ! dit le jarl, qui jeta ses regards à travers le brouillard sur ses escadres dispersées, et qui sentit qu'avec ou sans l'aide des puissances surnaturelles le jarl Hacon

gagnerait nécessairement la journée. Soit! vous l'avez
voulu ainsi, vous, Vikings de Jomsburg. Vous dites que
les mauvais pouvoirs combattent contre nous, et cela
peut bien être, car d'étranges choses sont arrivées aujourd'hui. Je ne combattrai pas plus longtemps contre
eux. J'avais fait vœu de renverser le jarl Hacon, mais
non pas de combattre contre des Trolls, ou des diables,
ou les dieux du pays, appelez-les comme il vous plaira.
Frère Thorkell, que les cornes sonnent une retraite; puis
que les hommes sortent leurs rames, qu'ils reculent
d'abord, puis qu'ils fassent volte-face et fuient de cette né-
faste baie aussi vite que possible. Pour cette opération au
moins les dieux ou les diables du pays sont avec nous,
car la marée est encore au reflux, et le vent du nord
souffle en plein pour nous pousser hors de la baie. »

CHAPITRE XVIII

RETRAITE DU JARL SIGVALD ET MORT DE BUI.

Précisément au moment où les cornes sonnèrent la retraite le jour s'éclaircit aussi soudainement qu'il s'était
assombri, et le soleil couchant répandit une lugubre lumière sur la scène de cette sanglante lutte. Cette lumière
s'étendit sur la ligne fracassée des Vikings, dont les navires, maintenant délivrés pour la plupart de leurs attaches,
flottaient en groupes disjoints sur les eaux furieuses de la
baie.

Quant au jarl Hacon il s'occupait alors avec ardeur de
faire avancer sa ligne entière, et quoiqu'il reconnût avec
gratitude le secours que les dieux, comme il le croyait, lui
avaient montré en dispersant ses ennemis par une si fu-

rieuse tempête, il put à peine en croire ses oreilles lorsqu'il entendit les cornes de Sigvald sonner une retraite à
bord du *Bison*, et ses yeux lorsqu'il vit son gigantesque
adversaire le délivrer de ses crampons de fer et se retirer
du combat.

« Merci, et dix fois merci, Thorgerda, vierge du sanctuaire, cria-t-il ; le dévouement d'Erlend a été gracieusement reçu ; le capitaine de l'ennemi est en pleine retraite,
nous ne pouvons l'atteindre, mais l'heure de la vengeance
est venue pour ceux de ces opiniâtres Vikings qui refusent
de fuir. Accorde-nous que notre victoire soit complète
en cela aussi. Que pas un ces audacieux voleurs ne puisse
quitter la terre qu'ils sont venus ici piller ! »

Après ces paroles il donna ordre à ses capitaines d'a-
vancer et de tomber de tout le poids écrasant de leur
force sur les groupes des vaisseaux vikings qui étaient
ballottés çà et là dans la baie. Quelques-uns avaient été
déjà poussés sur les rochers et les écueils, et ainsi estropiés présentaient une proie aisée.

Mais si le cœur du jarl Hacon était ainsi rempli de
joie et de triomphe, on peut imaginer avec quels sentiments Bui à la gauche et Vagn à la droite entendirent le
signal de la retraite ! Dans l'escadre gauche la force de la
tempête avait été sentie plus sévèrement même que dans
le centre. Sur cette aile les attaches avaient cassé presque
partout, et la ligne était brisée sur tous les points. Dans
cet état de choses, Bui avait donné l'ordre de couper
toutes les attaches, et de se préparer dans chaque vaisseau pour l'attaque qu'il prévoyait devoir tomber sur
chacun d'eux aussitôt que la tempête s'apaiserait et que
les Norwégiens avanceraient. Il espérait que dans ce genre
d'actions séparées la hauteur des flancs des navires vikings leur donnerait un avantage sur les rondes quilles
marchandes des Norwégiens. C'était maintenant la seule
chance de victoire : être capables de tenir bon, par vaisseau séparé, contre le nombre supérieur de l'ennemi pouvait encore assurer la journée ; mais quoi qu'il arrivât,
cette âme indomptable était bien résolue à ne pas céder

d'un pouce, mais à combattre jusqu'au bout, et s'il ne pouvait vaincre, à mourir après avoir tué d'abord autant d'ennemis qu'il en pourrait atteindre.

Vagn et Beorn sur l'aile droite n'étaient pas moins vexés du signal de la retraite, ni moins déterminés à ne jamais fuir, mais à combattre jusqu'à la dernière extrémité. Navire contre navire, le père et le fils d'armes avaient supporté la quatrième et plus furieuse explosion de la tempête, et ils étaient prêts, maintenant qu'ils voyaient les nuages se dissiper de nouveau, à tenter la chance d'aborder le *Côtes de fer* d'Éric et de s'en emparer en éclaircissant ses ponts.

« L'imbécile, enfant, cria Beorn, lorsqu'il entendit la corne, l'imbécile dans sa terreur a sonné la fausse note sur la corne du capitaine. Sans doute en cet instant Sigvald ou Thorkell, car Thorkell a combattu aujourd'hui à bord du vaisseau de son frère, aura fait sauter la tête du couard d'un seul coup. Écoutez-moi cet imbécile, ce lourdaud, ce lâche ; il sonne encore la retraite vraiment lorsque nous sommes tous prêts pour l'attaque !

— Je crains fort que ce ne soit pas la méprise d'un imbécile, mais l'ordre du capitaine, dit Vagn. Cette note a déjà sonné trop longtemps ; et voyez, le *Bison* là-bas est en train de reculer, et le vaisseau de Thorkell avec lui : honte sur tous les deux !

— Non pas sur tous les deux, enfant, dit Beorn, car Thorkell ne s'était pas obligé par son vœu à aller plus loin que son frère n'irait : puisque le capitaine tourne, Thorkell doit tourner aussi. Honte sur lui pour avoir tourné le dos et abandonné son vœu ! Mais qu'ils partent ! Que t'en dit le cœur, enfant ? fuirons-nous aussi ?

— Ce que me dit le cœur, cria Vagn, c'est qu'il est aussi plein de mon vœu que jamais. Je ne fuirai jamais, et je ne laisserai jamais cette terre de Norwége avant de l'avoir accompli, et d'avoir tué Thorkell de Leira et épousé la belle Ingibeorg.

— Parlé comme un homme, fils d'armes. Par Notre Dame — mon serment chrétien d'autrefois — je suis fier de toi. Après tout, il y a quelque chose dans cet amour, s'il peut faire tenir un homme à son travail et à son devoir, comme il fait pour toi.

— Dis-moi, qu'est-ce que tu sens, père d'armes? cria Vagn.

— Ce que je sens? rugit le vieux Viking. Je sais à peine ce que c'est que le sentiment ; mais si vous me demandez de quelle humeur je suis, je vous répondrai tout de suite que je suis aussi joyeux que jamais, et prêt en outre à manger, à boire, à combattre, à faire n'importe quoi, sauf m'enfuir. Là-dessus nous sommes de la même opinion. Je vois toutefois que la flotte est dispersée à tous les vents. Faites passer l'ordre de couper les attaches, et de combattre isolément, vaisseau par vaisseau, aussitôt que l'ennemi se portera sur nous. Et maintenant dehors votre meilleure bière et votre meilleur hydromel, et que les hommes boivent sec avant que le combat recommence. Qu'il n'y ait pas de parcimonie. C'est la dernière coupe que beaucoup videront avant de festoyer avec Odin, ou Czernebog, ou saint Pierre, n'importe où puisse être en dehors de ce monde la salle où les bons et les braves de toutes les races et toutes les religions s'assiéront et boiront ce soir. »

Le mot d'ordre fut donné, les attaches coupées, et chaque vaisseau dans cette escadre se trouva libre alors de combattre ou de fuir, à sa volonté. Puis sortirent les tonneaux de bière, et les cornes passèrent à la ronde librement et en quantité, car les Vikings, après cette heure d'hiver qu'ils avaient passée sous les averses de grêle, se trouvaient glacés et frissonnants jusqu'aux os. « A la santé de Beorn! à la santé de Vagn! » criaient-ils en vidant leurs cornes, et à ces exclamations en étaient mêlées d'autres : « Mort au jarl Hacon! » et « honte au capitaine, qui avait fui et n'avait pas rempli son vœu! »

Pendant que Beorn et Vagn se portaient leurs santés en buvant, le vieux demanda :

« As-tu vu quelque chose dans cette dernière averse de grêle, enfant? Il m'a semblé que c'était de beaucoup la pire de toutes.

— J'ai vu, dit Vagn, ce que j'avais vu auparavant, la même énorme forme de femme, les bras étendus et les doigts séparés, envoyant la grêle sur nos têtes. Mais lorsque je l'ai vue je n'étais plus aussi ému que la première fois. Il me semble que si je la voyais quelques fois de plus elle me deviendrait aussi nécessaire que mon pain quotidien.

— C'est la vraie manière de traiter sorcière ou diable, comme nous les appelons, nous autres Gallois, dit Beorn. L'habitude engendre le mépris, comme dit le vieux proverbe, et il en est ainsi dans le cas présent. Mais voyez, l'ennemi se porte sur nous ! De côté la corne d'hydromel, et haut la hache ! à bas la cruche de bière, et hors du fourreau l'épée ! Comportons-nous de telle sorte, que même si nous mourons, tout le Nord se rappelle de nous, les Vikings de Jomsburg. »

Pendant que ces choses se passaient la force du reflux et du vent avait rapidement porté le vaisseau de Vagn dans la plus large baie. Le jarl Sigvald, après qu'il eut reculé et tourné le dos, s'arrêta encore un instant avant d'opérer sa retraite pour le Danemark, comme un faucon qui plane avant de prendre son vol pour une terre étrangère. Ce court retard le conduisit au centre de sa flotte dispersée avec Bui et Vagn encore à sa gauche et à sa droite, car tous deux avaient été portés hors de la première baie lorsque les attaches avaient été coupées. Comme ils étaient tous deux à portée de la voix, Sigvald leur parla, et les invita à fuir d'un combat inégal où il n'y avait plus aucune espérance de victoire. Ce que Bui répondit n'a pas été rapporté. Peut-être le morose Viking ne dit-il rien, mais pensa-t-il d'autant plus à son vœu qui était de ne pas fuir tant qu'il y aurait plus d'hommes debout que d'hommes tombés. Il est vrai que lorsqu'il fit ce vœu il avait ajouté dans sa pleine foi au courage de Sigvald, « aussi longtemps que Sigvald le voudra, » mais maintenant que le désir de Sigvald était de fuir ce n'était pas le sien de se charger de cette honte. Leurs volontés ne se rencontraient pas en ce point, et par conséquent il se rejeta sur la première partie de son vœu et s'y tint ferme.

Bui ne dit donc rien, mais Vagn avait une réponse toute prête pour Sigvald lorsque celui-ci passa sous son vent à pleine vitesse après l'avoir invité à fuir. Le hardi Viking s'élança sur la lisse d'appui à l'arrière, et cria :

« Pourquoi fuis-tu, le plus méprisable des chiens, et laisses-tu tes hommes dans cette extrémité? Que la honte tombe sur toi! »

En disant ces mots il lança d'une main infaillible un dard au timonier, car dans le brouillard croissant du soir il crut que Sigvald dirigeait lui-même son vaisseau hors de la baie. La flèche atteignit fidèlement son but, et le timonier tomba mort; mais ce ne fut pas Sigvald qui tomba, car il avait eu si froid pendant les averses de grêle que tous ses membres étaient raidis, et qu'en conséquence, aussitôt que le *Bison* avait eu commencé sa retraite, il avait donné le timon à un de ses hommes et avait pris une rame pour se réchauffer en ramant. C'est ainsi qu'il échappa au sort que Vagn lui avait réservé.

Il sortit donc de la baie d'Hjoring, son frère Thorkell avec lui, et six vaisseaux, et pour un temps ils disparaissent de notre histoire. Comme il partait, Vagn indigné eut une explosion de verve poëtique en le regardant s'éloigner :

> Le voilà qui fuit là-bas, le lâche sans cœur,
> Celui qui nous a conduits sous le couteau,
> Pour tomber si vite; il fuit au hâvre danois,
> Dans les bras blancs de sa femme.
> Qu'il parte, oubliant ses vœux,
> Nous restons pour combattre jusqu'au bout!
> Pendant que ce soleil d'hiver se couche,
> Poussons notre cri de combat!

Pendant ce temps tout était confusion dans la flotte viking. Quelques vaisseaux, en petit nombre, suivirent, comme nous l'avons vu, l'exemple de Sigvald et s'enfuirent avec lui ; d'autres furent lancés sur le rivage et fracassés par les vagues, tandis que leurs équipages ou bien périrent dans le ressac, ou bien s'accrochèrent en désespérés aux rochers et aux îlots. Quelques-uns, et ces quelques-uns faisaient encore un nombre considérable, se réunirent autour des vaisseaux de Bui, de Vagn, et de Beorn, déterminés à résister avec eux, et à vendre leurs vies, maintenant leur seule possession, aussi chèrement qu'ils le pourraient.

De leur côté il y avait valeur, mais c'était la bravoure du désespoir, tandis que de l'autre côté les Norwégiens et le jarl Hacon se portaient au combat avec tous les avantages que la confiance, le courage et le nombre pouvaient leur donner.

Le jarl était parfaitement informé, comme nous l'avons vu, que le capitaine des Vikings avait fait volte-face et s'était enfui.

« C'est pitié, dit-il à Sigmund, pendant qu'ils s'occupaient à couper leurs attaches, et qu'ils s'apprêtaient à s'avancer vaisseau par vaisseau contre l'ennemi, c'est pitié que ce faux jarl Sigvald ait tourné les talons; s'il était resté pour combattre jusqu'au bout, nous aurions élevé sa tête plus haut que celle d'aucun homme en Norwége, jarl ou paysan. »

Puis après une pause il continua : .

« Ils tiennent Bui l'intrépide pour leur meilleur capitaine après Sigvald le fuyard, n'est-ce pas ?

— C'est ce qu'ils disent, seigneur, dit Sigmund. Ils disent aussi qu'il commandait à la gauche sur ce grand vaisseau là-bas, autour duquel quelques-uns de ceux qui restent s'assemblent comme des poulets autour du coq.

— Il y a donc d'autant plus de gloire à acquérir en combattant contre lui, dit le jarl. Poussons immédiatement contre lui, ou nous allons perdre le peu de jour qui nous reste, et alors lui aussi pourra échapper à notre vengeance à la faveur de la nuit.

— Si on dit sur lui la vérité, il n'y a pas danger que Bui s'enfuie, seigneur, dit Sigmund.

— Ce qu'on dit est souvent le contraire de la vérité, dit le jarl; mais nous allons bientôt éprouver si toutes les grandes choses qu'on a dites de lui sont vraies; poussons sur lui. »

Ils se portèrent donc en avant dans le grand vaisseau du jarl, et se trouvèrent bientôt auprès de la barque de Bui, après avoir écarté les autres vaisseaux vikings avec force grêles de dards et de flèches à mesure qu'ils s'avançaient : mais ils n'atteignirent le côté du tribord, que pour découvrir que Thorkell longue-taille avait déjà porté son vaisseau, que dominait le vaisseau de Bui, sur le bâbord du Viking. Ce fut une course au plus rapide entre le jarl Hacon et le Viking qu'il avait reçu en grâce, et le proscrit pardonné la gagna, mais il la gagna de la perte de sa tête.

Lorsqu'il vit que le jarl se portait en avant, et qu'il comprit que Bui et ses hommes s'attendaient à une forte attaque sur le tribord, le hardi Viking grimpa en se hissant sur le flanc du grand navire par le moyen du bec recourbé de sa longue hache, et, avant que Bui pût s'apercevoir de sa présence, il sauta par-dessus les boulevards, et se présenta seul dans la coursive du navire où Bui, qui s'attendait à une attaque de flanc de la part du jarl, s'apprêtait à lui faire un accueil convenable.

Sans mot dire, Thorkell se précipita sur le capitaine Viking et lui porta de son épée un coup sur la face. Ce coup formidable le frappa sur le menton qu'il coupa net, en enlevant en même temps la plus grande partie de la mâchoire inférieure qui tomba sur le pont semant de côté et d'autre les dents frontales de Bui.

C'était une blessure effrayante, mais tout ce que dit Bui lorsqu'il vit sa mâchoire tomber à ses pieds, fut ceci :

« Les filles danoises de Bornholm vont trouver maintenant que nous ne sommes plus aussi agréables à embrasser, à supposer que nous ayons la chance de revenir. »

En parlant ainsi, il porta un coup de sa bonne épée à Thorkell. Thorkell longue-taille vit venir le coup, et essaya de l'éviter en s'attrapant à la rampe sur laquelle les boucliers étaient appendus en cercle tout autour des boulevards du vaisseau, mais en s'inclinant en avant il glissa —

car le pont était tout gluant du sang qui l'inondait — et il
tomba à demi à la rencontre du coup, qui le frappa avec
une force entière juste à la taille, et le coupa en deux au
moment où il était suspendu par-dessus la rampe, si bien
que la moitié de sa personne tomba dans la mer par-dessus bord et que l'autre resta dans le navire.

« Voilà comment nous coupons nos ennemis en deux,
enfants, » marmotta Bui à ses hommes, car il ne pouvait
parler nettement n'ayant plus ses dents.

En ce moment un ennemi plus terrible lui arrivait. Aussitôt que le vaisseau du jarl Hacon se trouva flanc contre flanc de celui de Bui, Sigmund, fils de Brestir, suivi
de son frère Thorir et de trente hommes, s'élança de leur
navire dans celui de Bui qui était justement alors occupé
à régler sa querelle avec Thorkell sur l'autre côté.

Devant une telle force d'abordeurs, conduits par un tel
chef, qui était peut-être le plus habile homme d'épée de
l'époque, Bui n'avait pas trop de toute sa vigueur et de
toute sa bravoure pour tenir bon. Mais ses vieilles lames
qui l'avaient si souvent suivi à la victoire se rallièrent encore autour de lui, et un combat désespéré s'engagea sur
la coursive du navire par-dessus les bancs des rameurs.
Comme il était probable, il s'écoula peu de temps avant
que Sigmund et Bui en vinssent aux mains, et alors l'enfant des îles Feroë dut avouer qu'il avait enfin trouvé
son égal pour l'épée.

Sans prendre souci de son effroyable blessure d'où le
sang découlait à flots sur le pont, le brave Viking attaqua l'enfant des Feroë en lui portant des coups si vigoureux que Sigmund ne put le toucher bien que blessé lui-
même plus d'une fois. A la fin il s'avisa d'une ruse d'es-
crime qu'il avait apprise, et souvent pratiquée. Il était
si bon homme d'épée qu'il lui était indifférent de combattre avec cette arme au moyen de la main droite ou au
moyen de la main gauche. Il recula donc un instant, pendant lequel l'épée de Bui ne frappa que l'air invulnérable, et lançant en l'air son bouclier et son épée, il prit
le bouclier dans sa main droite et l'épée dans sa main gau-

che, et renouvela l'attaque par cette tactique de gaucher.
Bui, tout bon homme d'épée qu'il fût de la main droite,
se trouva complétement désorienté par cette tactique
nouvelle. Alors, voyant son avantage, Sigmund, d'un coup
donné en travers et prolongé, coupa les deux mains de Bui
aux poignets, puis, sans attendre le résultat du coup qu'il
venait de porter, il sauta dans le vaisseau du jarl, suivi
de sept hommes, seuls survivants des trente qui avaient
abordé avec lui.

« Voici un vaisseau dur à vaincre, seigneur, cria-t-il
au jarl Hacon, et cependant il me semble que nous y
avons laissé notre marque, quoique bien peu de nous re-
viennent. »

Quant à Bui, sans mâchoire inférieure et sans mains,
il présentait un hideux spectacle. Quoique Witherington
pût encore combattre sur les moignons de ses jambes,
Bui n'en pouvait faire autant avec les moignons de ses
bras.

Toutefois ce qui lui restait à faire il le fit. Il avait
tenu son vœu de continuer à combattre aussi longtemps
qu'il resterait plus d'hommes debout que tombés. Il dé-
daignait de fuir, il ne lui restait donc qu'à mourir. Sur
la poupe étaient placées ces deux grandes caisses d'or qu'il
portait toujours avec lui, et dont il ne voulait pas se séparer même dans la mort. Grimpant jusqu'au pont élevé
où elles se trouvaient, il cria pendant qu'il passait ses
moignons à travers les anses des deux caisses :

« Par-dessus bord tous les gars de Bui ! »

Puis il se précipita dans la mer avec ses caisses ainsi
accrochées à ses moignons, et jamais on ne le revit ni
lui ni ses coffres. Des légendes racontèrent plus tard comment Bui, à l'instar de Fafnir le nain, avait été changé
au fond de la baie en un énorme serpent, et qu'il y resterait jusqu'au jour du jugement étendu sur son monceau
d'or. Ainsi finit Bui l'intrépide. Quant à ses hommes, quelques-uns l'imitèrent et sautèrent par-dessus bord après lui.
Ils lui avaient obéi vivant, et sa parole était maintenant
une loi au sein de la mort. Les autres, sous le comman-

dement d'Havard le rude tireur, furent assez audacieux
pour essayer de prendre le vaisseau du jarl Hacon par
abordage, et un instant ils fourmillèrent sur les boulevards du navire et y soutinrent un combat désespéré.
Ils avaient déjà éclairci une partie de la galerie de pont
de tribord, lorsque Thord d'Alvidra en Islande, et Vigfus,
fils de Viga Glum, se précipitèrent à leur rencontre. Secondés par les hommes du jarl, les deux Islandais repous-
sèrent les Vikings dans leur propre vaisseau qui fut alors
abordé à son tour par le jarl Éric. Il s'ensuivit un autre
combat opiniâtre où Thord d'Alvidra perdit son bras droit,
et où Vigfus fut sévèrement blessé; mais la conclusion fut
que Havard le rude tireur perdit ses deux jambes qui furent coupées au-dessous du genou, et cependant il continua quelque temps encore à combattre sur ses moignons. Enfin tous les hommes jusqu'au dernier tombèrent
sur le pont ensanglanté, et le vaisseau de Bui fut entièrement vidé de la proue à la poupe. Il ne fut ni donné ni
demandé de quartier. Par leurs actions les Vikings s'é-
taient mis hors de toute paix.

Le lendemain lorsque tous les effets des Vikings furent
apportés à la perche, ou comme nous dirions aujourd'hui
sous le marteau, ce bon vaisseau et sa cargaison, quoique
amoindris du trésor de Bui, formèrent un des plus fiers
trophées de la victoire sanglante du jarl Hacon.

CHAPITRE XIX

LA VICTOIRE ET CE QUI ADVINT A VAGN.

Après que Bui fut tombé, son frère Sigurd le champion
n'avait plus aucun vœu à accomplir. Il avait fait vœu de

ne pas fuir aussi longtemps que Bui serait vivant, et maintenant que Bui était mort il était libre. Il sortit donc de la baie avec son propre vaisseau et les vaisseaux déroutés qui se joignirent à lui. Ces vaisseaux ajoutés à ceux qui avaient fui avec Sigvald et Thorkell composèrent un chiffre de vingt-quatre navires qui échappèrent à la bataille; tous les autres furent ou capturés ou coulés bas par le jarl Hacon et ses hommes.

Après que le vaisseau de Bui eut été balayé et tous ses hommes tués, le jarl Hacon et les vaisseaux appartenant à son escadre du centre se portèrent successivement sur chaque groupe des vaisseaux vikings, les écrasant et les coulant bas, ou les poussant sur les rochers et les écueils du rivage. Il restait bien peu de jour pour cette tâche, mais le jarl Hacon et ses fils Sweyn et Éric ne furent pas lents à leur besogne, et enfin, de toute cette puissante flotte il ne resta plus que deux vaisseaux aux mains des Vikings, ceux de Vagn, fils d'Aki, et de son père d'armes Beorn.

Ces deux vaisseaux auraient aussi été attaqués si le jour avait duré, mais à cette heure avancée ils échappèrent inaperçus derrière un rocher, et ils y restèrent jusqu'à ce que la nuit tombât sur cette scène de carnage. Derrière ce rocher où ils se tenaient trouvèrent aussi refuge nombres d'hommes dont les vaisseaux avaient été coulés bas ou engagés dans l'eau, et qui s'étaient réunis à Vagn et à Beorn comme aux seuls capitaines restants.

Lorsque la nuit tomba, le jarl Hacon dirigea son vaisseau vers le rivage, et ses cornes sonnèrent pour rappeler tous ses hommes. Là, sur la plage, jonchée de débris de naufrages et de cadavres rejetés par les vagues, il s'arrêta, l'âme remplie d'orgueil, pour souhaiter la bienvenue à ses hommes à mesure que les vaisseaux les apportaient à terre.

« Soyez les bienvenus, hommes loyaux et vaillants, vous tous qui nous avez assisté aujourd'hui, dit-il; après les dieux, c'est à vous que nous devons cette grande victoire, plus grande qu'aucune autre depuis celle que mon

ancêtre Harold aux blonds cheveux remporta dans Hafursfirth; et maintenant déployez vos tentes sur vos ponts,
pansez vos blessures, reposez-vous, mangez et buvez.
Nous n'en avons pas encore fini avec ces Vikings; car tout
autour de nous sur les rochers, les écueils, dans les vaisseaux à demi coulés bas, nombre d'entre eux sont encore
aux aguets, quelques-uns probablement blessés à mort,
d'autres sains et saufs dont nous réglerons demain le sort
comme l'exigent la justice et le droit. Ce soir je ne deman-
derai qu'une seule chose à quelques-uns de vous, et cette
chose, c'est de peser les grêlons qui jonchent le terrain, car
une telle grêle n'a jamais encore été vue en Norwége. »

Ils pèserent donc les grêlons qui jonchaient la terre
aux alentours par tas et sans s'être fondus, et on trouva
que quelques-uns pesaient deux onces ou plus.

« Deux onces sont un bon poids pour un grêlon, seigneur, dit Einar Tintement de balances, en pesant un
grêlon dans les balances que le jarl lui avait données le
matin même.

— Une bonne étrenne pour notre don, Einar, dit le
jarl. Que ces grêlons, non plus que Thorgerda, vierge du
sanctuaire, et sa sœur Irpa, ne soient oubliés dans le
chant que tu composeras sur cette victoire. »

Alors le jarl monta à la grange avec Gudbrand de la
vallée et Erling de Skuggi, et là il mangea, but, et se
livra à la joie que lui inspirait sa victoire, pendant que
ses hommes pansaient leurs blessures et faisaient la meilleure chère qu'ils pouvaient. Enfin, endoloris, raidis, et
épuisés par la bataille, ils s'endormirent, à l'exception
d'un petit nombre qui restèrent avec le jarl Hacon et
Gudbrand de la vallée, et qui veillèrent toute cette longue
nuit d'hiver. Sigmund veilla aussi avec lui ainsi que son
fils Éric.

« Avons-nous abordé tous les vaisseaux, Éric? demanda le jarl.

— Tous, mon père, sauf deux qui se tenaient derrière
un rocher à fleur d'eau. Ils se sont bravement défendus,
car nous avons essayé deux fois de les aborder du *Côtes*

de fer, et nous avons été repoussés. Je pense que le nom du capitaine était Vagn, fils d'Aki ; car j'ai entendu son nom crié dans le combat.

— Ils partiront et se sauveront dans la nuit, dit le jarl, au moins s'ils peuvent trouver leur chemin. Sinon, nous irons leur rendre visite sur le matin, et alors Thorkell de Leira et Ogmund le blanc pourront tous deux tirer vengeance de ce hardi Viking. »

Tandis que le jarl et ses hommes sains et saufs et chaudement logés disposaient ainsi de leurs ennemis battus, Vagn, Beorn, et le reste des Vikings passaient la nuit dans leurs vaisseaux d'une manière moins confortable. Aussitôt qu'ils eurent repoussé la dernière attaque d'Éric et qu'ils eurent entendu les cornes qui rappelaient les Norwégiens au rivage, Beorn et Vagn comprirent qu'ils ne seraient plus inquiétés jusqu'au matin, et qu'ils pouvaient tenir conseil sur le meilleur parti à prendre.

« Avant que nous allions plus loin, père d'armes, dit le jeune Viking, laissez-moi vous dire une grosse nouvelle.

— Quelle est-elle, enfant? dites-la vite, dit le vieux Viking avec un fort rire. Est-elle bonne ou mauvaise ?

— Cela dépendra absolument de la manière dont vous la prendrez, père d'armes, dit Vagn. C'est que mon vaisseau a été tellement endommagé par le heurt du *Côtes de fer* qu'il ne peut pas tenir la mer, et qu'en réalité il est presque engagé dans l'eau.

— Bon, voilà qui est étrange, dit Beorn. Moi aussi j'avais une nouvelle à vous apprendre, et maintenant il se trouve que votre nouvelle et ma nouvelle se heurtent de front l'une l'autre, comme deux serpents de guerre. Écoutez, mon vaisseau aussi est engagé dans l'eau, et bref il coulerait bas s'il n'avait pas déjà pris terre.

— J'appelle cela de bonnes nouvelles, père d'armes, dit Vagn.

— Et moi aussi, dit Beorn, parce qu'il ne peut être maintenant question de se faufiler tête basse hors de la baie et de fuir. Il nous faut rester ici et combattre à outrance avec le jarl Hacon. Qu'à cela ne tienne ! toujours est-il que nous aurons vécu un jour de plus que Bui et le reste de ses hommes.

— Ainsi c'est une question réglée. Nous restons ici, dit Vagn, et après cela, qu'est-ce qu'il y a de mieux à faire?

— Et que peut-on faire? demanda Beorn.

— Il ne nous reste que deux choix; ils ne sont fameux ni l'un ni l'autre, mais à mon avis, il y en a un qui est préférable à l'autre. Si nous nous obstinons à rester dans nos vaisseaux, aussitôt que l'aurore paraîtra le jarl Hacon tombera sur nous avec toutes ses forces et fera un hachis de nous en un rien de temps; mais si nous pouvons faire un radeau et flotter jusqu'au rivage, nous pouvons choisir notre propre temps, tomber sur eux pendant qu'ils sommeillent, et leur faire quelque mal; après quoi nous tâcherons de décamper et de nous sauver en descendant rapidement le pays jusqu'à ce que nous puissions saisir un vaisseau, et alors que la mer conserve sa propriété, car s'il est des hommes qui soient la propriété de la mer, c'est bien nous, Vikings de Jomsburg.

— Ce n'est pas un mauvais plan du tout, enfant, dit Beorn. Ta cervelle est plus fertile que la mienne, après tout. Moi, j'aurais tenu bon sur les vaisseaux, mais ce que vous dites vaut mieux.

— Maintenant soupons un peu, et vidons une ou deux autres cornes d'hydromel, puis faisons le meilleur radeau que nous pourrons, et effectuons notre navigation jusqu'à terre.

— De tout mon cœur, enfant. »

Ils mangèrent donc, et burent, et vidèrent la corne d'hydromel encore une fois, et lorsqu'ils furent tous repus, ils firent un radeau de leur mât, de leur vergue, et d'un espars ou deux qu'ils lièrent ensemble; puis lorsqu'ils s'y furent tous placés, quelque quatre-vingts en tout, dernier débris de cette puissante armée, ils détachèrent les liens et se laissèrent flotter dans l'espérance d'aborder bientôt à terre.

Mais dans cette circonstance, comme dans bien d'autres de la vie, l'espoir était condamné à aboutir au désap-

pointement. Après un long ballottement pendant lequel
ils furent battus de l'eau salée et trempés jusqu'à la peau,
ils poussèrent vers la terre à ce qu'ils croyaient, mais ils
ne débarquèrent que pour découvrir que cette terre n'é-
tait qu'un petit îlot, et qu'ils étaient aussi loin que jamais
de la terre ferme. Pour mettre les choses au pire, leur
radeau prit terre si fermement que toute leur force fut
incapable de le remettre à flot. Ils restèrent donc là le
reste de la nuit, et sur les quatre-vingts, dix qui étaient
cruellement blessés moururent de froid et de la perte de
leur sang.

Il fut toutefois heureux pour ce reste, que bien que les
vagues fussent encore fortes, le vent se fût abaissé aussitôt après la dernière averse de grêle, et que la nuit fût
infiniment plus douce que le jour. Malgré cela, et en dépit
de la bonne chère qu'ils avaient faite avant de quitter les
vaisseaux, lorsque vint le matin ils se trouvèrent tous
épuisés de travail et de froid.

Lorsque l'aurore apparut, il y eut de l'agitation dans
l'armée norvégienne, à mesure que les hommes s'éveil
laient avec le sentiment de leurs souffrances et de leurs
blessures, mais en même temps avec un sentiment d'orgueil qui leur disait qu'ils étaient de dignes fils de la
Norwége qu'ils avaient sauvée du joug des Vikings. Quoique beaucoup eussent sommeillé toute la nuit, beaucoup
d'autres n'avaient pas trouvé de repos et ne pouvaient pas
en trouver. Toute la nuit les chirurgiens passèrent de
vaisseau en vaisseau, bandant membres, têtes, ou blessures du corps, branlant la tête devant les cas désespérés,
mais bandant sans discontinuer jusqu'à ce qu'apparût le
jour pour leur montrer qu'il y avait encore d'autres,
beaucoup d'autres blessures à panser.

Tout le long de la plage des tentes avaient été dressées
en outre des pavillons établis sur les vaisseaux, et c'était
dans ces tentes que les chirurgiens étaient le plus occupés
et qu'on leur apportait les cas les plus graves.

Le jarl n'était pas alors en personne sur le rivage ; il
avait veillé toute la nuit à la grange, et prenait un court

repos maintenant que tous étaient éveillés; mais Sweyn
et Eric y étaient tous deux, portant à leurs hommes
blessés louanges et encouragements, et observant de leurs
propres yeux si les chirurgiens faisaient leur devoir. Il
arriva donc que comme Éric passait ainsi de tente en
tente, il aperçut un homme qui se tenait à la porte d'une
de ces tentes, tout blême et pâle, et il lui dit :

« Thorleif Écume, pourquoi es-tu ici, et pourquoies-tu
si pâle qu'on dirait que tu es à la porte de la mort?
Parle, es-tu blessé? »

Alors Thorleif répondit au jeune jarl :

« Je ne pouvais savoir lorsque je donnai hier ce coup
avec ma massue à Vagn, fils d'Aki, que la pointe de son
épée me donnerait une égratignure.

— En ce cas c'est dans une mauvaise heure que ton
père est allé en Islande, si tu dois mourir ici en Norvége. »

En ce moment Einar Tintement de balances qui se
trouvait là eut encore un jet d'inspiration poétique :

> Là bas en Islande vit le père,
> Ici en Norvége meurt le fils;
> Qu'est-ce qui peut guérir le tourment du cœur
> Pour ceux dont la jeunesse a pris fin?

Alors Thorleif Écume tomba mort aux pieds du jarl
Éric.

Avant qu'on eût le temps de le relever, les hommes
attroupés sur le rivage entendirent dans l'air limpide
du matin la corde d'un arc résonner avec force à bord
du vaisseau de Bui qui s'était échoué en face de la
plage, puis un sifflement de flèche suivit, et cette flèche
frappa Gudbrand de la vallée, le bon ami du jarl, qui se
tenait richement vêtu sur la rive, et l'atteignit sous le bras
gauche; il n'en eut pas besoin d'une seconde, et tomba
mort à terre. Alors ils s'attroupèrent autour de lui et
essayèrent de le secourir, mais tout ce qu'ils purent faire
pour lui, ce fut de l'étendre tout prêt pour ses funérailles,
car l'art de la médecine était inutile à son égard.

Cette mauvaise nouvelle arriva au jarl comme il sortait de son court repos. Aussitôt qu'il s'éveilla, il demanda Gudbrand, mais il ne vint pas de Gudbrand. Alors on lui dit ce qui était arrivé, et il s'écria :

« Morts ou vivants ces Vikings de Jomsburg nous font grand mal. Je croyais que nous n'avions pas laissé un homme vivant à bord du vaisseau de Bui, et voyez! voici qu'il en part une flèche dans le crépuscule, et qu'elle frappe un de nos meilleurs hommes et notre plus cher ami.»

Alors le jarl leur ordonna de pousser en avant un vaisseau ou deux, de visiter à la ronde tous les navires naufragés et toutes les carcasses, vaisseau après vaisseau, de bien les examiner, et de prendre soin qu'il n'y restât aucun homme vivant pour leur faire encore du mal.

Sweyn, son fils aîné, et Thorkell de Leira, toujours avide de sang, montèrent donc sur un vaisseau, et se dirigèrent d'abord vers la couleuvre de guerre de Bui, hier encore si pleine d'hommes braves, et maintenant si déserte en apparence et si abandonnée.

En fouillant le vaisseau ils trouvèrent, appuyé à l'avant contre les bossoirs, un homme qui avait encore un peu de souffle, quoiqu'il fût cruellement blessé. C'était Havard, le rude tireur, le compagnon de Bui ; il avait eu les deux pieds coupés le soir précédent, comme nous l'avons vu, et avait été laissé pour mort. Mais malgré tout il s'était traîné et avait réussi à s'appuyer contre les boulevards.

Lorsque Sweyn et Thorkell s'approchèrent de lui, il bégaya d'une voix faible et grêle :

« Qu'en est-il, mes gars? dites-moi, vous est-il ou non arrivé de ce vaisseau à terre un petit cadeau d'amitié ce matin ?

— Il nous est arrivé pour sûr, dirent-ils. Mais est-ce toi qui l'as envoyé ?

— On ne peut démentir que ce soit moi qui vous l'aie envoyé, répondit-il; mais dites-moi, quelqu'un de vos hommes a-t-il reçu son coup de mort lorsque la flèche a trouvé son billet?

— L'homme qu'elle a frappé a trouvé sa mort, dirent-ils.

— Tout est pour le mieux, dit-il, mais quel est l'homme qu'elle a frappé?

— Gudbrand le blanc, de la vallée, dirent-ils.

— Bien, dit-il; alors il n'était pas décrété par le destin que mon désir serait réalisé. Je l'avais lancée à l'adresse du jarl; mais néanmoins je suis charmé qu'elle ait tué quelqu'un que vous estimiez malheureux de perdre.

— Quel est ton nom, homme? dit Sweyn.

— Ce n'est pas un mauvais nom pour la bataille; on m'appelle Havard le rude tireur. »

Ici Thorkell de Leira intervint en disant :

« Ne le regardons même pas, Sweyn, mais tuons ce chien aussi vite que nous pourrons. »

Tout en parlant ainsi il le frappa de son épée, puis les autres se précipitèrent sur lui, et le poignardèrent, et le hachèrent de telle sorte qu'il serait mort quand bien même il aurait eu la vie de dix hommes.

Ils allèrent ainsi fouillant de vaisseau en vaisseau, et délivrant de ses peines tout blessé qui avait survécu à la nuit, jusqu'à ce qu'ils arrivèrent en face de l'îlot sur lequel Vagn et Beorn gisaient avec leurs hommes à demi gelés et affamés à mort.

« Quels sont ces gens là-bas, Thorkell? demanda Sweyn.

— Ils ont l'air de cormorans, tous sur une même rangée, dit Thorkell; mais ce ne sont pas des cormorans, ce sont des hommes et des Vikings. Dix, vingt, trente, cinquante, il y en a plus que je n'en puis compter. Ces hommes vendront chèrement leur vie, jarl; nous ferions mieux de ne pas les attaquer avec cet unique vaisseau, mais de retourner et d'informer le jarl de ce que nous avons fait et vu. »

Ils rebroussèrent donc chemin, et le jarl les rencontra sur le rivage.

« Avez-vous réussi à exécuter nos ordres relativement à l'homme qui a lancé cette flèche, demanda-t-il?

— Oui, père, dit Sweyn; jamais plus sa main droite ne lancera de flèche.

— Plût aux dieux qu'il n'eût pas lancé la dernière, dit le jarl, la Norwége aurait un homme brave de plus. Mais quel était le nom de ce hardi compagnon?

— Havard le rude tireur, seigneur, dit Thorkell, et ne craignez rien, nous l'avons touché rudement, lui aussi. Il ne reste pas du chien un seul morceau qui soit aussi gros que ma main. Ainsi périssent tous les ennemis du jarl; mais il a fait hardi visage jusqu'à la fin, et il est mort crânement.

— N'en avez-vous pas trouvé d'autres? dit le jarl. Est-ce que ces Vikings sont tous morts ou noyés?

— Non pas, père, dit Sweyn. Sur cet îlot là-bas, à un mille d'ici ou approchant, il y a une bande d'hommes, tout l'équipage d'un vaisseau, oserai-je dire, ou approchant ; vous pouvez les voir s'accrochant au rocher comme des cormorans pendant que le ressac frappe sur eux. Nous venions pour prendre vos ordres à leur égard. »

A ces nouvelles le jarl se frotta les mains de joie.

« Voilà des nouvelles, en vérité. Alors nous aurons quelques prisonniers à décapiter. Je n'en épargnerai pas un seul. Poussez en mer quatre ou cinq vaisseaux, saisissez-les et amenez-les-moi immédiatement. »

Les navires furent donc mis en mer, et une troupe de cinq cents hommes rama vers l'îlot où Vagn et Beorn gisaient à demi morts. La plupart de ces soixante et dix hommes étaient plus ou moins blessés, et ils étaient tous presque agonisants de froid et d'épuisement. Contre des forces si supérieures pas un seul bras ne se leva, même celui de Vagn. L'un après l'autre ils furent saisis par les hommes du jarl, liés les mains derrière le dos, et conduits à terre.

Ils étaient pour la plupart dans un si pitoyable état que même le dur cœur du jarl ne put leur refuser de la nourriture. On leur apporta donc de grossière soupe et des vases de lait, puis ils furent tous attachés les mains derrière le dos à une seule longue corde, ce qui présentait un spectacle à peu près semblable à celui de ces chapelets de chevaux qu'on voit revenant de la foire.

« Qu'ils mangent ces chiens, dit le jarl, de crainte qu'ils ne meurent de froid et de faim avant que nous ne puissions couper leurs têtes ; et maintenant asseyons-nous pour manger et boire. Lorsque nous serons bien repus, ce sera un superbe divertissement que de s'asseoir et de contempler la décapitation de ces Vikings. »

CHAPITRE XX

LE FESTIN DU JARL HACON.

Le jarl et ses hommes s'assirent donc dans leurs tentes pour prendre leur repas du matin, tandis que les prisonniers faisaient une si triste chère. Les mets n'étaient pas délicats, mais ils étaient copieux, et il y avait bonne provision de bière et d'hydromel, tirée non-seulement des celliers d'Hjoring, mais des vaisseaux des Vikings qui avaient déjà été fouillés pour le butin.

« Du vin aussi ! dit le jarl, lorsque son échanson lui présenta une large corne de vin de France qui avait été trouvé dans une barrique placée dans un compartiment du vaisseau de Bui. Du vin aussi ! sur ma parole, ces Vikings vivaient somptueusement. Ce vin était le butin qu'ils avaient pris à quelque Français faisant commerce dans les mers du Nord, et maintenant nous le leur avons enlevé. A votre santé, Thorkell de Leira. Buvez sec pour répondre à mon invitation, mais pas trop cependant, de crainte que votre main ne soit pas assez ferme pour le travail que je vous destine.

— Quel est ce travail, seigneur? demanda Thorkell en

vidant la corne et en la posant devant lui. Quelque travail que vous exigiez de moi, je serai heureux de l'exécuter.

— C'est un travail, Thorkell, qui, je le sais, vous plaira beaucoup. Que dites-vous de décapiter tous ces Vikings l'un après l'autre avec votre épée?

— Rare travail, en vérité, seigneur! cria Thorkell, avec un éclair sauvage dans les yeux qui montra à quel point cet acte de sang était pour lui une bonne fortune. Rare travail, en vérité, quoiqu'ils soient bien nombreux. Voyons combien ils sont. N'en avons-nous pas saisi et lié soixante et dix sur cet îlot là-bas? Soixante et dix têtes toutes d'une seule file, c'est un rare travail pour un homme.

— Toutefois, Thorkell, dit le jarl, en le poussant pour lui faire montrer son caractère, vous savez que les gens disent qu'il n'y a pas d'homme qui puisse abattre trois têtes successivement sans blémir et changer de couleur. Comment serez-vous capable d'en abattre soixante et dix?

— Ne craignez rien, seigneur, cria Thorkell, avec ces Vikings je puis dire que cela ne sera que plus amusant. Et si le dernier homme est seulement Vagn, fils d'Aki, qui avait fait vœu de me prendre la vie et d'épouser ma fille Ingibeorg, regardez, lorsqu'il arrivera sous mon épée, si je ne fais pas sauter sa tête aussi joyeusement que celle de tous les autres.

— Très-bien, Thorkell, dit le jarl, tout cela sera bientôt mis à l'épreuve. C'est vous qui les décapiterez aussitôt que notre festin sera terminé. Mais non; il nous faudra d'abord porter à la perche tout ce butin des Vikings et le vendre, et lorsque cette affaire sera terminée, nous aurons le plaisir de contempler la décapitation des prisonniers. »

Le festin continua donc, et bientôt il devint bruyant et furieux, et si Thorkell de Leira, qui devait être le bourreau, garda sa main ferme, ce fut plus que ne firent beaucoup d'autres.

A la fin ce festin s'acheva, et tous les capitaines, plus une armée entière de guerriers et d'hommes libres, en-

combrèrent la plage où de grands monceaux de butin
pris sur les Vikings étaient apportés et mis en vente sous
l'ombre des lances fichées droites en terre.

Nous avons déjà décrit la manière dont se passait cette
vente en racontant le voyage viking de Vagn et de Beorn
le long de la côte de la Baltique. Les choses se passèrent
ici beaucoup de la même façon, sauf que tout se fit sur
une plus grande échelle.

La vente marcha donc, le jarl réclamant cet objet,
quelque grand chef cet autre, quelque homme libre de
moindre rang cet autre encore, selon que leur fantaisie
était séduite, jusqu'à ce que tout eût été apporté sous la
lance, et qu'il ne restât plus rien à vendre.

Pendant ce temps-là le monceau d'argent, où il y avait
peu de monnaie, — car à cette époque, l'argent passait
au poids par once et par livre, — versé dans une large
peau d'ours étendue sur le sol, allait croissant et croissant,
si bien qu'enfin il ressembla beaucoup plus à une pile de
bois ou à un monceau de grain qu'à toute autre chose.

Enfin le crieur qui avait levé, comme nous dirions,
chacune des pièces du butin, cria au jarl qui était assis
près de là, sur un tronc d'arbre :

« Tout est fini, seigneur, il ne reste maintenant rien à
vendre.

— C'est fini, dites-vous? dit le jarl; eh bien, je crois
qu'on peut dire qu'il n'y a pas eu de mémoire d'homme
une telle vente en Norwége. Non, pas même Harold aux
blonds cheveux ne fit un tel butin à Hafursfirth. Demain
nous réclamerons notre portion, et nous allouerons leurs
parts de cet argent à nos hommes-liges, à nos capitaines, et aux hommes libres qui nous ont défendu dans
ce combat, nous et la Norwége. Et maintenant, Thorkell
de Leira, ajouta-t-il en se tournant vers ce chef, as-tu
bien affilé ton épée? la part des prisonniers est encore à
venir.

— Elle est affilée, seigneur; ma bien-aimée a soif de
sang; » et en parlant ainsi, le thane altéré de sang brandit
son épée dans l'air jusqu'à ce qu'elle sifflât.

A ce moment même il partit une clameur d'un groupe d'hommes placés sur le rivage où la marée jetait de temps à autre d'effrayants témoignages du combat de la veille. Tout autour de la baie en fer à cheval les cadavres de ceux qui avaient succombé et avaient été jetés pardessusbord, ou qui avaient péri percés par les lances ou les flèches lorsqu'ils avaient essayé de gagner terre à la nage après que leurs vaisseaux avaient été coulés bas, restaient ballottés par le ressac jusqu'à ce que le flux les portât à sec et haut sur la plage. Mais c'était là un spectacle si ordinaire que ces clameurs indiquaient quelque événement de plus grand intérêt que le rejet par la mer du cadavre d'un ennemi tué ou même d'un Norwégien mort pour son pays. Ceux-là devaient tous être rassemblés et enterrés, mais le temps des funérailles n'était pas encore venu.

« Pourquoi ces clameurs? demanda le jarl avec curiosité. Quelques-uns d'entre eux n'en poussaient pas hier d'aussi fortes lorsque Bui faillit briser notre ligne. Allez, Sigmund, et revenez me dire pourquoi ils crient. »

L'intrépide enfant des Feroë obéit, et revint bientôt avec ces paroles :

« Ce qui les fait crier, seigneur, est une chose qui mérite que vous la voyiez de vos propres yeux plutôt que de l'entendre rapporter par les autres.

— Et vous aussi, vous avez la langue mielleuse, Sigmund, dit le jarl. Je croyais qu'il n'y avait rien que mes oreilles ne pussent entendre; mais puisque je dois voir et non pas entendre, je vais aller contempler tout de suite ce spectacle. »

En disant ces mots il se leva du tronc d'arbre, et fut bientôt au milieu du groupe.

« Pourquoi faites-vous ce tapage ? » cria-t-il en perçant la foule ; mais immédiatement ses yeux se fixèrent sur quelque chose qui gisait sur les galets et s'y attachèrent étroitement.

Là, à demi sur la terre et à demi dans la mer, gisait le charmant cadavre de son fils Erlend lié à un espars, cadavre que Sigvald avait ordonné de confier aux vagues lorsqu'il avait effectué sa fuite hors de la baie. « Laissons ses propres compatriotes enterrer l'enfant, avait-il dit. Nos rames ne se reposeront pas assez longtemps entre ce pays et le Danemark pour que nous puissions lui rendre les honneurs convenables. » Et ainsi ballotté de ci et de là par le vent et la marée pendant cette nuit et cette matinée, le noble cadavre avait été enfin jeté par le flux sur le rivage presque aux pieds de son père.

« Erlend, mon Erlend ! dit le jarl ; la mer a fait son devoir comme il avait fait le sien, et l'a porté gentiment à la terre pour le salut de laquelle il est mort. »

Alors se courbant sur le corps dont les traits, quoique blêmes et pâles, étaient encore empreints au sein de la mort d'un doux sourire, le jarl ordinairement réputé si dur de cœur, fondit en larmes ; et Sigmund, qui l'avait déjà vu deux fois en proie à l'émotion dans les sanctuaires des dieux, voyait maintenant que le jarl Hacon pouvait pleurer aussi tendrement qu'une femme pour sa chair et son sang.

Pendant que le jarl se tenait penché sur son fils et le regardait, l'attroupement se dispersa et s'éloigna, rendant ainsi un silencieux hommage à ce chagrin d'un père. Ce ne fut toutefois que pour un moment que le jarl fut ainsi isolé. Arrêtant ses larmes et dévorant son chagrin, il se tourna brusquement, et dit :

« Nous ensevelirons l'enfant selon l'ancienne coutume ici, sur le rivage, aujourd'hui même. Comme un héros, ou comme Balder le bon, il sera enseveli dans son vaisseau, ou mieux encore, dans le vaisseau de Bui que nous prîmes hier, en sorte que le plus brave de nos ennemis rendra hommage à Erlend même dans la mort. Mais contrairement à ce qui eut lieu pour Balder il ne sera pas brûlé, mais enterré dans le vaisseau sous un tertre, avec sa bonne épée, son bouclier, sa chemise de mailles et tout son équipement de guerre. Il n'ira pas davantage sans escorte au Valhalla. Autour de son tertre nous mettrons à mort ces Vikings prisonniers. Ceux qui sont dits si braves lui feront compagnie. »

Un murmure d'applaudissements suivit ces paroles, car tous sentirent que celui qui s'était dévoué pour la Norwége devait avoir des funérailles royales.

« Allez, Sigmund, et vous Einar Tintement de balances, et vous Eric et Sweyn, et ordonnez-leur de tirer à terre le vaisseau de Bui. Que quelques-uns de vous apprêtent les rouleaux, et faites glisser le vaisseau très-haut et très à sec, au-dessus du point le plus extrême qu'atteigne le flux. Jamais plus ce beau vaisseau ne resplendira redescendant les rouleaux comme un feu courant à la mer. Sa dernière croisière est finie sur terre ; les os d'Erlend y reposeront ainsi que ceux des victimes, tandis que leurs âmes passeront dans la salle d'Odin. »

Avec les hommes dont le jarl pouvait disposer, il fallut moins de temps qu'on ne pourrait le supposer pour amener sur le rivage le vaisseau de Bui. Ceux qui ont vu les bateliers de Deal tirer sur le rivage un de leurs vastes lougres savent que c'est une opération qui exige plus d'adresse que de temps. Le fier vaisseau, la terreur de la Baltique, la défense de la forteresse Viking depuis le jour où il avait été construit sons les yeux de Bui dans Bornholm, se trouva donc bientôt inerte et vide sur le rivage norwégien.

Pendant ce temps-là six robustes chefs avaient apporté une bière couverte de branches de pin et de genévrier, et retirant Erlend de la mer ils l'y élevèrent doucement, et puis le déposèrent sur le vert gazon. Le jarl Hacon n'eut pas besoin de lui fermer les yeux. Quelque main pieuse avait accompli ce devoir sur le vaisseau de Sigvald parmi les averses de grêle. Aussitôt que le vaisseau qui devait être sa tombe fut en position, les porteurs montèrent le corps sur un catafalque au haut de la poupe, et là il fut respectueusement couché, les mains croisées sur sa poitrine, son chapeau d'acier sur sa tête dont les boucles blondes retombaient sur ses épaules, ses armes à son côté, revêtu de sa byrnie ou chemise de maille. Ainsi reposait, beau au sein de la mort, le noble enfant qui avait péri pour sauver son pays.

Pendant que le jarl Hacon se tenait à son côté, Einar Tintement de balances laissa partir ce jet de chant poétique :

Les blessures rouges sont pour moi plus aimables que la rose
Ou que les lèvres roses;
Mais que toujours elle soit brillante comme le feu,
Qu'elle soit sans bornes comme la mer,
La louange de celui qui a le courage d'expirer dans le sang
Pour délivrer son pays.   [et les souffrances

« Merci, Einar, pour ce fragment de ton chant funèbre, dit le jarl; lorsqu'il sera terminé il sera digne d'Erlend; en attendant, prends cet anneau que je lui destinais s'il était revenu hier vivant du combat. »

Pendant que ces choses se passaient une armée d'hommes avait travaillé à entasser la terre autour du vaisseau, ou pour mieux dire à l'ensevelir sous un revêtement de terre. Comme ils travaillaient tous de tout cœur, en une heure ou deux ils eurent entassé la terre jusqu'à la hauteur des boulevards du vaisseau, si bien qu'on pouvait passer du remblai dans la coursive.

Lorsqu'ils eurent poussé leur ouvrage jusqu'à ce point le jarl les remercia du haut de la poupe, et leur ordonna de s'arrêter pour un moment.

« Vous avez travaillé de tout cœur comme des hommes braves et fidèles; le tertre est maintenant à hauteur d'appui, et avant qu'il recouvre le vaisseau entier, certaine autre chose doit être exécutée, et cette autre chose sera à la fois un témoignage d'amour et d'honneur pour Erlend, et un signe de colère et de honte pour nos ennemis. Nous allons maintenant décapiter sur le gazon, autour de ce tertre inachevé, nos Vikings prisonniers. Voleurs comme ils le sont, ils ne seront que trop honorés de quitter le monde en compagnie d'Erlend. »

CHAPITRE XXI

LES VIKINGS EN CAPTIVITÉ.

Pendant que le butin se vendait et que les funérailles d'Erlend se préparaient, Vagn et ses compagnons liés à une même corde avaient été jetés pêle-mêle dans une grange. Il leur avait été donné, comme nous l'avons vu, des aliments de la plus grossière espèce par ordre du jarl Hacon, afin qu'ils pussent conserver ensemble leur âme et leur corps, et ne pas mourir de faim et de soif avant l'heure de leur supplice.

Mais l'approche même de cette heure terrible n'avait pu abattre en rien le courage du vieux Beorn et de son jeune fils d'armes, et, pour dire la vérité, il n'y eut pas un seul de ces soixante et dix Vikings qui montrât le plus petit signe de crainte. Même dans les blessures et la mort ils étaient fidèles à leur code. On n'entendit donc point de gémissements dans cette sombre grange, qui ne retentit d'aucun son qui ne fût un son de gaieté, quoique la fraîcheur de l'air frappant sur les plaies ouvertes des hommes qui avaient reçu des blessures au tronc ou aux membres occasionnât des bruits effrayants bien connus des médecins qui assistaient les malades après la bataille.

« Que pensez-vous qu'ils soient en train de faire maintenant, fils d'armes ? demanda Beorn, lorsqu'il entendit la clameur qui saluait le cadavre d'Erlend. Quelques-uns d'entre eux criaient hier sur une note bien différente.

— Je pense peu à ce qu'ils font et je m'en soucie peu, père d'armes. Tout ce qui m'inquiète, c'est qu'il me faille mourir ici comme un rat dans une trappe sans accomplir mon vœu.

— Vous avez fait de votre mieux, enfant, et qui fait le mieux ne peut faire davantage, dit le Gallois.

— C'est ce que vous dites toujours, mais si seulement la belle Ingibeorg.....

— C'est ce que vous dites toujours, enfant, rugit Beorn. Je vous le dis, je suis malade d'Ingibeorg. A quoi sert-il de penser à elle maintenant; pensez-vous qu'elle veuille se marier avec vous?

— C'est un tel plaisir de penser à elle! Je pense toujours à elle, dit Vagn.

— Alors vous feriez mieux de laisser cette mauvaise habitude tout de suite, et pour toujours. Il y a un temps pour toutes choses : les jeunes gens peuvent penser aux jeunes filles lorsqu'ils n'ont à penser à rien d'autre. Deux ou trois fois dans l'année peut-être, pas davantage. Savez-vous à quoi vous devriez penser maintenant?

— A quoi? demanda Vagn.

— Bon! dit Beorn, je suppose que c'est parce que je suis marqué du destin et sur le point de mourir; mais à cette heure, gisant dans cette grange, toutes les vieilles choses et toutes les vieilles histoires de mon enfance semblent revenir vers moi, et mes oreilles sont pleines des chants et des cantiques que les bons moines avaient coutume de me chanter lorsque je me trouvais dans la chapelle de mon père, à Deganwy.

— C'est dommage que vous ne soyez pas dans la Gothie orientale avec les moines que nous épargnâmes cet automne. Pensez à vos hymnes et à vos moines, et laissez-moi penser à Ingibeorg; mais savez-vous, pères d'armes, si vous vous sentez marqué par le destin, chose dont je ne vois pas de signe, je me sens, moi, aussi plein de vie que si je ne devais jamais mourir, aujourd'hui encore bien moins qu'un autre jour.

— C'est l'effet du jeune sang qui gonfle vos veines, dit Beorn. Essayez de faire en sorte que le jarl Hacon considère les choses de la même façon, et votre sentiment pourra se trouver justifié. Pour moi, je sens que si je dois mourir, je le dois. Tout homme doit mourir lorsque son heure est venue, et jusqu'à ce que cette heure vienne il doit vivre. N'était qu'il faudra me séparer de vous, enfant, je ne me soucierais guères de mourir et d'être délivré de tout ce travail et de tout ce tracas que les hommes appellent la vie.

— Mais si nous mourons, nous mourrons tous deux ensemble, père d'armes.

— C'est ce qui arrivera en effet. Je n'avais jamais songé à cela. Bon, c'est une consolation, » dit le vieux Viking.

Ils continuèrent ainsi, causant et causant, et s'étonnant que personne ne vînt les chercher. Lorsque le jour commença à baisser, Beorn dit tout à coup :

« S'ils ne viennent pas bientôt il en coûtera quelque chose au jarl Hacon. Il faudra qu'il tire de l'auge de ses cochons un autre repas pour nous tous, car il n'est pas probable que, grand prince comme il l'est, il veuille affamer ses captifs avant de leur couper la tête. »

Ces paroles étaient à peine sorties de sa bouche qu'on entendit au dehors un bruit de pas et un cliquetis d'armes, puis des voix qui parlaient tout proche de la porte de la grange.

« Viens ici, Kark, disait une voix impérieuse ; il t'appartient de commencer l'exécution de ces Vikings en achevant avec ton couteau ceux d'entre eux qui sont trop gravement blessés pour pouvoir marcher jusqu'au tombeau d'Erlend. Mais j'y pense maintenant, dis-moi, pourquoi tu as parlé hier de couper le cou d'un jarl ?

— J'ai parlé comme les paroles me venaient à l'esprit, seigneur ; en outre en Irlande, où j'étais libre avant d'être fait prisonnier et vendu pour être esclave, une vieille femme me prédit mon destin, et ce qu'elle dit fut que je tuerais un jarl avant de mourir, et que je serais alors élevé plus haut que personne dans le pays.

— Cela signifie peut-être, dit le jarl, que vous serez pendu sur la plus haute potence du pays.

— Je ne sais pas, seigneur, dit l'esclave ; mais j'ai toujours vécu dans l'espérance de tuer un jarl ; aussi hier lorsque nous avions deux jarls combattant l'un contre

l'autre, vous et Sigvald, j'ai pensé que je pourrais avoir
la bonne fortune de tuer l'un ou l'autre de vous deux.

— Ne sois pas impertinent, dit le jarl avec colère,
ou je te fais fouetter à t'enlever toute la peau du corps.
Quand bien même le jarl Sigvald, le fuyard, serait tombé
entre nos mains, c'est l'épée de Thorkell ou ma propre
épée qui l'aurait mis à mort, et non pas ton triste couteau. Mais assez là-dessus. Ouvrez toutes grandes les portes
de la grange, vous et vos camarades esclaves, puis entrez, et faites sortir les Vikings, et tuez sur place tous
ceux qui sont incapables de se tenir debout.

— Triste couteau! se murmura à lui-même le sombre
Celte. Triste couteau! je n'en suis pas moins sûr cependant qu'il goûtera du sang d'un jarl avant qu'il soit usé.
Il a goûté dans son temps de pas mal de genres de sang,
et aujourd'hui il en goûtera davantage. »

En parlant ainsi il ouvrit toutes grandes les portes de
la grange, et s'y précipita avec son message de mort.

« Debout, vous tous! cria-t-il, debout, et partez pour le
lieu de votre exécution. Mais s'il est quelques-uns d'entre
vous qui soient si délicats que leurs jambes soient roides
et faibles, ou qui craignent que l'air froid soit trop vif lorsqu'il pénétrera dans leurs blessures, ils n'ont qu'à rester
tranquilles jusqu'à ce que je vienne leur couper la gorge. »

Le sombre esclave prononça ces paroles avec une joie
diabolique qui ne fit que provoquer un sourire sur les
bouches de ses victimes.

« Viens ici, esclave, chien d'Irlande, dit un gigantesque
Viking frappé à mort qui, loin de pouvoir se dresser sur
ses pieds, était à peine capable de remuer. Viens ici, dis-je,
et coupe-moi la gorge le premier.

— De tout mon cœur, dit Kark, en se précipitant sur
lui. Chien d'Irlande, dis-tu! qui t'a appris, chien de Jomsburg, à parler de chiens? Je te le dis, mon père était un
roi en Irlande. » En parlant ainsi il saisit le blessé par la
chevelure derrière la tête qu'il fit pencher, et en une seconde son couteau bien affilé eut coupé d'une oreille à
l'autre la gorge ainsi tendue.

« Roi en Irlande ! dit avec moquerie un autre Viking cruellement blessé ; autant que je sache, tous les esclaves ont des rois pour pères en Irlande. J'en ai eu plus de vingt qui étaient Irlandais, et ils étaient tous fils du roi, en sorte que j'ai été conduit à penser qu'en Irlande tout homme doit être ou roi ou fils de roi. Ici ! je ne puis me lever; viens vite vers moi, et fais-moi voir avec quelle promptitude un fils de roi d'Irlande peut couper la gorge d'un honnête Viking. »

Le sanguinaire esclave se précipita sur celui-là aussi, et le dépêcha avec autant de promptitude qu'il le désirait. En un rien de temps tous ceux qui étaient blessés grièvement furent dépêchés par lui et ses camarades d'esclavage, et les autres se levèrent en une longue file à laquelle convenait encore parfaitement la comparaison déjà employée par nous des chevaux liés ensemble queue à queue dans une foire.

« Pouvez-vous tous marcher? demanda Kark ; car le chemin que vous allez faire est très-glissant, et si quelqu'un trébuche et tombe... » et en disant ces mots il serra le manche de son couteau avec un geste d'une signification terrible.

« Ne parle pas tant, esclave, dit le vieux Beorn, qui était lié ainsi que Vagn à peu près au milieu de la corde. Ne parle pas tant, mais fais ton devoir. N'aie pas peur, nous saurons faire sans faux pas notre dernière promenade en Norwége. En attendant, votre jarl Hacon est bien nommé le jarl de la grange; je vois ce qui en est maintenant, c'est parce qu'il garde ses prisonniers dans une grange. »

A ces paroles Kark fronça le sourcil, mais tous les Vikings rirent de cette saillie du vieux Gallois qui les gardait ainsi et se gardait lui-même en bonne humeur dans leur atroce extrémité.

« Faites hâte, maintenant, dit Kark, lorsque le rire se ralentit. Voici là-bas le jarl sur ce tronc d'arbre, et ses chefs autour de lui, et là-bas se tient Thorkell de Leira avec son épée levée.

— Thorkell de Leira ! dit Vagn. En ce cas nous allons

après tout nous rencontrer face à face et je pourrai remplir mon vœu.

— Remarquez-vous, enfant? chuchota Beorn à son fils d'armes. Il dit que le jarl est assis sur ce tronc d'arbre. Rappelez-vous votre rêve, ou plutôt ce que j'appelle votre seconde vue.

— En avant, vous autres! cria Kark qui marchait derrière, en avant, tous! et ne faites pas attendre le jarl Hacon le puissant. »

En parlant ainsi le sombre esclave les poussa vers la belle pelouse verte au milieu de laquelle avait été transporté le vaisseau de Bui qu'entourait une armée d'hommes acharnés au travail.

Lorsque la bande des Vikings, maintenant réduite à soixante, fut aperçue, les Norwégiens cessèrent de travailler, et tous regardèrent le pauvre débris qui restait de cette puissante compagnie.

« Les voici qui viennent, cria le jarl, et Erlend aura bientôt ses compagnons au Valhalla, au moins, si quelques-uns de ces voleurs sont assez intrépides pour être ses compagnons. Ne dit-on pas, Sigmund, que ces gens de Jomsburg sont des hommes d'une telle intrépidité qu'aucune crainte ne les a jamais fait fléchir?

— C'est ce que rapporte la renommée, seigneur, dit le vaillant enfant des Feroë, et il me semble qu'hier ils se sont comportés comme des hommes.

— C'est assez vrai, dit le jarl, mais ce n'est pas ce que je veux dire. Dans la chaleur de la bataille, lorsque le sang bout, peu d'hommes sont lâches; mais c'est tout à fait autre chose lorsqu'on doit mourir comme ces hommes, maintenant que la chaleur de la bataille est sortie d'eux comme la chaleur sort du fer, c'est-à-dire de sang-froid.

— Nous les tenons en notre pouvoir, seigneur, répliqua Sigmund, et s'ils meurent comme des hommes, sans insultes de notre part, tout sera bien.

— Sigmund, fils de Brestir, dit le jarl avec férocité, depuis quand êtes-vous devenu un souverain en Norwége? Sachez que c'est à nous qu'il appartient de décider à l'égard de ces hommes qui sont venus ici pour saccager et piller notre pays, et pour nous renverser, nous et notre maison. Leurs vies appartiennent à nous et à l'état, et nous disposerons d'eux comme il nous semblera bon sans demander ta permission. »

A ces mots Sigmund courba la tête, mais Eric, le chevaleresque Éric, avait saisi les paroles de son père, et intervint en disant :

« Certes, mais, père...! »

Quoiqu'il l'aimât beaucoup, le jarl ne voulut pas permettre à Éric d'intercéder.

« Ne me donnez pas de *certes*, et ne me donnez pas de *mais*, Éric. Nous le répétons, nous enverrons ces Vikings hors de ce monde de la manière qu'il nous plaira. Oui, même avec des sarcasmes et des brocards, et des moqueries, et des tortures, si cela nous plaît. »

Pendant ce temps la longue ligne des Vikings liés par des cordes à un long câble était arrivée devant le jarl assis sur le tronc d'arbre,

Alors Vagn fit signe à Biörn, et chuchota : « C'est lui, le beau et noir chef que j'ai vu dans mon rêve. »

Lorsque le jarl Hacon les regarda dans sa colère pas une trace de pitié n'apparut sur sa belle figure. Son courroux était excité, et il était disposé à la vengeance plutôt qu'à la clémence. En passant en revue leurs membres robustes et leurs beaux visages, tout souillés de la bataille qu'ils étaient, il triompha à la pensée qu'il allait si rapidement envoyer hors de ce monde une telle fournée de beaux hommes pour faire escorte dans la salle d'Odin au fils qu'il avait perdu.

Se courbant devant eux par dérision, il dit :

« Soyez les bienvenus sur le sol norwégien, Vikings de Jomsburg. Dites-moi où s'est enfui votre capitaine, le vaillant jarl Sigvald, et où en est le vœu qu'il avait fait de me chasser de mon royaume, ou de mourir en l'essayant. »

Les Vikings le regardèrent en retour avec des yeux aussi pleins de mépris et de défi que l'étaient les siens, mais pas une voix ne s'éleva pour répondre à ses paroles moqueuses.

« Muets tout autant qu'enchaînés, langues liées tout autant que mains liées, continua le jarl. Vos langues étaient mieux débridées à la bière des funérailles d'Harold le superbe, lorsque la bière parlait en vous et que vos vœux orgueilleux en sortaient. Dites-moi quel est l'homme parmi vous qui a tenu son vœu ou qui a l'intention de le tenir ? »

Pas plus qu'au précédent il ne fut fait de réponse à ce discours insultant. Muets comme des poissons les soixante Vikings se contentèrent de fixer le jarl.

« Bien, dit le jarl, j'imagine que l'envie de parler vous quitta après ces vœux. Vous avez maintenant à apprendre où conduisent de pareils vœux téméraires. Vos vies tombent justement sous le coup de nos lois ici en Norwége, et si la loi ne vous condamnait pas, c'est mon droit de tuer des Vikings pris sur le fait et qui ont eu l'audace d'envahir mon royaume. Il ne vous reste maintenant à tous qu'une chose, c'est de mourir. Sans doute des champions aussi puissants que vous l'êtes tous, la fleur même des Vikings de Jomsburg, montreront au Nord par un exemple éternel comment on meurt avec courage. »

Puis se tournant vers Thorkell, il dit :

« Nous vous faisons trop longtemps attendre, Thorkell de Leira. Il ne reste plus maintenant qu'à décapiter ces voleurs aussi rapidement que vous pourrez. »

CHAPITRE XXII

DÉCAPITATION DE LA PREMIÈRE FOURNÉE.

Le moment fatal était maintenant venu où le premier Viking devait subir le coup de la cruelle épée de Thorkell. La seule merci qui leur fut montrée fut que l'épée tombât d'abord sur les plus grièvement blessés qui furent ainsi mis hors de souffrance. D'un bout à l'autre du câble couraient Kark et ses camarades esclaves, choisissant ici et là tel homme qui avait peine à se tenir sur ses pieds par faiblesse et perte de sang.

Comme le lecteur le sait, à cette époque la longue chevelure était particulièrement la marque de l'homme né libre, et tous les Vikings portaient de longues boucles flottantes; mais la longue chevelure, quelque parure qu'elle fût pour l'homme libre dans la vie ordinaire, était un triste obstacle lorsqu'il avait la mauvaise chance d'être décapité, car elle tombait jusque sur la nuque du cou, et amortissait ou détournait le tranchant de la hache ou de l'épée. Aussitôt donc que chaque Viking était séparé du câble auquel il était attaché, avec les mains liées derrière le dos, Kark, ou l'un des esclaves, enroulait une baguette dans sa chevelure, et la tenait relevée d'un côté de sa tête jusqu'à ce que le fer fût tombé.

« Commencez maintenant, Thorkell! cria le jarl avec un accent sauvage. Nous ne tenons pas ces trois ou quatre misérables qui sont demi-morts pour quelque chose. Il n'y a pas d'homme qui eût à pâlir pour décapiter une demi-douzaine de personnages en tel état. »

Le robuste homme lige s'affermit sur ses pieds en les tenant bien écartés, et mesurant l'espace qui le séparait de sa victime, il leva sa longue épée, puis d'un coup oblique il frappa le Viking sur le cou dans toute sa largeur, et la tête roula sur la verte pelouse.

Un autre blessé, et puis un autre, furent conduits et décapités de la même façon et avec la même habileté; alors Thorkell, fier de son ouvrage, s'adressant au jarl, dit:

« Ai-je blémi si peu que ce soit, seigneur? puisque vous avez entendu dire que personne ne peut décapiter trois hommes de suite sans blémir.

— Ne vous vantez pas, Thorkell, cria le jarl, jusqu'à ce que votre ouvrage soit achevé. Tu n'as pas encore blémi; mais quelque chose me dit que tu blémiras avant que le jour soit passé. Continue donc sans t'arrêter, et fais vite ta besogne. Nous ne prendrons pas mal la chose non plus si tu les railles un peu. »

Le quatrième Viking fut détaché alors du câble, la baguette fut enroulée dans sa chevelure, et il fut conduit à la place où se tenait Thorkell. Lui aussi était cruellement blessé, mais son visage, quoique pâle, était plein de défi et de courage. Comme il se tenait près de Thorkell, l'homme lige s'appuyant sur son épée toute sanglante, lui dit :

« Je vais maintenant te donner le coup et te tuer. C'est la dernière toilette que recevra ta chevelure. Dis-moi, que penses-tu de la mort que tu vas recevoir?

Le Viking sourit, et dit :

« Ce que je pense de ma mort? Je pense qu'il est bon de mourir. J'ai pris mon parti de mourir une fois pour toutes comme mon père est mort avant moi. Frappe! »

Sur ce mot, l'épée de Thorkell s'abattit, la tête du Viking fut détachée et roula sur la verte pelouse, et sa vie à celui-là aussi prit fin. Le cinquième fut alors détaché du câble et conduit à l'exécution, et lorsqu'il fut devant Thorkell, l'homme lige dit :

« Que penses-tu de mourir?

— Il n'y a pas à penser à ce propos, dit le Viking, car je tiens toujours en mémoire cette loi des Vikings de Jombsburg qui me défend de me plaindre devant la mort, ou de proférer un seul mot lâche. Mourir! mais un homme ne peut mourir qu'une fois. »

Sur ces mots, Thorkell le décapita lui aussi.

Alors le jarl dit :

« Posez-leur à tous la même question, Thorkell, avant de leur donner la mort. Nous verrons par cette épreuve si tous les hommes de cette bande sont aussi courageux qu'on le dit; car si aucun d'eux ne profère un mot lâche c'est qu'il en sera réellement ainsi. »

Alors le sixième Viking fut conduit, et lorsque la baguette fut enroulée dans sa chevelure, Thorkell lui adressa la même question et reçut une prompte réponse :

« Je pense, dit l'homme, qu'il est bon de mourir avec

une bonne renommée, mais pour toi, Thorkell, tu vivras
avec la honte ! »

Thorkell ne le fit pas languir, et sa tête roula sur le
pelouse.

Le septième homme fut alors conduit, et Thorkell lui
adressa la même question.

« Je pense qu'il est très-bon de mourir, dit l'homme,
et ayez bien soin de me décapiter net en une seule fois.
Et maintenant regardez ce petit couteau que je tiens à
ma main. Nous autres, Vikings de Jomsburg, nous nous
sommes souvent demandés dans nos conversations si un
homme connaît quelque chose, ou sent quelque chose,
au moment où sa tête tombe, quand il est décapité en un
clin d'œil et d'un coup bien net. Ce couteau vous sera
donc un signe ; si je connais quelque chose, je ferai un
trou avec sa pointe ; sinon, il tombera immédiatement à
terre.

— Tout ce qu'il vous plaira, » dit Thorkell, pendant que
son épée sifflait en l'air.

La tête vola, mais le couteau tomba inerte à terre, en
sorte que la question fut résolue.

Alors le huitième homme fut conduit, et lorsque Thorkell lui posa sa question, il dit qu'il pensait qu'il était
très-bon de mourir, puis juste au moment où il supposa
que le coup allait tomber, il cria : *bélier*.

Alors Thorkell suspendit le coup, et lui demanda pourquoi ce mot venait de sortir de sa bouche.

« Oh ! dit le Viking, je pensais qu'un bélier ne serait
pas hors de place parmi les *ohs* et les *bé bé béé* que vous,
guerriers du jarl, vous proférâtes tous hier dans vos
souffrances lorsque vous receviez quelque blessure.

— Oh ! le plus vil des hommes ! » cria Thorkell en courroux, et le coup tomba sur lui avec une vigueur excep-
tionnelle, tandis que tous les Vikings riaient du bon mot de
leur camarade.

Alors vint le neuvième homme, et lorsque Thorkell lui
posa sa question, il dit :

« Je pense que ma mort est bonne et légitime, juste

comme le pensent tous mes camarades, mais maintenant je ne veux pas être massacré comme un mouton. Je préférerais m'asseoir en vous faisant face, et vous frapperiez votre coup droit sur mon front; regardez bien, et voyez si je fais un mouvement pour éviter le coup, car nous, Vikings de Jomsburg, nous avons souvent parlé à ce sujet. »

Il en fut fait ainsi, il s'assit en face de Thorkell, et Thorkell lui porta le coup de mort sur le front. Il ne blêmit pas, et ne fit d'autre signe que de fermer les yeux lorsque la mort arriva.

Alors le dixième homme fut conduit, et Thorkell lui posa la même question.

« Attendez un instant, dit l'homme, jusqu'à ce que j'aie remonté mes culottes.

— Remonte-les, je te donne le temps, » dit Thorkell.

Lorsque ses culottes furent redressées l'homme dit :

« Voyez maintenant comme les choses arrivent étrangement. Bien des choses tournent autrement que les hommes ne pensent. J'avais cru que je tuerais le jarl Hacon, et que j'aurais sa femme, la fille de Thora Skagi, pour ma camarade de lit; et cependant je suis ici avec mes mains liées derrière moi, et le jarl est assis là-bas sur ce tronc d'arbre. Quant à mourir, ce que j'en pense, c'est qu'il ne vaut pas la peine d'y penser.

— A bas sa tête aussi vite que tu pourras ! cria le jarl. Ce gars-là doit nous' avoir toujours voulu du mal. »

Là-dessus Thorkell le décapita sans plus long pourparler.

Alors fut conduit un jeune homme dont l'épaisse chevelure tombait en boucles flottantes aussi jaunes que la soie.

« Que penses-tu de mourir? demanda Thorkell.

— J'ai vécu la plus belle partie de ma vie, dit le jeune Viking, car ils sont morts il y a peu de temps, ceux après lesquels je ne juge pas qu'il vaille pour moi la peine de vivre. Mais maintenant je ne veux pas que ce soient des esclaves qui me conduisent à la mort, je voudrais que ce fût un homme non moins noble que toi, et je voudrais aussi qu'il fût agile et adroit afin de tenir ma chevelure bien écartée et de pousser ma tête en avant de manière que ma chevelure ne soit pas ensanglantée. »

Ce privilége lui fut accordé, en sorte que l'un des gardes du jarl s'avançant prit sa jaune chevelure et l'enroula autour de son bras, tandis que Thorkell brandissait son épée, et s'apprêtait à lui accorder le désir de son cœur en le décapitant d'un coup. L'épée brilla et le coup tomba, mais le jeune homme lorsqu'il entendit le sifflement de l'épée courba la tête brusquement et vivement, si bien que le coup tomba sur celui qui tenait sa chevelure, et que Thorkell coupa les deux bras de l'homme du jarl jusqu'aux coudes.

Alors le jeune Viking se redressa vivement, et tournant l'affaire en plaisanterie, il cria :

« Ohé ! les amis, lequel est-ce d'entre vous qui a pris ses mains dans ma chevelure ? »

Le jarl Hacon se leva en sursaut de son tronc d'arbre, et dit :

« De grands malheurs nous sont déjà arrivés par ces hommes, et il nous en arrivera davantage encore, si nous n'y prenons pas garde, du fait de ceux qui sont encore liés au câble ; ainsi prenez-les et tuez-les aussi rapidement que vous pourrez, et quant à ce gaillard-là tuez-le d'abord et tous les autres ensuite ; car ces hommes sont beaucoup plus hardis, et audacieux et malicieux que nous ne le supposions, et les histoires qu'on raconte de leur hardiesse et de leur courage ne sont nullement exagérées. »

Mais le généreux Éric se mit alors en travers de la colère de son père, et dit :

« Mon père, ils ne doivent pas être massacrés ainsi ; nous devons d'abord apprendre les noms de ces hommes, et ce qu'ils sont, avant de les mettre à mort. »

Alors, se tournant vers le jeune Viking, il lui demanda :

« Et ton nom, quel est-il ?

— Mon nom est Sweyn, dit-il.

— De qui es-tu fils, ou quelle est ta parenté ?

— Bui, l'intrépide, était appelé mon père, et il était fils

de Veseti de Bornholm, et du côté de ma mère je suis Danois.

— Quel âge as-tu? dit Éric.

— Si je survis à cet hiver, répondit-il, j'aurai dix-huit ans accomplis.

— Et tu survivras à cet hiver, dit Eric, si j'ai quelque pouvoir, et tu ne seras pas mis à mort. Viens avec moi. »

Éric reçut donc Sweyn le Viking dans sa paix et le tint à ses côtés et parmi ses gardes pendant que la décapitation des autres continuait.

CHAPITRE XXIII

VAGN ACCOMPLIT SON VŒU.

Il ne faut pas imaginer que cette action d'Éric fût vue par le jarl Hacon avec satisfaction. Loin de là : lorsque Éric prit Sweyn par la main et le conduisit dans le groupe d'hommes qui se tenaient autour de lui et formaient sa garde du corps, son père le regarda faire avec mauvaise humeur, mais sans dire un mot. Enfin il marcha vers son fils, et dit :

« Je ne comprends pas, Éric, ce que vous prétendez faire lorsque vous cherchez à sauver la vie de cet homme qui vient de nous causer une telle honte et un tel dommage. Tout ce que je sais à l'égard de ce garçon, c'est qu'il nous a fait tout le mal qu'il pouvait nous faire, et vous venez le couvrir de votre bouclier! Néanmoins je ne veux pas essayer de le retirer de vos mains de vive force. Ainsi, pour cette fois, vous pouvez en agir à votre fantaisie.

— Je l'ai couvert de mon bouclier, père, parce qu'il est

si jeune, et puis parce que j'ai pensé qu'il y avait en lui le germe d'un homme.

— Le germe de la destruction de beaucoup d'hommes plutôt, » dit le jarl en s'éloignant brusquement.

Alors il s'approcha de Thorkell de Leira, et dit :

« Mets-toi à l'ouvrage de tout ton cœur, Thorkell. Ne perds plus aucun temps, mais abats les têtes de ceux qui restent aussi vite que tu pourras. »

Mais aussitôt qu'Éric entendit ces paroles, il s'avança immédiatement vers son père, et dit :

« Non, père, non. Pas un de ces hommes ne perdra la tête avant que j'aie parlé à chacun d'eux, car je désire savoir quels sont ceux que nous décapitons avant qu'ils meurent.

— *Je, ne perdra*, ce sont là des paroles hautaines à employer envers votre père et votre seigneur, Éric.

— Hautaines ou non, père, dit Éric, elles sont à votre honneur aussi bien qu'au mien. Qui jamais entendit parler de massacrer des hommes aussi puissants que le sont quelques-uns de ces Vikings, tous en tas, comme des bestiaux, sans même connaître leurs noms ?

— Bien, qu'ils ne meurent pas anonymes, dit le jarl, mais avec ou sans nom, qu'ils meurent immédiatement, et que leurs os soient mêlés dans la poussière avec les siens ; » et en parlant ainsi il montrait du doigt le tertre à moitié amoncelé d'Erlend.

« Allons ! cria Thorkell qui était aussi altéré de sang qu'au moment où il avait commencé son horrible besogne, à qui le tour ? Apprenons son nom et son titre avant que je le raccourcisse de la tête. »

L'homme qui suivait fut donc détaché du câble, et comme il s'en éloignait, ce câble tomba et s'embarrassa un peu dans son pied.

« Cet homme est d'une haute stature et d'un beau visage, il est jeune aussi, et c'est certainement la physionomie d'un homme des plus braves et des plus impétueux, dit Eric à l'un des Islandais qui se tenaient à ses côtés.

— C'est un de leurs capitaines sans doute, dit son compagnon: mais écoutons! Thorkell lui demande son nom; nous l'apprendrons bientôt ainsi que sa famille et parenté. »

Alors Thorkell lui posa la question connue :

« Que penses-tu de mourir?

— Je penserais que cela est bon si je pouvais seulement d'abord exécuter mon vœu. »

Thorkell allait le décapiter sans autres paroles, lorsque Éric intervint et dit :

« Quel est ton nom? et quel était ce vœu que ton cœur tiendrait tant à accomplir avant de perdre la vie?

— Mon nom est Vagn, fut-il répondu, et je suis le fils d'Aki, fils de Palnatoki, de Fünen, au moins c'est ce que l'on m'a dit. »

A ce nom renommé qui marchait de pair avec celui de Bui, et qui était fameux dans tout le Nord comme celui du plus hardi champion dans toute la bande viking, il y eut un murmure de voix parmi les chefs rangés en cercle; tous admirèrent la force, la stature et le noble port de l'homme dont on racontait de telles histoires de hardiesse et de courage. Après une pause, Éric continua :

« Eh bien, Vagn, quel peut être ce vœu que vous aviez juré d'accomplir, et à propos duquel vous disiez à l'instant même que vous trouveriez bon de mourir si vous pouviez seulement l'accomplir avant de perdre la vie ?

— Le voici, dit Vagn : j'avais fait vœu d'épouser Ingibeorg, la fille de Thorkell de Leira, sans la permission de celui-ci et celle du reste de sa parenté, et de le tuer de ma propre main si je venais en Norwége. Et maintenant cela me crève le cœur de faillir à ce point à ma parole, et d'être incapable d'accomplir mon vœu avant de mourir. »

A ces hardies paroles, Thorkell, qui pour la première fois voyait son ennemi face à face, se précipita sur lui en s'écriant :

« Je prendrai bon soin que tu ne l'exécutes pas avant de mourir. »

En prononçant ces mots il saisit son épée des deux mains et porta le coup ; mais Beorn le Gallois, qui venait sur la ligne du câble le premier après son fils d'armes, voyant le coup tomber, poussa Vagn du pied et le jeta hors de la portée de l'épée. Thorkell fendit l'air seulement ; la pointe de l'épée, en passant au-dessus du dos de Vagn, coupa les cordes qui lui liaient les mains. Vagn se trouva donc en liberté, ou au moins sans liens, et sans une égratignure.

Quant à Thorkell, il s'était précipité avec une telle ardeur pour porter le coup, qu'il tomba en avant et à plat sur la terre ; en tombant, son épée échappa de sa main et roula à côté de Vagn, car la force du coup que Beorn avait donné à son fils d'armes était telle que Vagn était aussi tombé à terre.

Tout cela se passa en un instant, et avant que les spectateurs pussent proférer un mot ou même respirer un plein souffle Vagn était debout sur ses pieds. Il ne resta à terre que juste le temps nécessaire pour saisir l'épée de Thorkell ainsi mise à sa portée, et se relevant d'un bond il porta à Thorkell le coup de mort avec sa propre épée, et en faisant voler sa tête, il cria :

« Maintenant, moi, Vagn, fils d'Aki, j'ai accompli un de mes vœux, et je me sens déjà mieux pour l'avoir accompli. »

Toute l'affaire fut si rapide, — le coup perdu de Thorkell dans l'air, sa chute et celle de Vagn, et puis sa mort par sa propre épée — que personne ne put lever la main, et encore moins proférer une parole ; tout fut fait et accompli, sembla-t-il, en une seconde.

Le premier de tous les spectateurs qui revint à lui fut le vieux Beorn qui, lorsqu'il vit à ses côtés Vagn plein de vie et de beauté, dit :

« Bon coup de pied, n'est-ce pas, fils d'armes ? Continue comme cela, et tu accompliras l'autre moitié de ton vœu. »

Le second fut le jarl Hacon qui, les yeux étincelants de colère, s'écria :

« Ne le laissez pas plus longtemps courir détaché, mais

tuez-le en vous tenant hors de sa portée, car il nous a fait le plus grand dommage. »

Mais ici le généreux Eric s'opposa encore au courroux de son père.

« Il ne sera pas tué, père, avant que je ne sois tué moi-même, dit-il. Je te demande maintenant la vie de Vagn ; et si tu ne veux pas m'accorder cette faveur, je le défendrai avec mon épée. Un homme qui peut accomplir de si braves actions est digne de vivre et digne qu'on meure pour lui. »

Le jarl regarda son fils avec dureté, comme s'il délibérait en pensée de lui résister par la force ; mais à la fin, il dit :

« Je vois qu'il est inutile que nous prenions aucune part à cette affaire, mon fils, car vous souhaitez la décider tout seul, et je ne puis la résoudre par la force avec vous.

— Nous faisons une bonne affaire en épargnant la vie de Vagn, père, et il me semble que nous ferions un bon échange, si nous le placions dans les honneurs et dignités que Thorkell possédait tout récemment encore.

— Thorkell était un bon et fidèle homme-lige, dit le jarl, mais Vagn et ses compagnons ont été nos plus cruels ennemis.

— Quant à Thorkell, père, ce qui lui est arrivé n'était pas imprévu. Nous venons en effet d'éprouver la vérité de ce qui a été dit bien souvent déjà, qu'un homme sage a le don de seconde vue ; car vous-même, de vos propres yeux, vous avez vu ce matin que Thorkell était marqué par le destin, et vous le lui avez dit. La mort venait déjà sur lui, et maintenant elle est venue. »

Alors il se tourna du côté de Vagn, et dit :

« Je te reçois dans ma paix, Vagn, et maintenant il n'y a pas de risque que tu perdes la vie cette fois.

— Arrête, dit Vagn, pas si vite, jeune jarl ! La seule chose qui puisse me faire trouver qu'il est meilleur de recevoir la vie de toi que de mourir ici, à cette place où tant sont déjà morts, est celle-ci : je ne vivrai pas à moins que la paix ne soit accordée à tous ceux de mes camarades qui restent vivants ; autrement nous foulerons tous ensemble le même sentier, comme de vrais frères d'armes.

— Vous êtes orgueilleux, en vérité, vous autres Vikings de Jomsburg, cria Éric ; je ne te dis pas que je t'accorderai ce que tu demandes, mais attends jusqu'à ce que j'aie parlé à ces camarades à qui tu restes si étroitement fidèle.

— Accorde ou n'accorde pas ma demande, jarl, dit Vagn froidement, je m'en tiendrai à ce que j'ai dit ; nous avons été frères dans la vie, nous autres Vikings, et nous sommes tous tenus d'être frères dans la mort. Voilà ce que pense Vagn, le fils d'Aki. »

Lorsque Vagn eut ainsi parlé, Éric laissa ses gardes et parcourut toute la file des hommes encore attachés au long câble, et le premier qu'il aborda fut Beorn le Gallois qui, comme nous le savons, était lié immédiatement après son fils d'armes.

« Quelle sorte d'homme es-tu, Viking ? demanda le jeune jarl, et quel est ton nom ?

— Mon nom est Beorn, si vous voulez le savoir, grogna le vieux Viking.

— Es-tu, dit Éric, ce Beorn qui fut assez hardi pour aller chercher l'homme qui était resté en arrière dans la salle du roi Sweyn ?

— Je ne sais pas, dit Beorn, si je fis pour le mieux en allant le chercher. Tout ce que je sais, c'est que j'entrai et que j'emportai l'homme dehors.

— Et quelle querelle avais-tu contre nous, toi un vieillard, pour venir ici ? dit Éric, je désirerais le savoir. Qu'est-ce qui t'a poussé à ce voyage, toi, tête chauve, barbe aussi blanche que la laine ou la neige de l'hiver ? Vraiment toute paille de nos lits nous aurait piqués, nous hommes de Norwége, pour nous exciter à vous combattre, lorsque nous vous avons vus venir tous pour nous livrer bataille, tous jusqu'aux vieillards comme toi dont les jours de guerre devraient être passés pour raison d'âge.

— Je suis venu, dit Beorn, parce que je suis encore

solide, et parce que j'étais tenu de venir comme un des
chefs de la bande. Il m'importe peu que toute paille de
vos lits vous pique, vous Norwégiens. Quant à moi, depuis des années et des années je n'ai jamais sommeillé
dans un lit de paille, et j'espère bien ne jamais mourir
couché. Faites de moi selon votre volonté, je ne puis
mourir qu'une fois.

— Veux-tu me demander la vie, Beorn ? dit Éric, car
je pense qu'un homme si vieux a passé le temps d'être
tué.

— Tuez-moi ou ne me tuez pas, comme il vous plaira,
répéta Beorn.

— Veux-tu me demander la vie ? je te le répète encore,
dit Éric.

— Bon ! dit Beorn, je ne pense pas que ce soit une si
grande faveur. Vous dites que j'ai passé le temps d'être
tué, je dis que j'ai passé le temps de vivre. Il n'y a qu'une
chose maintenant qui pourrait me faire demander la vie,
c'est que mon fils d'armes, Vagn, et tous nos hommes
restants, pussent obtenir également la paix.

— Voilà qui est parlé comme un homme brave et loyal,
Beorn, dit Éric. La paix vous sera accordée à tous, si ma
volonté peut prévaloir ; restez tous ici à votre câble pendant que je vais aller parler à mon père. »

Éric se dirigea donc vers son père qui avait détourné
ses pensées du massacre des prisonniers pour s'occuper à
diriger les travaux de terre autour du tertre d'Erlend.

« Il s'élève haut, Éric, dit-il ; Erlend sera bientôt mis
en terre comme peu de rois et de chefs ont été ensevelis
en Norwége.

— Oui, père, ce sera un noble tombeau ; mais dites-
moi, père, combien pensez-vous qu'il ait péri de ces
Vikings par l'épée et l'eau depuis hier matin ?

— Qui peut les compter, Éric ? dit son père orgueilleusement. Vous pouvez le dire aussi bien que moi. Ils sont
venus nous attaquer avec cent cinquante grands vaisseaux
en bel appareil et pleinement équipés ; nous les avons
reçus avec trois cents, et les sentinelles placées aux passes

n'en ont compté que vingt-quatre qui aient fui hors de la baie. Les autres sont à nous ou sont enfoncés sous les vagues.

— Et combien pensez-vous, père, continua Éric, que l'ennemi ait perdu d'hommes ?

— Mais tous, sauf ceux qui ont fui, et ces quelques-uns attachés au câble là-bas qui peuvent faire une quarantaine.

— Alors, père, demanda Éric, ne pensez-vous pas qu'Erlend, que nous aimions tous, et qui est mort si bravement, a eu assez d'hommes à sa suite pour lui former à son entrée au Valhalla la nuit dernière une plus grande et plus noble escorte que n'en a jamais eu jarl ou roi que la Norwége ait connus ?

— C'est vrai, Éric, dit le jarl, l'enfant a noble compagnie. Odin verra qu'il fut un puissant prince lorsque tant d'ennemis tués encombreront la salle derrière lui.

— Alors, père, dit Éric, pardonnez-moi si je vous ai mis en courroux aujourd'hui, car le tout a été fait pour votre gloire ; mais accordez-moi une faveur de plus, les vies de ce misérable reste de Vikings. S'ils sont tués la gloire d'Erlend n'en sera pas plus grande, mais la vôtre en sera moindre.

— Comment moindre ? dit le rigide jarl, frappé par ces paroles.

— Moindre, père, parce qu'il est glorieux pour un grand prince, seigneur d'un noble pays, d'épargner ses ennemis lorsque la vengeance a été pleinement satisfaite. Épargnez ces hommes, et alors aussi longtemps que vivra cette histoire de la bataille de la baie de Hjoring, et, soyez-en sûr, elle vivra éternellement, tout le Nord dira qu'il n'y eut jamais en Norwége un maître comme le jarl Hacon, le jarl de la Grange, pour la puissance et la clémence, car il mit entièrement en déroute les Vikings de Jomsburg, et après le sanglant combat il eut pitié de ses prisonniers.

— Allez, laissez-moi, Éric, dit le jarl, et faites selon votre volonté ; mais que ces Vikings ne viennent pas sous mes yeux, de crainte que je ne brise ma parole et que je ne les fasse tuer. Allez, leurs vies sont garanties. Vous avez gagné la journée. »

CHAPITRE XXIV

VAGN ET LES VIKINGS SONT REÇUS DANS LA PAIX DU JARL.

Le jeune jarl retourna sans retard vers la longue ligne des hommes attachés au câble, et prenant avec lui Sweyn et Vagn qu'il avait déjà reçus dans sa paix, il dit :

« Vous, Vikings de Jomsburg, et vous avant tous les autres, Vagn, Beorn et Sweyn, sachez que j'ai plaidé votre cause auprès de mon père, et quoiqu'il tienne vos vies pour condamnées il me les a données. »

Ici Vagn l'interrompit, et dit : « Si nous les acceptons ce sera à une condition, c'est que nous serons tous saufs jusqu'au dernier. Si ce n'est qu'un, ou deux, ou trois, et que ce soient les principaux d'entre nous, ce ne sera aucun.

— Ce sera un et tous, dit Éric ; et maintenant vous êtes mes hommes si vous voulez me demander vos vies.

— En ce cas, chacun et tous nous vous les demandons, dit Vagn.

— Vos vies vous sont accordées, noble Vagn, dit Éric, et en dû temps vous serez reçus solennellement dans la paix du jarl. En attendant j'engage ma parole que pas un cheveu de vos têtes ne sera touché. Joignez-vous à mes hommes, et portez les armes parmi mes gardes.

— Je ne prends pas de service, dit Vagn, quoique je demande ma vie par souci de ces hommes.

— Ni moi, dit Beorn ; j'ai toujours été mon maître depuis que j'étais haut comme cela, et maintenant je suis trop vieux pour servir un nouveau maître.

— Vous devez vous placer avec mes gardes, mais sans en faire partie. Vous vous mêlez à mes hommes, mais vous n'entrez pas sous mon commandement, dit Éric. Quant à vos vies, vous me les avez données comme des hommes libres, et je vous les rends comme à des hommes libres.

— Parlé comme un prince, dit Vagn.

— Voilà qui est dit, dit Éric; ainsi, sur ces termes, vous vous joignez à mes gardes.

— Maintenant que les choses sont arrangées, noble Éric, dit Beorn, ordonnez-leur de nous détacher de ce câble; quoique je pusse supporter cette douleur beaucoup plus longtemps, soyez assez bon pour ordonner à quelqu'un de couper la corde qui lie mes mains derrière mon dos, car elle me coupe la chair.

— Hé, esclave ! Kark à la face sombre, cria Éric, apporte ici ton couteau et coupe ces cordes. »

Le sombre esclave approcha lentement et de méchante humeur, et tirant son couteau hors de sa ceinture, il dit :

« Il arrive d'étranges choses aujourd'hui en Norwége.

— Comment cela ? dit Éric.

— Eh bien, voici le vieux jarl tout empressé d'envoyer Erlend hors de ce monde en bonne compagnie, et toutes les choses ont une physionomie joyeuse et plaisante. Le sang qui était destiné à réjouir les Dieux de ce pays — en Irlande nous étions chrétiens — était prêt à être répandu, et ce couteau en avait goûté quelque peu avant que l'épée de Thorkell lappât le reste ; puis, patatras, juste au moment où nous étions tous joyeux, les têtes qui dansaient à terre après chaque coup d'épée arrêtent leurs cabrioles, et Thorkell lui-même mord la poussière, — une très-bonne chose, dirai-je, car j'aime tout sang répandu —, et subitement toute décapitation prend fin. Nous en devenons tous hébétés, et il nous faut empiler de la terre sur Erlend au lieu de nouveaux cadavres, et tout cela pourquoi ? Pour épargner les vies de nos cruels ennemis qu'il a plu à notre jeune jarl de recevoir dans sa paix ; mais malgré tout je dis qu'il faut remercier Dieu que le vieux jarl vive encore, au moins pour un temps.

— Esclave gâté, gâté par la faveur de mon père ! cria Éric. Plus de paroles ; mais coupez les cordes qui attachent les mains de ces hommes derrière leurs dos, puis détachez-les du câble et mettez-les en liberté.

— Les mettre en liberté ! cria Kark. Et lorsque je les aurai mis en liberté, qui me dira si quelqu'un d'eux ne m'arrachera pas mon couteau de la main et ne mettra pas fin aux jours de pauvre moi, comme il a été fait pour Thorkell ?

— Détache-les et mets-les en liberté, dit Éric. Quant à ta vie, qu'importe qu'elle te soit prise maintenant ou non ?

— Cela ne vous importe peut-être pas, jarl Éric, mais cela m'importe à moi, » dit l'esclave. Puis il ajouta d'une voix plus basse : « et cela importe au vieux jarl. Personne ne sait ce que je sais, murmura-t-il, personne ne voit ou n'entend autant de choses que j'en sais. Je sais ce que disent les hommes libres lorsque le vieux jarl leur vole leurs femmes et leurs filles, et même ce que disent ses hommes-liges lorsqu'il les presse pour ses impôts. On dit que les oreilles du roi sont longues, mais plus longues encore sont celles de son esclave. Après tout il se peut que ce soit son sang que je vois si souvent rouge sur mon couteau, comme je l'y vois tout à l'heure, bien qu'aux autres il paraisse propre et brillant. »

Comme il restait immobile, tout en se marmottant ainsi à lui-même, le vieux Beorn haussa les épaules, et jeta un tel regard de supplication sur Éric, que ce dernier s'avança et donnant un coup de pied à l'esclave, dit :

« Ne reste pas là à marmotter en regardant ton couteau, mais sers-t'en, et coupe les cordes.

— Pardon, noble Eric, dit l'esclave avec une railleuse humilité ; je vous pardonne de me prendre pour un chien, mais quelquefois je suis plein de pensées pour le bien de mon seigneur Hacon et de sa maison, et alors j'ai peu souci des ordres, même lorsqu'ils sont suivis de coups de pied. Les chiens et les esclaves attrapent des coups de

pied et des soufflets ; il en a été ainsi, et il en sera ainsi.
C'est la façon du monde, et maintenant dites-moi ce que
vous désirez que je fasse.

— Je te l'ai déjà dit deux fois, dit Éric. Une troisième
fois je te dis de couper les cordes qui lient les bras des
captifs.

— Toutes les bonnes choses vont par trois, dit l'esclave.
Et maintenant mettons en liberté les oiseaux en cage. »

En disant ces mots il parcourut rapidement toute la
ligne, et à mesure qu'il s'arrêtait devant un homme il cou-
pait la corde. Leurs mains une fois délivrées ainsi, ils furent tous détachés du câble, et se trouvèrent enfin déliés
tant des pieds que des mains.

Le premier usage que le vieux Beorn fit de sa liberté
fut de courir à Vagn et de le serrer dans ses bras.

« Libre après tout, fils d'armes, et la moitié de votre
vœu accomplie ! qui aurait jamais pensé cela, il y a une
petite heure ?

— C'est vraiment merveilleux, dit Vagn. Puisse la seconde partie de mon vœu s'accomplir aussi bien !

— *Puisse !* cria Beorn, *puisse !* finissez avec vos *puisse.*
Il est sûr que votre vœu s'accomplira. La belle Ingibeorg,
comme vous l'appelez, sera à vous.

— A-t-on jamais connu une vierge qui ait épousé
l'homme qui avait tué son père ? demanda Vagn.

— Comment pourrais-je le savoir, moi qui ne suis pas
une vierge ? dit Beorn. Demandez-leur. Je jurerais que
beaucoup ont fait chose pareille.

— Je ne crois pas, dit Vagn.

— Eh bien alors, qu'elle soit la première vierge qui le
fasse, et qu'elle donne l'exemple. Toutes les choses arrivent en guerre. »

Ici Éric vint interrompre la conversation des deux
guerriers.

« Noble Vagn, dit-il, quoique vous eussiez déjà rompu
le jeûne aujourd'hui, c'était avec une si triste chère que
vous devez être tous bien affamés. Venez dans ma tente,
et mangez et buvez. Pour aujourd'hui évitez la vue de

mon père, car il est encore plein de la rage de la bataille et dangereux à rencontrer pour un ennemi. »

Sur ces mots il les conduisit à ses baraques, hangars temporaires élevés pour l'abriter avec ses hommes. Là, les corps glacés des Vikings furent baignés et frottés par les esclaves d'Eric. Ceux qui étaient blessés — et il y en avait à peine un seul qui fût sans quelque coup — furent soigneusement examinés par les chirurgiens et leurs blessures pansées. Puis ils s'assirent devant la flamme des longs feux allumés sur toute l'étendue des baraques, et mangèrent et burent. Qu'ils fussent joyeux après avoir échappé à un tel péril et avoir subi une défaite aussi signalée, on ne peut le dire ; mais ils éprouvaient un sentiment de soulagement, de gratitude et de repos, comme celui que ressentent des hommes qui sont soudainement jetés à terre après une lutte pénible avec une mer orageuse.

Après qu'ils eurent mangé et bu leur saoûl, ils se laissèrent tous aller au sommeil sur leurs siéges, et bientôt les baraques ne furent remplies d'aucun autre bruit que de la forte respiration des Vikings rachetés de la destruction par la générosité du vaillant Eric.

Pendant qu'ils employaient à manger, boire et dormir, le reste de cette journée chargée d'événements, le jarl Hacon se consolait d'avoir été frustré de sa vengeance en s'occupant de l'ensevelissement d'Erlend.

Aussitôt que les décapitations cessèrent, les Norwégiens en masse se remirent à l'ouvrage avec un redoublement d'énergie, et l'amoncellement de terre s'éleva bientôt aussi haut que le rebord d'appui qui courait autour de la poupe élevée du vaisseau de Bui. Là, tout près du gouvernail, était étendu le charmant cadavre, calme et solennel sur sa verte bière, et là le jarl Hacon prit alors son poste de surveillance.

Regardant de la poupe dans la coursive du vaisseau, son œil y aperçut un trou béant autour duquel la terre avait été amoncelée de tous côtés à une hauteur considérable.

« Sigmund, fils de Brestir, dit-il d'une voix sourde, nous

avons été frustrés de quelques-unes de nos victimes, mais
il en est assez déjà qui ont mordu la poussière sous l'épée
de Thorkell pour faire à notre fils une belle garde d'honneur. Ordonnez à Kark, et aux esclaves ses camarades,
de porter au sommet du tertre les corps des Vikings
qui gisent là-bas sur la pelouse verte, et de les précipiter
en arrière du mât dans la coursive du vaisseau. »

C'était une tâche qui s'accordait bien avec la sombre
humeur de Kark.

« Allons, mes enfants, cria-t-il à ses subordonnés, sur
nos épaules ces inertes monceaux d'argile! Voyez donc
cette main qui pend lourde comme du plomb. Hier encore elle pouvait lancer une flèche ou brandir une épée,
et maintenant elle ne peut pas même lever le petit doigt
pour me toucher lorsque je la frappe du pied. »

En parlant ainsi, il poussa du pied le cadavre raidi d'un
Viking qui venait d'être déposé sur le bord de la crête du
monticule, et qui descendit dans le trou à quelques pieds
plus bas.

« Il était ardent à aborder nos vaisseaux, et il sauta du
sien sur le gaillard d'avant d'un des nôtres lorsque le
combat était dans toute sa furie. Voyez maintenant comme
il aborde un de ses propres vaisseaux, masse inanimée,
décapitée. Mais j'oubliais, ils ne doivent pas être entassés
ici, dans la coursive, sans leurs têtes, car comment con-
naîtraient-ils Odin, et comment Odin les connaîtrait-il,
s'ils s'avançaient sans têtes dans le Valhalla? Courez vite
ramasser toutes ces têtes qui sont tombées si joyeusement,
mettons-les toutes en une seule ligne et faisons-les rouler
en bas après leurs corps, et puis lorsqu'ils se réveilleront
ce soir qu'ils s'arrangent pour reconnaître leurs vraies têtes.
Qu'importe s'ils en viennent aux mains à propos d'elles!
ce qui est sûr c'est que je m'en moque. »

C'est avec ces moqueries sinistres que Kark et ses compagnons s'acquittèrent de leur sinistre devoir. Il n'entrait
nullement dans les coutumes du Nord d'insulter les restes
d'un ennemi mort; mais des esclaves sont de mauvais
ministres de révérence et de respect. Tandis que le jarl

Hacon s'occupait du cadavre de son fils avec Sigmund et Einar Tintement de balances, ses domestiques et ses esclaves tiraient ainsi des morts une triste vengeance pour la fatigue qu'ils leur donnaient.

Enfin tous les Vikings qui avaient été décapités furent entassés dans la coursive du navire, et alors Kark, avec une contenance fort différente de la précédente, s'avança vers le jarl pour connaître sa volonté.

« Qu'est-ce, Kark? dit-il. Tous les corps des Vikings sont-ils déposés en bas dans la coursive du vaisseau?

— Oui, seigneur, dit l'esclave. Ce n'est pas à leur propos, mais à propos d'un autre que je désire connaître votre plaisir.

— Un autre? dit le jarl comme dans un rêve. Quel autre?

— Là-bas, dit Kark avec une grimace qui ressemblait quelque peu à un sourire sardonique, gît Thorkell de Leira. Nous avons pris soin de tous les décapités, et leurs corps ainsi que leurs têtes sont bien et dûment enterrés, mais que devons-nous faire du bourreau qui les décapita si adroitement?

— Qu'il repose avec ceux qu'il a envoyés hors du monde, dit le jarl; ou plutôt, arrêtez, placez-le sur une bière et qu'il soit couché côte à côte avec mon fils Erlend. Notre fils entrera dans le Valhalla bras dessus bras dessous avec un de nos principaux hommes-liges. »

Avec une malédiction muette pour l'ordre nouveau qui lui était donné, Kark partit avec ses camarades, et le corps de l'homme lige de Leira fut bientôt placé sur une bière pareille à celle sur laquelle reposait Erlend.

« Lui au moins aura sa propre tête avec lui, dit Kark à ses camarades, il ne peut manquer de la trouver ; malgré cela il ne l'en a pas moins perdue pendant qu'il vivait. S'il avait été aussi habile avec son épée qu'un bourreau doit l'être, la tête de Vagn aurait sauté, Vagn n'aurait pas été reçu dans la paix du jeune jarl, tous les Vikings restants auraient suivi leur chef, et notre liste de victimes aurait été complète. »

Lorsque le corps de Thorkell eut été porté sur la poupe, tout fut prêt pour les derniers rites funéraires. En même temps le monticule de terre s'était élevé rapidement, et il dépassait déjà la poupe, tandis que la coursive du navire et les Vikings qui y étaient entassés paraissaient comme enfouis sous l'amoncellement à une énorme profondeur.

« Sigmund, fils de Brestir, dit le jarl à l'enfant des Feroë, apportez ici les souliers d'enfer, et laissez-moi les attacher aux pieds d'Erlend. Quiconque fait le chemin de l'enfer doit être bien chaussé, ou il aura les pieds endoloris lorsqu'il entrera au Valhalla. »

En un clin d'œil Sigmund revint avec deux paires de solides souliers.

« Voici les souliers d'enfer, seigneur, dit-il, une paire pour Erlend et une autre pour Thorkell.

— Liez-en une aux pieds de Thorkell, dit le jarl. Il n'a pas de proches parents, et c'est à moi qu'il appartient de nommer l'homme qui doit les lier bien serrés de crainte qu'il ne glisse sur le rude chemin de l'enfer. »

Sigmund en prit donc une paire et les attacha soigneusement aux pieds de Thorkell, tandis que le jarl remplissait le même office pour Erlend.

Lorsqu'elles furent toutes deux bien lacées au-dessus des chevilles, le jarl se leva, et dit :

« Je ne m'entends pas à lier des souliers d'enfer si ceux-là se détachent jamais. »

Puis, après une pause, il dit aux ouvriers qui travaillaient toujours sans relâche au monticule pour lequel ils se servaient de vastes tas de gravier et de sable tirés du rivage de la baie :

« Maintenant, braves gens qui avez aidé à élever le tombeau d'Erlend, entassez un grand poids de pierres sur lui et sur ceux qui reposent dans ce vaisseau. »

En parlant ainsi il sauta avec Sigmund hors du vaisseau sur l'amas de terre et, grimpant au faîte, il abandonna le vaisseau et les bières aux ouvriers qui versèrent sur la poupe et dans l'intérieur brouettées sur brouettées de grès, de pierres, de sable et de gravier.

Il fallut peu de temps pour que ce qui avait été vingt-quatre heures auparavant le vaisseau de Bui, un des plus fiers de la flotte viking, fût entièrement caché sous une énorme masse de terre. Alors les travailleurs, toujours versant de nouveau gravier, sautèrent sur l'amoncellement au-dessus de la poupe, et le tassèrent solidement en l'y piétinant sur les flancs ainsi que sur la coursive jusqu'à ce qu'enfin le vaisseau entier ainsi recouvert et rempli prît la forme — le mât ayant été penché — d'un tertre oblong. Puis sur le tout, et à la couronne du tertre, ils entassèrent un amas de grandes pierres et de quartiers de roche pris au rivage.

Lorsque cela fut achevé, le jarl, Sigmund et Einar Tintement de balances s'en revinrent et laissèrent errer leurs yeux sur la verte pelouse en pente descendant à la baie, où il n'existait rien qu'une douce prairie quelques heures auparavant, et où s'élevait maintenant un tertre imposant.

« Avec quelle rapidité un vaisseau est changé en tombeau, Sigmund ! dit le jarl.

— C'est vrai, seigneur, dit l'enfant des Feroë à la parole prompte, mais disons plutôt avec quelle rapidité une puissante armée est transformée en une foule de fuyards et de vagabonds, lorsqu'elle rencontre devant elle la sagesse et la valeur d'un puissant chef, qui, fort de la faveur des anciens Dieux et de la bravoure de son peuple, sait comment déjouer et battre le plus dangereux ennemi qui ait jamais posé le pied en Norwége !

— Le jour commence à tomber, Sigmund, dit le jarl. Montons à la grange, mangeons, buvons et dormons. C'est à peine si nous avons pris du repos de toutes ces dernières nuits par crainte de ce qui s'approchait de nous et du pays. Cette crainte s'est maintenant évanouie comme le faux jarl Sigvald, et nous pouvons prendre le repos dont nous avons tous besoin. »

Le jarl et ses fils — sauf Éric qui ce soir-là se tint séparé de son père — mangèrent, burent et sommeillèrent cette nuit. Ce qui arriva le lendemain doit être raconté dans un autre chapitre.

CHAPITRE XXV

LES VIKINGS PARDONNÉS.

Si le jour qui suivit la bataille avait été un jour de triomphe, mêlé de deuil et de massacre, le jour d'après fut entièrement consacré à la joie et au plaisir. Le jarl Hacon se leva de bonne heure dans la matinée, et, ses fils à ses côtés et suivi de ses chefs, de ses hommes-liges et d'une grande foule de ces hommes libres qui formaient encore la force de la Norwége, il descendit sur la verte pelouse qui n'était plus souillée de sang et semée de cadavres. Alors il ordonna qu'on apportât la vaste peau d'ours, dont on avait retranché la tête, la queue et les quatre pattes pour lui donner la forme d'un large sac, et dont les amples plis renfermaient l'argent pris sur les Vikings.

Il fallut six hommes vigoureux pour la descendre au rivage, et comme ils trébuchaient sous le fardeau, le jarl rit bruyamment, et dit :

« On dit que Bruin a la force de douze hommes lorsqu'il est vivant, et j'ose dire que c'est vrai, car voyez, il en faut six pour porter sa peau seule.

— C'est vrai, père, dit le vaillant mais naïf Sweyn, mais c'est que, voyez-vous, il y a quelque chose dans cette peau. »

A ce sage discours de Sweyn, le jarl rit encore plus bruyamment, car c'était un de ses bons jours de gaieté, un de ceux où aucun noir nuage ne passait sur son front, et lorsque l'accès fut passé, il retrouva son souffle pour dire :

« Ouvrez la bourse, et partageons le butin au poids.

Einar, nous aurons besoin de tes balances pour affaires, non pour divination; allons, fais les sortir ! » — Puis comme rentrant en lui-même, il dit :

— J'oubliais : tes balances sont d'or, et le butin est de l'argent qui doit être pesé par livres et non par onces ou par grains ; nous n'aurons pas besoin de tes balances, Einar. »

Alors on apporta une énorme paire de balances en cuivre où fut dûment pesé le montant du butin qui s'éleva en tout à environ mille livres de pur argent.

Lorsque le poids fut connu, le partage se fit immédiament sur la pelouse. La part du jarl, comme seigneur du pays, fut d'un dixième; il réclama un autre dixième comme grand-prêtre des Dieux et comme offrande de reconnaissance aux puissances suprêmes qui avaient si merveilleusement secouru la Norwége à l'heure de sa nécessité. Ces deux dixièmes enlevés, restaient huit cents livres à partager entre les chefs et les hommes libres. Les hommes-liges du roi avaient droit à la part de butin que sa générosité consentait à leur allouer, et pour cet objet le jarl mit à part cent livres. Un quatrième cent fut partagé parmi les dix grands chefs qui avaient pris part à la bataille, héritiers de ceux qui comme Arnmod et autres étaient tombés en combattant. Le reste, se montant à six cents livres, fut partagé également entre tous les hommes libres qui avaient survécu et qui avaient droit de réclamer leur part.

Cet énorme amas d'argent que la peau d'ours pouvait à peine contenir fondit bien vite par ce partage. Les trois cents livres du jarl furent entassées en trois piles à ses pieds, et bientôt tout l'argent eut disparu, sauf ces trois piles.

Alors le jarl parla, et dit en montrant la première pile :

« Cette première pile nous appartient et ira grossir notre trésor à notre château-fort aux Granges. Ce sera l'office de Kark et des esclaves, suivis de nos gardes, de l'y apporter. En attendant, qu'il reste là où il est, sur le gazon, et voyons si quelque voleur osera toucher à ce qui m'appartient. »

Puis il continua en montrant la seconde pile : « Je consacre cette pile aux Dieux, et j'en rebâtirai et remeublerai ce temple de la vallée de Gudbrand que ce lâche Rapp a brûlé et pillé cet automne. Dans ce temple, comme toujours un culte spécial sera rendu à Thorgerda, vierge du sanctuaire, dont l'assistance, accrue de celle de sa sœur Irpa, a si puissamment secouru notre armée pendant la bataille. Que cette pile reste là aussi, et voyons si nous aurons parmi nous un lâche comme Rapp pour étendre la main sur ce qui appartient aux Dieux. »

Puis montrant le troisième tas, il continua : « Nous partagerons cette pile entre nos gardes et nos hommes liges. Nos hommes-liges, hélas ! sont en plus petit nombre que nous ne l'espérions. Hallstein Fléau des paysannes est tombé dans le combat et cinq autres avec lui ; à ce chiffre il faut ajouter maintenant celui de Thorkell de Leira. Mais il en reste encore cinq, et nous allouons dix livres à chacun de ces cinq. Cela nous laisse cinquante livres pour notre garde qui est de vingt-cinq hommes. Ils recevront deux livres chacun, et c'est assez, car ils sont toujours avec nous et bénéficient souvent de notre générosité. Puis, après une pause, il dit : « Et maintenant que cette affaire est terminée, allons prendre notre repas du matin. »

Il est à peine besoin de dire que ce repas fut jovial et bruyant. Le jarl Hacon, ses fils et ses hommes dévorèrent avec un appétit des mieux aiguisés et burent sec, car c'était l'heure de faire fête et de se réjouir, maintenant que l'ennemi avait été battu, que les morts avaient été ensevelis et que le butin était partagé.

Pour le reste ce repas ressembla à tous ceux que nous avons si souvent décrits. Tout y fut de la meilleure qualité, et heureusement la grange de Hjoring était bien connue comme une maison hospitalière ; sa provision de chair salée et de viande fraîche était assez forte pour fournir à la consommation du banquet du jarl, et son cellier était bien approvisionné de bière et d'hydromel. Ils pouvaient dévorer le propriétaire jusqu'aux os, mais n'était-ce pas une heure à se réjouir, que celle où la Norwége venait de remporter une si glorieuse victoire ?

Mais même les hommes du Nord victorieux du xe siècle ne pouvaient pas manger et boire tout le jour. Le repas du soir était d'ailleurs à venir, et entre les deux il y avait plusieurs heures qu'il fallait remplir.

Lorsque la gaieté fut au comble, le jarl Hacon se leva, et dit :

« C'est un jour de joie et de gaieté, et maintenant que nous avons eu un noble festin, il ne nous faut pas rester là assis oisifs autour des feux jusqu'à ce que l'heure du repas du soir vienne nous surprendre. Donc, debout, et faisons quelque chose, et que pouvons-nous faire de mieux que d'avoir des jeux et des épreuves de forces sur la pelouse unie et verte qui descend à la baie ? »

Cette proposition fut saluée par un tonnerre d'applaudissements qui ébranla la charpente de la salle, et sans plus attendre, toute la compagnie se leva et s'écoula hors de la grange pour descendre au rivage.

Si le lecteur se rappelle Vagn et ses compagnons, et se demande où ils étaient pendant ce festin, nous répondrons qu'ils étaient tous en sécurité dans la baraque du jarl Éric qui les avait pourvus d'un ample repas. Ils étaient là se chauffant en sécurité autour des feux, reposant leurs membres fatigués, et se tenant sur le conseil d'Éric hors de la vue du jarl Hacon.

« C'est un autre genre d'étonnement que celui que j'éprouvai hier dans la grange, fils d'armes, dit Beorn à Vagn. C'était alors un étonnement à propos de notre vie et de notre mort, maintenant ce n'est qu'un étonnement de curiosité. Je me demande néanmoins ce que ces Norwégiens sont en train de faire. »

Le vieux Viking parlait ainsi parce qu'il entendait les clameurs des bruyants convives qui se précipitaient hors de la grange et descendaient au rivage.

« Le tapage et les folles fredaines conviennent bien aux vainqueurs, père d'armes, dit Vagn. Nous serions tout

justement aussi joyeux si nous avions gagné la journée
et rempli nos vœux.

— Encore les vœux ! dit Beorn de mauvaise humeur, et
cela est dit par un homme qui a déjà rempli la moitié du
sien contre toute espérance, et qui est en bonne voie de
remplir l'autre.

— Je souhaiterais le voir accompli en entier, » dit Vagn ;
puis ils cessèrent de parler, et tinrent leurs yeux fixés sur
les cendres des bûches à demi consumées.

Pendant qu'ils restaient là assis, les clameurs qui par-
taient de l'endroit où les Norwégiens étaient assemblés
devinrent de plus en plus fortes, et enfin un des Vikings,
plus curieux que les deux chefs, se leva et épia ce qui se
passait à distance à travers une des fentes des planches
raboteuses dont la baraque était composée. En un rien
de temps il revint et chuchota quelque chose à l'oreille
de Beorn.

« Est-ce ce que vous dites ? » fut toute la réponse. Le
Viking retourna à son siége, et après avoir rêvé quelque
temps le vieux Beorn dit à Vagn en le poussant du coude :

« Fils d'armes, c'est une ennuyeuse occupation que de
rester assis à regarder le feu. Le cœur te dirait-il d'une
besogne hardie et gaie ?

— Comment pouvons-nous être hardis et gais dans cette
prison ? demanda Vagn.

— Belle prison ! dit Beorn. Je n'appelle pas prison un
endroit où il n'y a pas de gardes. Nous sommes libres
d'entrer et de sortir à notre volonté.

— Sommes-nous libres ? dit Vagn. Vous savez bien que
le jarl Éric nous a recommandé de nous garder de tomber
sous les yeux de son père. Nous ne sommes pas encore
reçus dans sa paix, mais seulement dans celle du jeune
jarl.

— Très-bien. Je sais tout cela, dit Beorn ; mais je vous
ledemande, avez-vous envie d'exécuter un bout de besogne hardie ?

— Quelle est-elle ?

— Eh bien, le jeune Gudbrand qui est là-bas, celui qui

a cette large blessure en travers du front, vient de regarder à l'instant, et que pensez-vous qu'il a vu? eh bien, tous ces Norwégiens qui jalonnent la terre de pieux comme pour des courses et des luttes. Ils seront bientôt de tout cœur à cette besogne, et je vous le demande, ne serait-ce pas un bon tour que d'aller parmi eux, la tête encapuchonnée, réclamer la paix du jarl comme étrangers, et puis de prendre part à leurs jeux? De cette façon nous entrerions tous les deux dans la paix du jarl, et nous aurions un bon divertissement au lieu de rester là accroupis sur nos talons devant le feu, toute la journée.

— Comme vous voudrez, dit Vagn. Comment nous y prendrons-nous?

— Avec autant de ruse que des renards, dit le vieux Viking. Tu vois, enfant, cette baraque a deux portes, et voici là-bas à terre deux manteaux grossiers à capuchons laissés par les hommes d'Éric. C'est la vue de ces manteaux qui m'a fait penser d'abord à ce stratagème. Nous les revêtirons, et nous sortirons par l'autre porte qui est contiguë au bois. Une fois dehors, nous ferons un détour, et nous arriverons près des Norwégiens par le côté tout opposé. Alors ils croiront que nous sommes des étrangers qui voyagent à travers le pays, et ils n'imagineront jamais que nous sommes les rouges Vikings qu'ils savent enfermés ici. Avant de prendre part à leurs jeux nous demanderons au jarl des garanties selon les vieilles formes, et, cela obtenu, ils ne toucheront jamais, fermes croyants aux dieux comme ils le sont, un cheveu de nos têtes.

— J'aime ce plan, père d'armes, dit Vagn. Il a un certain péril. »

Avec Vagn, vouloir c'était faire. En un clin d'œil lui et Beorn s'étaient encapuchonnés dans les vastes manteaux, et passant par la seconde porte ils furent bientôt perdus dans les profondeurs de la forêt. D'abord ils se dirigèrent droit du côté opposé à la baie, mais bientôt, étant arrivés à une petite colline, ils la grimpèrent, et firent de là la revue du paysage.

« Voici là-bas la baie, dit Vagn, et je vois justement les

LES VIKINGS.   II. — 15

hommes à leurs jeux. Nous sommes allés assez loin dans cette direction. Faisons maintenant une courbe et descendons vers eux. »

Pour abréger, les hommes qui se tenaient près du jarl Hacon, encore assis sur un tronc d'arbre et regardant les jeux, virent quelque temps après deux grands individus, enveloppés dans de grossiers manteaux, qui sortirent de la frange du bois et vinrent droit à la place où le jarl était assis.

« Je me demande qui sont ces gens, dit Sigmund. Tous deux sont de beaux hommes, ajouta-t-il en examinant leurs statures, et en voyant que l'un des deux au moins pourrait lui tenir tête.

— Des voyageurs et des rôdeurs à travers le pays, dit Sweyn ; cela, chacun peut le voir par leur costume. Il n'y a pas de gens voisins qui courent en Norwége la tête encapuchonnée. »

Lorsque les hommes furent plus proches, le jarl Hacon les aperçut aussi.

« Qui sont ces hommes ? cria-t-il. Ce sont deux beaux gaillards. S'ils s'étaient trouvés avec nous un jour ou deux plus tôt, ils auraient pu nous rendre service. Demandez-leur leurs noms, Sigmund, et pourquoi ils vont ainsi la tête encapuchonnée. »

Sigmund exécuta l'ordre du jarl, et apporta la réponse :

« Ils se nomment Vegtamr et Gangleri, seigneur, et ils vont ainsi, parce qu'ils sont voyageurs et désirent n'être pas connus.

— Vegtamr et Gangleri, dit le jarl, ce sont deux des noms d'Odin, et non pas ceux d'hommes vivants. Tous les étrangers sont, comme ces noms le disent, des dompteurs de chemin et des marcheurs, mais ils sont les bienvenus sous n'importe quel nom. Qu'ils approchent. »

Lorsque les deux grandes figures enveloppées, leurs têtes cachées dans les capuchons rabattus sur leurs visages, se trouvèrent devant eux, le jarl les examina attentivement un instant, puis il dit :

« Jetez bas vos manteaux et retirez vos capuchons, si

vous êtes des hommes honnêtes et loyaux. Comme vous êtes grands et bien pris cela nous amuserait de vous voir vous mesurer avec nos hommes à la course ou à la lutte !

— Nous ne pouvons pas, dit le plus petit des deux, nous ne pouvons pas rejeter nos manteaux et nos capuchons, seigneur, jusqu'à ce que nous soyons sûrs de votre paix, et jusqu'à ce que vous nous l'ayez donnée avec garanties.

— Des garanties ! cria le jarl. Vous me demandez des garanties, à moi ?

— Oui, dit le plus grand des deux, sans les garanties formelles accordées et acceptées des deux parts nous ne pouvons dépouiller ces manteaux qui nous déguisent.

— Il est heureux pour vous deux, dit le jarl, que je sois aujourd'hui de bonne humeur, autrement j'aurais ordonné à Sigmund et à ma garde de se charger de vous, mais comme c'est aujourd'hui un jour grand et saint après notre victoire sur ces Vikings, nous vous recevrons en due forme dans notre paix, et nous prononcerons nous-même la formule.

— Sur ces termes nous consentons, dit le plus grand, et maintenant, seigneur jarl, récitez la formule. »

Alors le jarl se leva, et, d'une voix solennelle et chantante, il dit ce qui suit :

« Voici la première parole de notre paix, c'est que de même que nous sommes tous en bon accord avec les dieux, ainsi nous serons tous en bon accord et réconciliés les uns avec les autres, au manger et au boire, au marché et au lieu de réunion, à la porte du temple et dans la salle du jarl, et en n'importe quelle place où les hommes se rencontrent. Nous serons en bonne harmonie comme s'il n'y avait jamais eu aucune querelle entre nous. Nous partagerons le couteau et la nourriture, et toutes les autres choses entre nous comme amis et non comme ennemis. Si une querelle s'élève désormais entre nous, des amendes seront payées, mais pas une lame ne sera rougie. Mais celui de nous qui violera la paix maintenant faite, et qui tuera après les garanties données, sera poursuivi comme un loup, et chassé aussi loin que les hommes chassent les loups le plus loin, aussi loin que les hommes adorent dans des temples, que les feux brûlent, que la terre fait germer la semence, que les filles disent *mère,* que les vaisseaux sillonnent la mer, que les boucliers brillent, que le soleil fond la neige, que les Finnois glissent sur des souliers de neige, que le sapin croît, que l'épervier vole par les beaux jours d'été les deux ailes étendues sous un bon vent, que le ciel se suspend sur la terre, que la terre est peuplée, que les vents soufflent, que les eaux coulent à la mer, que les hommes sèment le blé. Il sera banni de l'Asgard et du Midgard, et de toute demeure, sauf de l'enfer. Chacun de nous prend de l'autre des garanties pour lui-même et ses héritiers, engendrés et à engendrer, nommés et à nommer, et chacun de nous accorde à son tour des garanties pour la vie et des garanties éternelles, des garanties légitimes et des garanties rigoureuses, qui seront toujours observées aussi longtemps que la terre durera et que les hommes y vivront. Maintenant nous sommes accordés et en paix réciproque, partout où nous nous rencontrerons, sur la terre ou sur le lac, sur le vaisseau ou sur les patins, sur la mer ou sur le cheval,

> Compagnons de rames
> Et compagnons de pompes,
> Sur les bancs et aux tolets
> Si secours doit être prêté.

Nous sommes accordés pour agir dans des termes pacifiques l'un avec l'autre dans toutes nos actions, comme le fils avec le père, ou le père avec le fils. Maintenant serrons-nous les mains sur notre formule de paix, et gardons tous fermement les garanties par la volonté des dieux et au témoignage de tous les hommes qui entendent maintenant nos garanties. Qu'il aie l'amour des dieux celui qui gardera toutes ces garanties, et qu'il aie la colère des dieux celui qui violera les garanties légitimes ! Maintenant nous sommes d'accord de tout notre cœur, et puissent les dieux être d'accord avec nous tous ! »

Lorsque le jarl Hacon eut terminé cette formule solennelle qu'il prononça d'une voix chantante, il tendit sa main droite à chacun des deux étrangers encapuchonnés, et ceux-ci la serrèrent en témoignage qu'ils avaient accepté les garanties accordées.

« Maintenant, dit-il presque avec colère, à bas vos manteaux, et relevez vos capuchons ; fussiez-vous les pires Vikings de tous les hommes de Jomsburg, vous seriez maintenant réconciliés avec nous, et reçus dans notre paix à la vue de tous nos hommes.

— Soit, » dirent d'une seule voix les deux étrangers en rejetant leurs déguisements, et en se présentant devant le jarl, ses fils et ses chefs, sous les formes bien connues de tous de Vagn et de Beorn.

Celui qui le premier brisa le silence produit par l'étonnement général fut le brave Éric.

« Bien agi, Vagn, et bien agi, vieux Beorn. Vous avez galamment pris mon père dans son propre piége. Maintenant vous êtes tous deux réconciliés avec lui et avec toute la Norvége, et reçus dans sa paix, tous nos hommes en étant témoins.

— Ce que dit Éric est vrai, interrompit le jarl, mais je n'aurais jamais imaginé que je recevrais dans ma paix deux de mes pires ennemis en un seul jour. Dites-moi ce qui vous a poussés à sortir de la baraque d'Éric où vous étiez sous la garantie de sa paix jusqu'à ce qu'il pût vous amener avec lui à l'Est, à l'extrémité du pays.

— Nous nous ennuyions dans ces baraques là-bas, jarl, dit Beorn, en sorte que nous avons pensé qu'il valait mieux sortir et venir voir vos jeux.

— Mon père d'armes dit la vérité, dit Vagn. Nous sommes venus pour voir vos jeux, et pour y prendre part, si nous étions reçus dans votre paix.

— Prendre part à nos jeux ! dit le jarl avec un demi-ricanement. Es-tu fort aux exercices ?

— Dans Jomsburg, dit Vagn, j'avais la réputation d'y être fort. Je ne sais ce qui peut en être en Norvége.

— Nous allons en faire l'épreuve tout de suite, dit le jarl. Dans quel exercice veux-tu te mesurer avec nos hommes, la course ou la lutte ?

— Dans les deux, dit Vagn.

— Tu vas être mis à l'épreuve dans les deux, et cela contre le plus agile coureur et le plus robuste lutteur qui se soit jamais présenté dans ce pays. Sigmund, fils de Brestir, avance, et essaie d'abord ton agilité, et ensuite ta force d'échine et de reins contre ce Viking. »

A ce moment — si grand avait été le détour qu'avaient fait les deux Vikings — les jeux étaient presque terminés ; mais la lutte entre les deux plus grands champions de l'époque réveilla dans la foule des spectateurs l'intérêt qui commençait à languir. La prairie en pente où se tenaient les jeux formait une sorte de terrasse naturelle d'environ un demi-mille anglais en longueur et d'environ cent yards en largeur. A chaque extrémité une perche avait été fichée, et les compétiteurs aux courses à pied avaient à courir autour de ces perches.

Lorsque Sigmund et Vagn eurent jeté leurs vêtements de dessus et pris des chaussures légères, le jarl Hacon leur cria, ou plutôt cria au capitaine Viking :

« Entends-tu, Gangrel Vagn, vois-tu cette perche là-bas à l'extrémité ? Eh bien, il te faut courir deux fois autour de cette perche, en revenant et en doublant la perche à cette extrémité-ci. Maintenant prenez vos places, et je vous donnerai moi-même le signal du départ. »

Tous deux furent bien vite en place. « Une, deux, trois, partez ! » cria le jarl, et tous deux partirent comme une flèche vole d'un arc.

« Sigmund nous mettra à la raison ce coq de combat, Éric. Je parie ce bel anneau d'or avec toi qu'il gagne cette course.

— Tenu, père, cria Éric. Un homme devrait toujours parier pour ceux qu'il a reçus dans sa paix. »

Pendant ce temps les rivaux avaient atteint la première étape d'un demi-mille, et, à la satisfaction du jarl, Sigmund tourna la perche un peu avant Vagn.

« Je te le disais, Éric, Sigmund gagnera. Veux-tu que je t'abandonne ton enjeu?

— Non pas, père, dit Eric. Un demi-mille n'est pas deux milles. »

Pendant un mille, et jusqu'au moment où ils tournèrent la perche dans l'étape de retour, Sigmund tint bon, et même accrut son avance, mais quand il eut achevé le premier mille, il fut évident pour tous, excepté pour le jarl, que sa course était au-dessus de son pas naturel, tandis que Vagn n'avait pas eu encore recours à son entière vélocité.

Cela fut plus évident encore lorsqu'ils eurent couru un mille et demi, car juste au moment où ils tournèrent la perche la plus éloignée pour la seconde fois, Vagn rebondit, comme nous dirions aujourd'hui, et dépassant Sigmund fut bientôt en tête d'un *yard* ou deux. Le reste de la course peut être aisément raconté, ce *yard* ou deux devint bientôt trois, quatre, cinq et six, et quoique Sigmund bondît en désespéré et parvint un instant à diminuer l'avance de son rival, le résultat fut que Vagn sortit aisément vainqueur de l'épreuve, et que tous les spectateurs, sauf le jarl, avouèrent qu'il avait l'air d'un homme qui pourrait courir encore deux milles de plus facilement.

Quant au jarl il fut très-vexé. « Tout jeune garçon, cria-t-il en rugissant, peut gagner une course à pied contre un homme. Les jeunes garçons sont plus agiles des pieds. Maintenant faisons les lutter; dans cette épreuve de force, Sigmund est sûr de gagner. »

Après un court repos, pendant lequel ils se rafraîchirent la gorge avec de l'hydromel, les deux champions prirent leur position sur le terrain de la lutte, un petit espace velouté de pelouse au centre de la prairie.

Ceux qui ont vu des luttes dans le Cumberland, où cet exercice importé par les hommes du Nord établis dans ce comté est venu jusqu'à nous, savent quelle gracieuse épreuve de forces cela est.

Un instant les deux champions s'examinèrent l'un l'autre ; Sigmund avait à première vue un léger avan-

tage comme poids et comme muscle. De stature ils étaient
à peu près égaux, six pieds quatre pouces chacun. Puis
en venant à l'étreinte, chacun enroula ses bras autour de
la taille de l'autre ou les posa sur ses épaules, en cherchant le point où il pourrait joindre ses deux mains
ensemble et saisir son adversaire à son meilleur avantage, car dans cette mode septentrionale, le combat ne
commence pas avant que les mains de chaque champion
ne soient étroitement jointes sur le dos de son antagoniste, après quoi une *tombée* peut avoir lieu, ou bien si
l'un des deux desserre les mains il est considéré comme
ayant perdu la *tombée*.

Pendant quelques instants donc les deux champions se
parcoururent mutuellement le dos et les reins avec les
mains desserrées, cherchant un point faible. Enfin Sigmund trouva sa prise et essaya de renverser Vagn ; mais
le jeune Viking, se dressant sur ses pieds aussi souple
qu'une couleuvre, sembla grandir et dominer de toute
sa stature son antagoniste, et évita ainsi son étreinte.
Alors, serrant ses propres mains, il enleva dextrement
l'enfant des Feroë au-dessus de sa tête, et, le lançant par
derrière lui, l'envoya faire à terre une chute effroyable.

« Bien lancé, Vagn, par Thor ! cria Éric ravi, tandis
que le jarl qui n'était rien moins que content, s'écria :
Ce n'est que la première des trois *tombées*, Sigmund va
essayer encore et fera mieux. »

Et Sigmund essaya de nouveau et fit mieux, mais, telle
était l'agilité et l'adresse de Vagn, qu'avec tous les efforts
de sa force la plus extrême, tout ce qu'il put faire dans
ce second essai fut d'infliger à Vagn ce qu'on appelle une
tombée de chien, ce qui ne comptait pour rien.

Puis vint le troisième et dernier essai, et les deux
hommes s'apprêtèrent à y employer toute leur adresse et
toute leur force. Si Vagn gagnait cette partie, il allait gagner la journée, ayant renversé Sigmund deux fois sur
trois. Si Sigmund le renversait, cela allait faire une
tombée contre une *tombée*, et comme la *tombée de chien*
ne comptait pour rien, il faudrait un quatrième essai.

Il n'y eut jamais dans le Nord une lutte comparable à ce troisième essai. Ainsi que le dit un des vieux guerriers, « c'était comme la lutte de Thor avec le chat dans Utgard », tant Sigmund mit de force en dehors, et si complétement il fut déjoué par le glissement de l'échine et des reins de Vagn. Enfin, lorsque Sigmund eut épuisé tous ses efforts pour renverser Vagn dont les muscles glissaient hors de son étreinte comme une anguille, Vagn se raidit tout à coup pour ainsi dire, et déployant une force de géant, saisit l'enfant des Feroë par la ceinture et lui fit perdre terre. Tous s'attendirent à une répétition de la chute par-dessus sa tête, et Sigmund s'y attendant se renversa en arrière, et exposa ainsi à son antagoniste un point faible dont ce dernier ne fut pas lent à tirer avantage. En un instant Sigmund vola en l'air par derrière et tomba à plat sur le dos, car Vagn l'avait lancé en travers au lieu de le lancer en long, et par sa résistance Sigmund en réalité avait beaucoup aidé à sa chute. Aucune voix ne pouvait s'élever pour contester une telle adresse et une telle force. De tous côtés retentit le cri : « Bien réussi, Viking ! » car peu connaissaient même le nom du jeune champion qui venait ainsi de battre à deux reprises un des plus grands athlètes du Nord.

« Par tous les dieux, c'est une superbe *tombée !* cria le jarl. Nous n'avions encore jamais vu une telle lutte. Les destins sont contre toi, Sigmund, dit-il, lorsque le gigantesque enfant des Feroë passa près de lui en boitant, prends ce bracelet comme récompense de ton habileté. Devant un tel champion il n'y a pas de déshonneur à succomber.

— Ce serait une bonne chose, père, dit Éric le toujours prompt, si de tels champions étaient pris immédiatement à ton service. »

Le jarl Hacon était un souverain politique, et il répondit à son fils :

« Et sur quels termes ce Viking nous servirait-il et prendrait-il du service si on lui offrait d'en prendre ?

— Nous pouvons avoir la réponse sans tarder, dit

Éric. Venez ici, Vagn ; » et lorsque le noble Viking fut en face de lui et de son père, il demanda :

« N'y a-t-il pas une partie de ton vœu qui reste à accomplir ?

— Oui, dit Vagn en rougissant. J'ai fait vœu d'épouser Ingibeorg, la fille de Thorkell, qui habite en bas à la Baie, ou de mourir en Norwége.

— Maintenant, père, dit Eric, c'est à vous de parler. Peut-il épouser cette jeune fille ? Comme fille de votre homme lige, cette vierge est dans votre main.

— J'aurais mieux aimé la donner à un homme né dans le pays, dit le jarl ; mais puisque ce Viking est un tel champion, et puisque vous le souhaitez, fils Éric, je réponds qu'il peut obtenir la jeune fille, et comme je n'aime pas à faire deux bouchées d'une cerise, je dis aussi qu'il peut obtenir les domaines et l'office de Thorkell de Leira, et être mon homme lige en bas à l'est dans la Baie, aussi longtemps qu'il lui plaira. Il ne trouvera pas que son lit de mariage soit tout à fait un lit de roses, car cette frontière du pays est pleine de Vikings aussi mauvais qu'il en a jamais grêlé de Jomsburg. Mais après tout ce n'est que la répétition de la vieille histoire : « Si vous voulez prendre un voleur, appostez un voleur. »

— Merci, seigneur jarl, dit Vagn.

— Merci, père, dit Éric.

— Je n'ai pas précisément besoin de remerciements à ce moment-ci, dit le jarl gaiement ; j'ai besoin de manger et de boire. Venez maintenant, tous tant que vous êtes, montez à la grange, mangez, buvez, et divertissez-vous. Demain, Éric, il te faudra aller dans le sud avec tes hommes, et porter sur la côte les nouvelles de cette grande victoire, et Vagn, Beorn et ses Vikings pourront aller avec toi. Et maintenant assez de fatigue et de travail pour aujourd'hui. Rendons-nous en toute hâte à la salle.

— Mon conseil n'était pas si mauvais, n'est-ce pas, fils d'armes ? dit le vieux Beorn à Vagn.

— Non, en vérité, dit Vagn, et maintenant si je puis seulement obtenir Ingibeorg...

— Peste soit de cette fille ! rugit le vieux Beorn. On ne peut tirer de vous d'autre phrase que « si je puis seulement obtenir Ingibeorg. »

— Voyez, dit Vagn. L'Islandais Einar Tintement de balances se tient debout devant le jarl, et s'apprête à chanter. »

Il en était ainsi en effet. Einar se tenait debout, et d'une voix haute demandait au jarl Hacon d'écouter le

CHANT DE MORT D'ERLEND.

Quels rêves ! — ainsi parla Odin ;
Il me semblait qu'avant que le jour apparut
J'apprêtais le Valhalla
Pour une glorieuse compagnie ;
En troupes épaisses montaient de la bataille
Les formes des braves marqués du destin.
J'éveillai les guerriers,
Je les avertis d'avoir à se lever,
De préparer les bancs,
De polir les cruches de bière.
Les Valkyries portaient des coupes de vin,
Comme s'il devait venir un roi.
Ce matin doivent partir
De la moyenne terre pour venir ici
Des guerriers de valeur ;
Attendez-les avant le soir,
Joyeux est mon cœur.

QUESTION D'ODIN.

Dis-moi, Bragi, pourquoi
Notre pont d'arc-en-ciel tonne-t-il
Sous les pas de dix mille hommes ? réponds,
Que signifie cette armée.

RÉPONSE DE BRAGI.

Linteaux et plafonds, barres et chevrons,
Bancs dans la salle, piliers et poteaux,
Tremblent et vibrent à mesure que ces hommes marchent,
Frémissent et s'ébranlent sous les pas de cette armée.
Les portes de la salle s'ouvrent toutes grandes, les armes
    suspendues aux murailles bruissent ;

C'est notre Balder qui revient,
Étincelant de gloire,
Avec le tourbillon de la bataille
De la sombre demeure de l'enfer.

RÉPONSE D'ODIN.

Quoique sage, Bragi,
Tu viens de parler d'une manière peu sage ;
Le Valhalla en sait plus long,
Ce bruit n'annonce pas Balder,
C'est pour Erlend qu'il retentit,
C'est pour sa mort, je te le dis ;
Chacun de ces champions fidèles
Pleure son seigneur lige,
Avec des armes rouilleuses du combat
Il vient à notre salle.

ODIN PARLE ENCORE.

Sigmund et Sinfjœtli,
Allons, debout, vivement,
Allons, de l'entrain, gaiement
Pour accueillir Erlend !
Invitez-le courtoisement à entrer, —
Voyez, il monte d'un pas fatigué, —
Le pont d'arc-en-ciel ;
Longue est la marche de la journée,
Hâtez-vous pour recevoir le héros sur le seuil ;
Dur est le voyage
Sous le bouclier et la chemise de mailles,
Hâtez-vous pour soutenir les pas de notre héros choisi.

QUESTION DE SIGMUND.

Pourquoi parmi tous les autres chefs,
As-tu de préférence appelé Erlend ?

RÉPONSE D'ODIN.

Parce que son fer sanglant
A fendu casque après casque,
Parce que sa lame rougie
A défendu le royaume.

QUESTION DE SIGMUND.

Pourquoi alors l'arracher, père,
A la fortune et à la gloire?
Pourquoi ne pas le laisser plutôt
Accomplir son existence
Sur le chemin de la victoire?

RÉPONSE D'ODIN.

Parce que nul homme ne sait
A quel moment le loup gris si sanguinaire,
Montre son ventre affreux
Dans la demeure d'Asgard;
C'est pour cela qu'Odin a appelé,
Et qu'Erlend a succombé
Pour suivre son seigneur lige, et combattre pour son Dieu.

SIGMUND PARLE.

Salut à toi, Erlend! aujourd'hui
Sois de tout cœur le bienvenu!
Entre, fils du grand Hacon,
Entre dans la salle;
Je ne te demande qu'une seule chose :
Quels champions viennent
De là-bas avec toi? assurément
Lorsque tu as quitté la bataille où les ennemis tombaient
Ce n'est pas solitaire que du tumulte de la guerre   [punis,
Tu es venu ici auprès d'Odin?

ERLEND PARLE.

Cinq Thanes viennent avec moi;
Pourquoi m'arrêter à chacun de leurs noms ?
Moi, sixième à leur tête,
Je tombai avide de renom :
Ces Thanes étaient tous des nôtres;
Mais quant à dénombrer nos ennemis,
Cela dépasse ma puissance;
Ils sont tombés par milliers.
Laissez-moi donc acclamer
Un seul nom de cette armée,
Celui du héros de Jomsburg,
Le hardi Bui, l'intrépide.

Des tonnerres d'applaudissements suivirent les vers du skalde. Les Vikings eux-mêmes se joignirent de bon cœur à ces applaudissements, car ils sentaient que toute louange donnée à Erlend exaltait la gloire de tous ceux qui avaient participé à ce sanglant combat.

Le jarl Hacon fut profondément ému, et, détachant de son bras un bracelet d'or massif, il le tendit à Einar :

« Merci, seigneur, dit le skalde, tu n'es pas généreux à demi. Ce bracelet et mes balances resteront comme meubles inaliénables dans ma maison d'Islande.

— Qu'il en soit ainsi, Einar, dit le jarl, mais j'espère bien que tu n'auras jamais plus à chanter une autre bataille semblable en Norwége. »

La fête continua ensuite longtemps et joyeusement, et il était tard lorsque le jarl, ses chefs, et leurs ennemis réconciliés allèrent chercher leurs lits.

CHAPITRE XXVI

COMMENT LE JARL SIGVALD REVINT CHEZ LUI.

Il nous faut revenir maintenant au jarl Sigvald et raconter ses actions après qu'il eut fui de la baie. Favorisé par un bon vent, il passa rapidement les îles Her et tourna le cap Stad, puis, amenant avec lui la brise qui semblait changer complaisamment, selon les nécessités de sa navigation, il descendit rapidement la côte de Norwége, gardant le chenal extérieur, et non plus serrant la côte comme il l'avait fait dans son voyage sur le Nord. Nous avons à peine besoin de dire que lorsqu'il atteignit le Naze, il ne perdit pas de temps à chercher les abris de la Baie, mais se dirigea sur la côte du Jutland droit à

travers le Cattégat. En étroite compagnie avec lui navi-
guaient son frère Thorkell le gigantesque, et le frère de
Bui, Sigurd le champion, quoique ce dernier et ses vaisseaux se tinssent à l'écart du capitaine dont la retraite lui
avait fait perdre tout leur respect. Toutefois, le reste de
la flotte, quelque chose comme dix-sept ou dix-huit vaisseaux, avait formé une partie de l'escadre centrale que
Sigvald avait commandée pendant la bataille, et dans leur
retour au pays natal, ils continuaient à le considérer encore comme leur commandant.

Pendant l'expédition, Astrida s'était tenue en Scanie,
dans la grange d'Harold le superbe, impatiente d'apprendre des nouvelles de son mari et des Vikings, mais n'en
recevant plus aucune à partir du moment où ils eurent
laissé la Baie et où ils eurent commencé à monter la côte
de Norwége. Jour après jour elle montait sur la colline
voisine de la grange, et, regardant le Sund du côté du
Cattégat et de la côte du Jutland, elle essayait vainement
de découvrir les vaisseaux de son mari. « Il ne vient pas,
il ne vient pas, » telle était la seule réponse qu'elle s'a-
dressait chaque jour à elle-même, et à la fin lorsque les
jours se furent accumulés en semaines, elle eut à peine le
cœur de grimper la colline qu'elle avait autrefois montée
si pleine d'espérance.

Cependant, par un beau jour de décembre, une de ses
filles de chambre lui apporta la bonne nouvelle qu'on
apercevait les voiles d'une flotte venant du sud à travers le Sund. Nous n'avons pas besoin de dire qu'Astrida
courut en toute hâte au rivage, et qu'elle aperçut ce
qu'elle prit d'abord pour l'avant-garde de la flotte viking.
Se tournant du côté de sa fille de chambre, elle dit :

« Ils naviguent bien espacés en revenant, si toutefois
ces quelques vaisseaux font partie de la flotte. Sigvald
n'avait guère l'habitude de naviguer avec des milles de
distance entre les escadres de sa flotte. »

Puis, un instant après, la maîtressse et la suivante s'é-
crièrent en même temps :

« Ces vaisseaux sont tout ce qu'il y en a, si ce sont des

Vikings. Comptons-les, » ajouta Astrida, et la suivante compta les vaisseaux.

« Un, deux, trois, — dix-huit de front et six derrière, cela fait vingt-quatre.

— Cela ne peut être une partie de la flotte du jarl Sigvald, dit Astrida, et cependant à qui ces vaisseaux pourraient-ils être ? La nuit d'hiver est depuis longtemps passée, et personne, sauf les Vikings de Jomsburg, ne voudrait tenir la mer en cette saison.

— Dans quelques instants, madame, dit la suivante, nous serons à même de parler avec certitude. Ce sont de grands vaisseaux, et ils avancent bravement.

— Eh bien, attendons, » dit Astrida. Elles attendirent donc les yeux fixés sur les vaisseaux qui approchaient.

Enfin, se faisant de ses mains un écran pour ses yeux, Astrida s'écria :

« C'est le vaisseau du jarl ; je vois son étendard au sommet du mât, et je reconnais le *Bison* à sa forme, à ses dimensions et à sa charpente.

— C'est le vaisseau du jarl, en vérité, dit la suivante, et s'il en est ainsi, incontestablement le jarl est sain et sauf à son bord.

— Sain et sauf ! qui parle de cela ? dit Astrida. Où le jarl Sigvald pourrait-il être si ce n'est à bord de son propre vaisseau ? Mais faisons hâte pour leur souhaiter la bienvenue. Dans une heure ils seront dans la Baie là-bas. »

Elle courut à la grange, et comme une bonne ménagère, elle mit toutes choses en ordre pour l'arrivée de son époux. Nous n'avons pas besoin de répéter quels rôtis et quels bouillis furent apprêtés, quels potages et quels gâteaux en forme de couronne furent confectionnés, quels tonneaux de bière et d'hydromel furent mis en perce, et comment toutes les grossières ressources de cette époque furent mises à contribution pour le repas prochain.

De temps à autre Astrida et ses suivantes couraient hors des portes pour voir à quelle distance était la flotte,

et lorsqu'elles la virent doublant un des bras de la baie
elles furent presque hors d'elles-mêmes de joie. Les ga-
lants des suivantes n'étaient-ils pas en effet à bord de ces
vaisseaux avec le jarl Sigvald ?

« Juste à temps, dit Astrida. Tout est prêt pour leur
réception, quoique nous ayons eu à peine le temps de
respirer. Maintenant courons en toute hâte au rivage pour
recevoir le jarl. »

L'histoire ne raconte pas si Astrida mit quelque retard
pour prendre son plus beau costume ou pour arranger sa
chevelure. Tout ce qu'on sait, c'est que lorsque le jarl
Sigvald mit le pied sur le rivage en sortant de son bateau, Astrida se trouva là toute prête pour le recevoir.

« Sois le bienvenu, et mille fois le bienvenu, Sigvald,
mon jarl, dit l'épouse amoureuse. Combien je suis heureuse de te voir de retour sain et sauf, et bien portant !
Mais avant que nous fassions un pas de plus, dis-moi comment les choses se sont passées. Avez-vous chassé le jarl
Hacon de son royaume, et reviens-tu le premier avant
l'armée pour nous porter les nouvelles de cette grande
victoire ? »

Si jamais homme se sentit à la torture pour donner une
réponse à sa femme, ce fut bien le jarl Sigvald ce jour-là.

« Commençons par le commencement et non par la
fin, dit-il, pendant qu'il montait à pas lents avec sa
femme vers la grange. En premier lieu nous fîmes halte
à la Baie.

— Je sais tout là-dessus, dit Astrida ; nous avons appris
il y a longtemps comment vous aviez débarqué à la Baie,
mis Tunsberg à sac et dévasté le pays ; mais de ce qui
est arrivé lorsque vous avez navigué vers le Nord, et si
vous avez réussi à vous rencontrer avec le jarl Hacon
face à face nous n'en savons absolument rien.

— Eh bien, dit le jarl Sigvald, nous fîmes halte à la
Baie, comme vous le dites, et nous nous dirigeâmes sur
le Nord ; et enfin, après bien des jours, nous rencontrâmes
le jarl Hacon dans la baie d'Hjoring avec une flotte de
trois cents vaisseaux, tous bien équipés.

— Trois cents vaisseaux, et vous en aviez seulement cent cinquante ? c'était une terrible inégalité.

— C'est justement ce que c'était, dit le jarl. Nous pensions attraper le jarl Hacon endormi, et c'est lui qui nous a attrapés.

— Alors, vous ne l'avez pas pris, et il est encore assis sur le trône de Norwége ? dit Astrida.

— Il y était assis lorsque je le laissai, dit Sigvald avec humeur, et sans doute il y est encore assis.

— Alors vous avez perdu la bataille ? dit Astrida vivement.

— Nous l'avons perdue, en vérité, dit Sigvald.

— Racontez-moi tout là-dessus et comment cela s'est passé, dit Astrida.

— Nous les rencontrâmes dans la baie d'Hjoring, comme je vous le disais, dit le jarl, à la première heure du matin, et nous combattîmes avec eux tout le jour, jusqu'au moment où le soleil commença à baisser. D'abord nous eûmes l'avantage, et Bui brisa même leur ligne ; mais la valeur des jeunes jarls, Éric et Sweyn, rétablit le combat, et enfin à midi il y eut une suspension d'armes.

— Cela fut mauvais, dit sèchement Astrida. Vous auriez dû pousser en avant, et ne leur donner aucun repos, et alors vous auriez gagné la journée.

— Vous avez encore plus raison que vous ne le pensez, dit Sigvald, car pendant ce temps de repos le jarl Hacon sacrifia son fils Erlend aux dieux en lesquels il croit, et lorsque nous recommençâmes le combat dans l'après-midi ces dieux combattirent visiblement contre nous. Jusqu'alors le jour avait été clair et brillant, mais tout à coup il tourna aux brouillards et aux nuages, et alors des averses de grêle dont chaque grêlon pesait deux onces tombèrent sur nous.

— C'étaient de bien gros grêlons, dit Astrida ; nous n'en avons jamais eu de pareils dans le pays des Wendes.

— Mais le pire est encore à raconter, dit Sigvald. Ceux de notre flotte qui avaient la seconde vue virent dans le ciel, et même sur le vaisseau du jarl Hacon, des choses pires que n'importe quels grêlons. Là, au milieu des averses, on vit deux formes de femmes, les bras étendus et les doigts nous désignant, et chaque fois que ces doigts faisaient le geste indicateur, des flèches s'en échappaient, et chaque flèche était la mort d'un homme.

— Ainsi, dit Astrida, vous avez combattu contre des femmes aussi bien que contre des hommes ; était-ce donc si terrible ?

— Oui, mais ces femmes étaient des Valkyries, et non pas seulement des femmes de chair et de sang, dit Sigvald.

— Des Valkyries ! nous n'avons pas de tels êtres chez les Wendes, dit Astrida ; là toutes nos femmes sont de chair et de sang. Mais dites-moi ce qui arriva lorsque les femmes eurent combattu contre vous.

— M'apercevant, dit Sigvald, que les dieux combattaient contre nous, et qu'il n'était pas bon de lutter contre eux alors que nous n'avions songé qu'à nous mesurer avec des hommes, je donnai l'ordre de cesser la bataille, et de faire retraite.

— Et vous fîtes retraite ! et qu'advint-il de Bui, de Vagn et des autres ? firent-ils retraite avec vous ?

— Non pas lorsque je les laissai. Ils combattaient encore.

— Et qu'advint-il d'eux et de toute l'armée ?

— Je ne puis parler d'après moi-même, mais le lendemain matin, après que nous eûmes atteint Stad, Sigurd le champion, frère de Bui, nous rejoignit ; il dit que Bui avait été tué avec tous ses hommes, et que l'armée entière était en déroute. Lorsque Bui eut été tué, Sigurd n'avait plus de vœu à accomplir, en sorte qu'il tourna et se retira de la bataille.

— Mais vous, Sigvald, n'aviez-vous pas de vœu à accomplir ? Je croyais que vous aviez fait vœu de renverser le jarl Hacon ou de laisser vos os en Norwége.

— C'était mon vœu, je l'avais fait.

— Et pourquoi n'avez-vous pas laissé vos os en Nor-

wége? et pourquoi vous êtes-vous retiré honteusement
du combat?

— Je ne puis le dire, dit Sigvald, si ce n'est que j'a-
vais fait vœu de combattre contre des hommes, et non
pas contre des démons et des Trolls.

— La table est servie, dit Astrida, lorsqu'ils entrèrent
dans la salle de la grange, et maintenant, jarl Sigvald,
tombez sur votre nourriture avec tout l'appétit en votre
pouvoir. »

Le jarl Sigvald et ses hommes se mirent donc à table,
mangèrent largement et burent sec. De grands feux brillaient tout le long de la salle, et devant ces feux, pendant
que les cornes passaient de mains en mains, il se racontait
d'étranges histoires sur le voyage de Norwége et la bataille dans la baie. Il semblait que ce fût entre le narrateur
et l'auditeur une lutte à qui ouvrirait le plus largement la
bouche. Pour la bataille, elle avait été entièrement gagnée,
disaient les hommes, par la sorcéllerie et les arts ténébreux. Tout avait bien marché pour les Vikings jusqu'au
moment où le jarl Hacon avait appelé les Trolls à son
aide, et lorsque les pouvoirs invisibles, qu'on aperçut cependant fort bien, furent entrés en lice, toute la valeur
des hommes fut inutile.

« Mais le jarl avait-il bien le droit de tourner le dos,
de fuir, d'oublier son vœu, et de laisser les autres combattre jusqu'à la dernière extrémité? demanda un vieux
Viking qui était resté en Scanie.

— Je l'ai entendu, dit un des brigadiers de Sigvald,
qui avait combattu en tête sur le gaillard d'avant, je l'ai
entendu appeler Bui et Vagn, au moment où nous étions
en train de fuir du combat, et leur dire qu'il n'était pas
bon de combattre contre des Trolls et des démons. C'était
leur donner avis qu'ils eussent à suivre leur chef.

— Et que répondirent à cela Bui et Vagn? demanda le
vieux Viking.

— Eh bien, dit l'autre quelque peu embarrassé, Bui ne
répondit rien, et lorsque nous passâmes sous l'arrière de
son vaisseau, nous pûmes le voir, le visage enflammé de

toute la rage de la bataille, et encore prêt à combattre à outrance.

— Comme c'est bien Bui, cela, cria le vieux Viking. Vive à jamais Bornholm ! C'est dans cette belle île que je suis né et que j'ai été élevé. Mais que dit Vagn?

— Oh ! répondit l'autre, il ne parla pas beaucoup, mais ses paroles eurent leur pointe, comme on dirait. Nous passâmes aussi sous l'arrière de son vaisseau, et lorsque le capitaine le héla, il s'élança sur le bord d'appui à l'arrière, et cria : « Pourquoi fuis-tu, le plus chien de tous les chiens, et laisses-tu tes hommes en telle passe? que la honte te saisisse ! » Voilà ce qu'il dit, et maintenant voici la pointe; il saisit un dard et le lança contre notre timonnier qui en fut traversé de part en part. Il croyait que c'était Sigvald qui dirigeait son vaisseau, mais ce n'était pas du tout le capitaine, car il venait justement d'abandonner le timon, et il avait pris une rame pour se réchauffer après les averses de grêle et les morsures du vent du Nord.

— Voilà un brave discours et un coup heureux, — cela ressemble tout à fait à Vagn, dit le vieux Viking. Bui est mort, me dites-vous? mais qu'est-il advenu de Vagn?

— Qui peut le dire? dit l'autre. Il est devenu très-probablement de la nourriture pour les poissons dans la mer, ou pour les corbeaux sur la terre.

— Maintenant te dirai-je quelque chose? dit le vieux Viking ; un bout de ma pensée, comme on dit.

— Dis, répondit l'autre, en lui tendant la corne à travers le feu, et ta pensée entière et non pas seulement un bout, car le tout vaut mieux que la moitié, et par conséquent bien mieux qu'un bout. »

Le vieux Viking, dont le visage tanné par les tempêtes et le front cicatrisé indiquaient un vieux loup de mer qui avait couru les flots avec Palnatoki et Beorn, regarda fixement son compagnon et dit :

« Si vous voulez avoir ma pensée entière, c'est que le jarl Sigvald, et tous ceux d'entre vous qui ont fui de la bataille en laissant le reste de la bande dans la nasse, êtes un tas de lâches et de couards qui n'êtes plus dignes désormais d'appartenir à la société fraternelle que Palnatoki fonda dans Jomsburg. »

A cette époque des paroles aussi nettement injurieuses, même quand elles auraient été vraies, auraient pu conduire à ce que dans nos temps modernes nous appelons poliment une rupture de paix. Le jeune Viking aurait pu jeter le reste de l'hydromel à la figure de son aîné, le vétéran lui rendre son compliment, après quoi tous deux seraient sortis pour vider la querelle par un combat ; mais, chose étrange à dire, le plus jeune Viking eut le bon sens de supporter avec douceur le blâme ainsi jeté sur lui.

Toute la réponse qu'il fit fut celle-ci :

« Je ne suis pas sûr que tu n'aies pas raison, grand père, et si tu étais un plus jeune homme, je pourrais en venir aux coups avec toi. Mais pour cette fois-ci au moins, j'en ai assez des combats, et je pense juste comme pensait le capitaine lorsqu'il se retira de la bataille. Quant à ce que tu dis de moi, je suis au moins un vrai Viking de Jomsburg en cela que j'obéis aux ordres. Lorsque le capitaine nous ordonna de tourner le dos et de fuir, que pouvions-nous faire d'autre que d'exécuter son commandement ?

— C'est très-vrai, dit l'autre, qu'à lui en soit le blâme, et maintenant ne disons plus un mot à ce sujet, et buvons l'hydromel d'Harold-le-Superbe aussi copieusement que nous pourrons. »

Ce n'était là qu'une des scènes qui se passaient dans la salle, et elle représentait très-exactement le sentiment de ceux qui étaient restés derrière et de ceux qui étaient revenus.

Pendant tout le repas le jarl Sigvald resta sur son haut siége en proie à une humeur morose, tandis que son frère Thorkell était assis en face de lui dans des dispositions qui n'étaient guères meilleures. Le gigantesque Viking songeait que, s'il avait rempli son vœu, son frère, qu'il aimait tendrement, très-certainement n'avait pas rempli le sien, et c'en était assez pour remplir son cœur fier de souffrance et de chagrin. Les deux frères vidèrent les cornes lorsqu'elles leur furent apportées, mais il n'y eut pas de toasts, et assurément pas de vœux. Lorsque le repas fut achevé, Astrida et ses femmes vinrent s'asseoir sur le dais, et bientôt après Sigvald quitta son haut siége et alla près d'elle.

« Je suis fatigué, épuisé par le voyage et secoué par la mer, dit-il. Je voudrais être dans mon lit.

— Heureuse comme je le suis de te souhaiter la bienvenue du retour, dit Astrida, il est de trop bonne heure pour aller au lit, même quoique ces jours d'hiver soient courts. Outre le lit il y a d'ailleurs quelque chose qui t'est nécessaire. Je t'ai fait préparer un bain, tu y entreras et tu baigneras tes membres fatigués ; j'irai avec toi dans la salle du bain, et je veillerai à ce que tout soit pour toi aussi agréablement ordonné que je puis le désirer.

— Merci, Astrida, dit Sigvald. Tu as bien deviné, il n'y a rien qui soit aussi agréable à un homme fatigué qu'un bain chaud.

— C'est ce que je pensais, dit Astrida, et je pensais encore à autre chose. Je pensais qu'après un aussi long voyage que celui de ton retour de Norwége, — bien que tu en sois revenu plus vite que tu n'y étais allé, — il devait être grandement temps d'éponger et de laver les blessures que tu as reçues dans la bataille. Allons, partons, le bain est prêt. »

Sigvald se leva donc, et quitta la salle. Astrida l'accompagna dans la salle de bains, puis, quand elle eut vu que tout était bien dûment préparé, elle le laissa en disant :

« Lorsque tu seras sorti de ton bain, Sigvald, je reviendrai pour panser tes blessures.

— Merci, mille fois merci, » dit Sigvald, lorsqu'elle s'éloigna.

Astrida revint à l'heure dite, et après avoir frappé à la porte, fut introduite dans la salle de bain par son mari.

« Je t'aime tant, dit-elle, que je ne pourrais supporter
qu'aucune autre femme pansât tes blessures. Je ne veux
pas souffrir que quelqu'une de nos vieilles dont l'office
est la médecine s'approche de toi. Maintenant je vais t'ha-
biller et panser tes blessures. »

Elle frotta donc ses membres robustes, sa poitrine et
ses pieds, et elle les frotta en silence pendant quelque
temps, car il lui fut impossible de découvrir une égratignure sur aucun membre. A la fin, elle dit en secouant sa
jolie tête :

« Je suppose que quelques-uns des hommes de notre
bande de Vikings qui étaient à la bataille en sont sortis
avec une peau plus rude que celle que tu as rapportée,
car pour dire la vérité, elle semble plutôt faite pour être
poudrée avec de la farine de froment qu'avec toute autre
chose. »

A ces mots le jarl Sigvald la regarda sévèrement, et
dit :

« Voilà donc ce que ton amour te pousse à dire, Astrida. Si tu avais souci de moi, comme une loyale épouse,
tu penserais peut-être que c'est la faute de ma destinée, et
non la mienne, si, cette fois encore, tu n'as pas à te vanter
d'une victoire gagnée par moi.

— Nous autres Wendes nous ne gagnons jamais une
victoire sans blessures, dit Astrida avec hauteur ; j'ima-
ginais qu'il en était de même chez vous Vikings, mais je
m'étais trompée ; et voilà pourquoi je ne voulais pas
qu'aucune autre femme t'approchât : c'est que je ne pouvais supporter que quelqu'un d'autre que moi-même sût
que le jarl Sigvald, le capitaine de Jomsburg, s'était
trouvé à la bataille de la baie d'Hjoring, et en était sorti
sans une blessure, alors que tant d'autres hommes braves
y avaient trouvé la mort. »

Après ces paroles elle le laissa seul avec lui-même, et
l'histoire ne dit pas si par la suite ils parlèrent jamais de
la bataille.

CHAPITRE XXVII

COMMENT VAGN ÉPOUSA INGIBEORG.

Le matin qui suivit le jour où Vagn et les Vikings avaient été reçus dans la paix du jarl, tandis que le reste de l'armée norwégienne était occupée à ensevelir les morts, le jarl Éric avec six de ses propres vaisseaux parmi lesquels dominait le grand *Côtes de fer*, sortit de la baie pour porter sur la côte méridionale les joyeuses nouvelles de la victoire. A cette force on ajouta le vaisseau de Vagn qui après avoir été calfaté fut équipé avec les cinquante Vikings qui avaient échappé à la bataille, et avec cinquante hommes de plus que lui procurèrent tant la générosité et le renom d'Éric que sa propre générosité et son propre renom. Beorn, cela va sans dire, partit avec lui, abandonnant avec un serrement de cœur le robuste vaisseau qui l'avait si longtemps porté sûrement à travers les combats de mer et les tempêtes.

« Le voici là au repos, ma beauté, mon joyau ! dit-il, avec chagrin, lorsqu'ils passèrent près de lui au départ. Jamais meilleure barque ne flotta sur mer. Adieu, mon chéri ! »

A mesure qu'ils tournaient Stad, qu'ils passaient successivement les anses qui mordent le territoire de Norwége et qu'ils abordaient successivement les îles, des bateaux et des vaisseaux venaient à leur rencontre pour connaître les nouvelles, et des acclamations et des applaudissements déchiraient l'air lorsque les hommes, pour la plupart des vieillards qui étaient restés au logis, apprenaient comment cette orgueilleuse flotte viking qu'ils avaient vue, il y avait à peine quelques jours, naviguer sous les rames si fièrement près de leurs fermes, avait été détruite.

Au-dessus des anses et dans toutes les innombrables îles qui frangent la côte de Norwége, les joyeuses nouvelles coururent comme le feu follet de Loki, et bientôt tous les habitants des bords de la mer surent que le jarl Hacon avait gagné une grande victoire.

Éric et son escadre poussèrent en avant jusqu'à ce qu'ils eurent dépassé le Naze. Puis ils obliquèrent dans la Baie, naviguant de compagnie jusqu'à l'emplacement de la ville ruinée de Tunsberg, d'où Éric avec ses vaisseaux devait couper la Baie en travers jusqu'au rocher du roi, grange royale où l'on se rappellera que Thorkell de Leira était allé à un mariage la nuit où Vagn avait pensé le surprendre.

Un des hommes les plus fidèles du jeune jarl fut chargé d'aller avec Vagn à Leira afin d'informer Ingibeorg, maintenant héritière de son père, que c'était la volonté et le plaisir du jarl Hacon qu'elle épousât son homme lige, Vagn.

Lorsque le vaisseau de Vagn se sépara de l'escadre d'Éric dans le crépuscule d'un jour de décembre, le jeune jarl se tenait sur la poupe du *Côtes de fer*, et hélant Vagn, il lui dit :

« Bonne santé et toute sorte de bonheurs, Vagn, fils d'Aki, et bonne chance pour ton mariage ! Porte ce présent à ta belle fiancée. » Et en prononçant ces mots il lança un dard dont la pointe passa par-dessus les boulevards de Vagn, et à l'extrémité du trait brillait un bracelet d'or.

— Merci, nombreux mercis, jarl Éric ! cria Vagn, en se baissant pour ramasser le don précieux. Cela réjouit mon cœur de savoir que maintenant j'accomplirai mon vœu.

— Le voici qui s'en va, dit Beorn, ce jarl aussi vaillant et aussi généreux que le fut jamais jarl qui foula un pont de navire. S'il vient jamais à occuper le trône de son père, il gouvernera la Norwége comme un roi. »

Quand ils approchèrent de la petite rivière qui conduisait à la grange de Leira et qu'ils entrèrent dans la crique qui les avait abrités un mois, ou environ un mois auparavant, Vagn ne put s'empêcher de s'écrier :

« C'est juste par une telle nuit que nous entrâmes dans cette crique pour tuer Thorkell, enlever sa fille, et piller ses biens. Deux de ces choses ont été accomplies, et maintenant nous revenons, amis et hommes-liges du jarl Hacon, pour accomplir la troisième.

— Tout cela est fort bien, fils d'armes, dit le vieux Viking, mais si c'est là tout ce que tu peux voir dans ce brouillard, moi j'en vois davantage, quoique je n'aie pas le don de seconde vue.

— Qu'est-ce que tu peux voir de plus ? demanda Vagn.

— Je puis voir, dit le vieux Viking, que des vaisseaux sont entrés ici, et il n'y a pas bien longtemps de cela. Voici une aussière avec ses cordages fraîchement cassés. Voici là-bas les restes d'un repas, et aussi les cendres, et ce qui est plus fort, elles sont chaudes. » En disant cela, il se baissa pour les toucher.

— C'est la vérité, dit Vagn : des vaisseaux ont été ici, et ils doivent avoir remonté la rivière, car nous les aurions aperçus s'ils étaient sortis dans la Baie. Qu'y a-t-il à faire maintenant, père d'armes ?

— Ce qu'il y a à faire, enfant, mais c'est de nous mettre prudemment à la besogne, d'apprêter nos armes, et de tout bien préparer, comme si nous allions à la bataille. Cela fait, ramons hardiment vers la grange, et voyons ce qui en résultera. Tous les Vikings de Jomsburg ne sont pas encore morts.

— Mais que pensez-vous que soient ces étrangers ? demanda Vagn.

— Qui peut le dire ? dit Beorn. Des Vikings, et de rouges Vikings comme nous-mêmes, venus peut-être pour piller la maison de Thorkell pendant qu'il est absent. Cela, nous savons qu'ils ne peuvent le faire. Nous enlevâmes son or, et il est maintenant tout entier dans la trésorerie du jarl Hacon, à l'exception d'un petit lot que j'ai emmagasiné dans ma ceinture.

— Des Vikings! cria Vagn. Alors la belle Ingibeorg est en danger ; partons immédiatement.

— Mais il se peut que ce ne soient pas des Vikings après tout. Il se peut que ce soient des hommes du jarl comme nous-mêmes, et par conséquent des amis.

— Partons aussi vite qu'il nous sera possible, aussitôt que nous aurons pu faire nos préparatifs de guerre. »

Malgré tout son empressement, ces préparatifs demandèrent quelque temps ; mais enfin, lorsque la nuit fut tout à fait close, leur navire atteignit le point du fleuve opposé à la grange de Thorkell.

Avant même qu'ils eussent déterminé le point de débarquement, les craintes de Vagn furent à demi confirmées par des clameurs et des cris qui atteignirent leurs oreilles dans les ténèbres.

« Je ne puis voir pour entrer, fils d'armes, dit Beorn. Il y a déjà en face du pont un vaisseau ou deux.

— Prenons-les de flanc, cria Vagn, abordons-les et prenons les l'un après l'autre. »

Aussitôt dit, aussitôt fait. Beorn poussa leur navire sous l'arrière de l'un des vaisseaux, et Vagn et ses Vikings y sautèrent de leur poupe, cherchant leur invisible ennemi, tandis que Beorn suivait avec les autres, après avoir laissé deux hommes seulement pour garder leur vaisseau.

« Voici les vaisseaux, dit Vagn, mais où sont les équipages ? Il est impossible de découvrir un homme à bord d'aucun des deux.

— Cela n'en vaut que mieux, dit Beorn. Les navires sont à nous sans combat, prises légitimes pour le jarl Hacon, et son homme lige, Vagn, fils d'Aki.

— Écoutez ces cris qui partent de la maison, dit Vagn. Hâtons-nous ; j'ai entendu une femme crier. »

Sautant par-dessus les vaisseaux abordés, Vagn, Beorn et quatre-vingt-dix hommes se dirigèrent vers la grange en toute rapidité.

Ceux qui les avaient précédés, amis ou ennemis, s'étaient conduits aussi imprudemment à la maison même

qu'au lieu de leur débarquement. Les portes massives,
tant au dehors qu'au dedans, étaient ouvertes et sans une
sentinelle, et profitant de cette bonne chance, Vagn et ses
hommes se précipitèrent immédiatement dans la maison.

« Cela vaut mieux, chuchotta-t-il à Beorn, que d'avoir
à s'emparer des portes et à les brûler.

— Infiniment mieux, dit Beorn. En outre, il est inutile
de brûler les portes d'une fiancée. »

Lorsqu'ils forcèrent leur entrée dans la salle, ils aperçurent une scène qui put émouvoir de pitié même le rude
Beorn.

Tout le long de la salle flambaient de grands feux, et
autour des tables surchargées de nourriture était assis un
équipage bigarré de plus de cent hommes dont l'aspect
dénotait des Vikings de la pire classe. Le siége élevé
de Thorkell était occupé par un énorme champion dont
la chevelure rouge et nattée et la face brutale révélaient un des hommes les plus sauvages et les plus grossiers de sa classe. En face de lui un autre trônait, encore plus repoussant d'aspect, un homme de haute taille
et vigoureux, dont la tête de barbet était grisonnante,
mais dont les bras nus montraient des muscles qui semblaient coulés en fer. A leurs côtés étaient assis des compagnons bien appariés à de tels chefs, et tous étaient
armés jusqu'aux dents.

Vagn et son père d'armes étaient arrivés juste au bon
moment. Après avoir mangé tout leur saoûl, les Vikings
venaient de demander leur première corne d'hydromel,
— la bière ayant déjà coulé en abondance, et, la face em-
pourprée et la voix haute, le chef de la bande venait de
sommer la fille de Thorkell de lui présenter la corne et
de lui faire raison en buvant.

« Cette nuit, criait-il, cette nuit même, je prétends
épouser la belle Ingibeorg, et voici ma forme de mariage
à moi, c'est de l'inviter à me faire raison avec la corne.
Quant aux autres femmes, mes hommes peuvent les
épouser si bon leur semble, mais aucun, j'en suis sûr,
ne se souciera d'épouser cette vieille sorcière décharnée

qui est là-bas. Celle-là, j'ai l'intention de la faire rôtir devant le feu jusqu'à ce qu'elle nous dise ce que Thorkell
de Leira a fait de son or. Venez ici, belle fille, ajouta-t-il
d'un ton doucereux à Ingibeorg qui se tenait avec toutes
les autres femmes sur le dais, venez ici, et faites raison à
votre fiancé viking. Je t'épouse avec cette hache. » Et en
disant ces mots il frappa un grand coup de son arme
pesante sur la rampe placée devant le siége élevé.

Ces dernières paroles sortaient de ses lèvres lorsque
Vagn se précipita dans la salle en avant de ses hommes,
en s'écriant : « Et moi je te tue avec cette épée. » Il évita
d'abord, en sautant de côté, un coup que le capitaine
viking lui portait, puis la seconde d'après il le frappa en
travers du cou et envoya son énorme tête rouler sur le
sol avec ses cheveux nattés et ses traits empourprés.

Pendant que ceci se passait d'un côté de la salle, Beorn
s'était attaqué au second en commandement qui, s'élançant de son siége, avait gagné le sol et se précipitait à sa
rencontre. Plus jeune que son adversaire, et bon homme
d'épée, le voleur n'était pas un champion qui pût être
vaincu en un instant, même par le vétéran Beorn. Pendant
quelque temps on n'entendit que l'entre-choquement des
épées à mesure que les hommes se choisissaient leurs antagonistes, et bientôt un conflit général remplit la salle. Au
milieu de cette mêlée Vagn se fraya chemin vers le dais
afin de pouvoir protéger Ingibeorg contre tout assaut ou
toute attaque, frappant à mort un ou deux ennemis qui
se jetèrent sur son passage.

« Dame! cria-t-il, je viens te sauver! Ne crains pas, »
dit-il, en la voyant regarder avec terreur son épée trempée
du sang du Viking.

« Me sauver! dit Ingibeorg ; je ne te connais pas.

— Mais moi, je le connais, dit Bergthora : c'est l'homme
qui a pillé la maison de mon maître, l'automne dernier.

— C'est vrai, dit Vagn, mais qui néanmoins vient pour
vous sauver tous. »

Pendant ce temps Beorn, quoique d'abord serré de près
par son jeune adversaire, avait enfin réussi à le mettre

hors de combat par un coup décisif qui lui enleva la jambe juste au-dessus du genou. Pendant que le Viking portait, égaré, ses regards sur son membre perdu, Beorn poursuivant son avantage donna à son ennemi un coup de pointe à travers la poitrine qui le mit à terre.

« Reste couché là, cria-t-il, et apprends à ne pas toucher aux choses qui ne t'appartiennent pas » : sentiment singulièrement persuasif sur les lèvres de Beorn qui de toute sa vie n'avait jamais fait de distinction entre le tien et le mien.

Pendant que les chefs étaient ainsi engagés, le combat était allé s'enflammant entre les hommes tout le long de la salle. Voyant que leurs hommes étaient pressés par les forces supérieures de l'ennemi qui s'élevaient en tout à cent vingt soldats, Vagn et Beorn vinrent alors à leur aide, et les voleurs tombèrent l'un après l'autre sous leurs coups vigoureux. La perte, toutefois, ne fut pas toute d'un côté ; quelques-uns des Norwégiens de la suite de Vagn, et deux ou trois de ses Vikings mordirent la poussière. Mais le courant de la bataille tourna enfin contre les ennemis, et tous ceux d'entre eux qui purent gagner la porte se précipitèrent au travers et s'enfuirent.

« En avant et poursuis-les dans les ténèbres, Beorn, cria Vagn. Ne les laisse pas rejoindre leurs vaisseaux, mais pousse-les dans les bois, puis saisis et garde leurs vaisseaux et les nôtres. Je vais entrer près d'Ingibeorg, et nettoyer la salle de toutes ces charognes.

— C'est cela, enfant, dit Beorn tout joyeux. Tu as raison de rester près de ta fiancée. Quant à moi, j'aime mieux le combat que les femmes, ainsi je vais poursuivre l'ennemi sans lui donner de repos.

— Un mot avant que vous partiez, dit Vagn. Ne dites pas un mot de la manière dont Thorkell est mort. Qu'Ingibeorg, pour un temps au moins, me connaisse seulement comme son libérateur.

— Ne craignez rien, je ne trahirai pas les secrets et je ne gâterai pas le jeu. Seulement je vous demande d'en terminer avec le mariage aussitôt que possible. »

Sur ces mots ils se séparèrent, Beorn pour poursuivre l'ennemi, et Vagn pour consoler Ingibeorg qui, à l'inverse de bien des jeunes dames modernes, ne s'était pas évanouie, mais se tenait sur le dais, pâle comme la mort, accrochée à la robe de Bergthora.

Pendant que le combat se passait elle chuchotta à sa vieille nourrice :

« Tout cela me semble un rêve ; je sais à peine quels sont nos amis et quels sont nos ennemis.

— Notre ami est le grand jeune homme là-bas avec ses cheveux dorés et sa face rose. Il est venu pour vous sauver ainsi que nous, comme vous le lui avez entendu dire.

— Mais pourquoi, pourquoi risquerait-il sa vie pour me sauver ?

— Laissez-le parler lui-même, » dit Bergthora, en voyant Vagn approcher lorsque la salle fut vide des Vikings vivants.

Lorsqu'il se présenta devant elle dans toute la gloire de sa beauté virile, Ingibeorg, qui était elle-même la plus belle de toutes les jeunes filles de la Baie, ne put s'empêcher d'être touchée. Rougissant profondément elle se tourna vers lui, et dit :

« Beau seigneur, je te remercie de m'avoir sauvée de l'insulte et de la mort. Quel est ton nom, et quelle heureuse chance t'a conduit à cette grange ?

— Je suis venu ici pour te voir, belle Ingibeorg, et ce n'est pas ma première visite. Mon nom est Vagn, fils d'Aki, et ma demeure est Jomsburg.

— Vagn de Jomsburg, dit Ingibeorg ; alors je t'ai déjà vu, moi aussi, — il y a un ou deux ans —, lorsque toi et tes hommes vous me surprîtes dans le bois. Je t'avais à peine reconnu jusqu'à présent.

— Je suis venu ici, dame, dit Vagn, pour plaider ma cause, et pour solliciter ta main avec le consentement du jarl Hacon. Nous sommes maintenant réconciliés lui et moi, et je suis son homme-lige dans ces régions-ci.

— Ma main, dit sévèrement Ingibeorg, il n'appartient

qu'à mon père Thorkell de la donner, et ici, dans ces
régions, nous ne connaissons pas d'autre homme-lige du
jarl Hacon que Thorkell de Leira.

— Hélas ! dame, dit Vagn, il me faut être le porteur
de mauvaises nouvelles. Ton père, Thorkell de Leira, est
tombé à la baie d'Hjoring, après la grande bataille, et
maintenant je suis, par la grâce du jarl Hacon, son successeur dans la Baie et armé de tout son pouvoir.

— Mauvaises nouvelles en vérité, cria Ingibeorg ; mon
père mort, et vous, son successeur, l'homme-lige du jarl
Hacon, et prétendant à ma main. Ce sont de dures
choses à entendre toutes à la fois pour une fille comme
moi, même quand elles sont dites par un homme qui a
sauvé sa vie et son honneur. Je te remercie de tout mon
cœur pour ce service, mais pour ce qui est du reste, il
me faut du temps pour pleurer la mort de mon père avant
que je te donne ma réponse à ta demande. »

Sur ces mots elle se retira gracieusement avec ses femmes dans ses appartements particuliers, tandis que Vagn
la suivait des yeux enivré d'amour et d'admiration.

« Plus aimable que jamais, dit-il en se parlant à lui-
même.

— Qu'est-ce qui est plus aimable ? cria le vieux Beorn.
La bataille ? c'est en effet ce qu'elle est. Voyez ces corps
tous d'une rangée, c'est là ce que j'appelle une bonne
besogne de nuit. Ici, esclaves, portez-les au dehors, et
balayez et sablez le sol ; puis portez-nous à manger et à
boire, car nous sommes affamés et fatigués après notre
travail. »

Les esclaves firent ce que Beorn leur commandait, puis
lorsque les deux Vikings furent assis devant le feu dans
la salle de Leira, le vieux Gallois donna au jeune amoureux ce solide conseil :

« Bien que j'aie été marié autrefois je n'ai jamais eu
beaucoup affaire aux femmes, mais malgré cela je les
connais. Ne pressez pas cette jeune vierge ; vous l'appelez
Ingibeorg la belle, et belle elle est en toute vérité. Mais je
vous le dis, ne la pressez pas : donnez-lui du temps pour

pleurer tout son saoûl son père qu'elle aimait, et lorsque
le vieil amour se sera consolé à force de répandre des
larmes, elle n'en aura que plus d'inclination pour le nouveau. Donnez-lui temps et elle tombera dans vos bras;
soyez trop chaud et trop pressé, et elle s'éloignera de
vous. Je sais que vous pourriez l'épouser cette nuit même
par la force. C'est ce que ce Viking à tête de barbet
souhaitait faire ; mais les filles aiment à être courtisées,
non épousées de force. Donnez-lui temps, vous dis-je, et
vous remplirez votre vœu, et vous aurez une gaie et heureuse épouse.

— Je suivrai ton conseil, père d'armes, » dit Vagn; et
il le suivit.

Les jours passèrent, et Vagn continua à vivre à la
grange avec ses hommes, s'occupant des affaires du jarl,
mais ne prononçant jamais un mot d'amour. Enfin la
belle Ingibeorg commença à s'étonner, à se demander
pourquoi Vagn restait à la grange si c'était pour ne lui
dire jamais un mot d'amour, à elle, l'orgueil de toute la
baie.

Même alors il est douteux que Vagn eût parlé, si le
vieux Beorn n'avait pas engagé l'osseuse Bergthora, qui
jouait le rôle de duègne, à sonder sa fille de lait, et n'avait
ainsi rompu la glace.

Mais lorsque la glace fut une fois rompue, l'amour devint chaud des deux côtés, et le résultat fut qu'au bout
d'un mois Ingibeorg consentait à épouser Vagn qu'elle
regardait maintenant comme le plus noble et le plus bel
homme qu'elle eût jamais vu. Vagn avait donc rempli
les deux parties de son vœu et réussi à gagner faveur
aux yeux de la fille dont le père était tombé sous sa
main.

CHAPITRE XXVIII

UN DERNIER MOT SUR CHACUN DES ACTEURS.

Nous avons maintenant conduit notre histoire à sa fin. Jamais plus, après ce fatal voyage en Norwége, Jomsburg ne tint la tête haute comme autrefois. Sigvald, il est vrai, y retourna, et il conspira avec les Suédois, les Wendes et les Norwégiens, contre Olaf, fils de Tryggvi, lorsqu'ils le tuèrent à bord du *Long-Serpent;* mais il vécut principalement avec Astrida, en Scanie, passant toujours pour un des plus avisés des hommes. Thorkell le gigantesque revint au *burg* avec quelques vaisseaux, et devint capitaine à la place de son frère. Sous lui les débris de la fameuse compagnie libre allèrent en corps en Angleterre, lorsque Sweyn, le fils de la couturière, accomplit son vœu, et devinrent ses troupes auxiliaires sous le nom des *Thingman-nalid.* Là, beaucoup périrent dans le massacre du jour de saint Brice; mais la compagnie existait encore sous les règnes de Canut et de ses fils, et sous celui d'Édouard le confesseur, ayant son quartier général à Londres, où l'Église de Saint-Clément des Danois marque probablement le site de son camp.

Quant au roi Sweyn et à Gunnhilda, le lecteur peut imaginer avec quelle joie profonde le roi apprit que les Vikings avaient été détruits par le jarl Hacon. De quelque côté que la victoire se tournât, il était sûr de gagner, comme il l'avait dit. L'année suivante il accomplit son vœu, et faisant voile pour l'Angleterre, il dévasta et conquit le pays, poussant en exil Ethelred le mal préparé. Après un court règne il mourut, laissant sa couronne et sa conquête à son fils Knut, un enfant de dix ans.

Sigurd le champion, comme nous l'avons vu, se retira de la bataille à la baie d'Hjoring, lorsque après la mort de Bui il n'eut plus aucun vœu à accomplir. Avec ses six vaisseaux il se rendit à Bornholm, et il s'établit dans l'héritage que son père, Veseti, avait laissé. Il y vécut jusqu'à un âge très-avancé, et passa pour un des meilleurs et des plus braves des hommes. Sa femme Tofa et lui vécurent alors dans les meilleurs termes, et ils eurent de nombreux enfants, tous hommes puissants.

Après un certain temps Vagn se fatigua de servir en qualité d'homme-lige du jarl Hacon à la baie, et abandonnant le service il se retira à Fünen en emmenant avec lui sa femme Ingibeorg. Il y vécut, lui aussi, longtemps et heureusement. Il fut considéré comme l'homme le plus audacieux et le plus intrépide de son temps, et lorsqu'il mourut, il laissa après lui nombre de vaillants fils.

Enfin il nous faut parler en dernier lieu du jarl Hacon. Après cette victoire sur les Vikings son pouvoir grandit à tel point qu'il devint plus puissant que le plus puissant roi. Mais avec le pouvoir vinrent l'orgueil, l'injustice et la paillardise. Il outragea les hommes libres en ravissant leurs biens et leurs femmes, et en violant les priviléges que tous les rois avant lui leur avaient accordés. Aussi se soulevèrent-ils contre lui, et leur soulèvement se trouva coïncider avec le moment où le jeune roi Olaf, fils de Tryggvi, vint en Norwége tenter la fortune comme prétendant au trône et légitime héritier du roi Harold aux blonds cheveux.

Le jarl méprisa d'abord le soulèvement des hommes libres, mais ses espions lui portèrent bientôt la nouvelle que les paysans irrités approchaient en force écrasante, et le grand jarl, Hacon le *puissant*, dont les hommes libres avaient changé maintenant le nom en celui de *mauvais*, s'enfuit devant eux. L'un après l'autre, ses hommes l'abandonnèrent, et à la fin il resta seul avec le sombre Kark, dont le couteau, comme nous l'avons appris de ses propres lèvres, avait toujours eu soif de sang de jarl. Il avait longtemps vécu avec le jarl, et l'on disait qu'ils étaient tous deux du même âge et nés le même jour. Le jarl l'avait richement récompensé dans les jours de sa prospérité, et s'il était quelqu'un en qui il eût raison de croire qu'il pouvait se confier, c'était Kark, son esclave.

Dans son extrême détresse le jarl et son compagnon prirent le chemin de la maison de Thora, une de ses amies, à Rimul, dans la vallée de Gaular. Dans leur chemin sur la glace — car on était au cœur de l'hiver — Hacon fit entrer de force son cheval dans un trou ouvert au milieu d'une rivière, et laissa son manteau et son épée sur la rive gelée, afin que les hommes libres pussent croire que la glace avait cédé sous lui, et qu'il avait péri. Cela fait, ils cherchèrent pendant quelque temps un refuge dans une caverne, mais ils ne purent y rester, car l'esclave dans son sommeil était hanté par des rêves que le jarl interpréta tous comme leur présageant mort et ruine à l'un et à l'autre.

Enfin ils arrrivèrent à Rimul, et le jarl fit entrer Kark dans la maison de Thora pour la supplier de sortir et de venir lui parler. Elle vint, et il la pria de le laisser habiter sa maison jusqu'à co que les paysans fussent retournés chez eux.

« Ce sera le premier endroit dans lequel ils vous chercheront, dit-elle, car ils savent tous combien nous avons été chers l'un à l'autre. »

Il n'en continua pas moins à supplier avec persistance de le cacher.

« Bon, dit-elle, il y a une place ici où ils ne songeront jamais à aller chercher un aussi grand prince que tu l'es; c'est une étable à cochons qui est à demi sous terre. »

En disant ces mots elle lui montra l'étable qui se trouvait sous un énorme fragment de rocher.

« Cette cachette est bien imaginée, dit le jarl, et je vais m'y mettre tout de suite. La vie passe avant toute autre chose, et nous ne devons nous affliger si notre lieu de retraite n'est pas splendide. Prends une pioche, Kark, et creuse un trou profond sous l'étable à cochons. » Kark obéit à cet ordre, et pendant qu'il travaillait, Thora apprit au jarl qu'Olaf, fils de Tryggvi, était venu dans le pays et réclamait la couronne.

« Les malheurs n'arrivent jamais isolés, » dit le jarl en descendant dans la fosse avec Kark. Thora leur tendit des lumières, et de quoi boire et manger, puis elle couvrit la fosse de planches disjointes, entassa par-dessus eux paille et fumier, et fit entrer les cochons. Après quoi elle les laissa.

Comme Thora l'avait pensé, il ne s'écoula pas long-temps avant que les hommes libres vinssent à sa maison chercher le jarl Hacon, et pour comble, ils avaient joint leurs forces à celles d'Olaf, fils de Tryggvi, qui était venu aussi avec eux. Ils fouillèrent en dehors et au-dedans de la maison, mais ils ne songèrent jamais à regarder sous l'étable à cochons. Avant qu'ils ne s'éloignassent, Olaf convoqua une réunion de tous les voisins dans la cour contiguë à l'étable, et grimpant sur la grosse pierre, il proclama d'une voix haute, — et de leur cachette souterraine le jarl et Kark entendirent cette proclamation — qu'il donnerait une grande récompense à quiconque mettrait fin à la vie du jarl Hacon le mauvais.

Après qu'ils furent partis le jarl regarda l'esclave, et vit sous la lumière incertaine qu'il changeait de couleur.

« Pourquoi, lui dit-il, es-tu quelquefois si pâle, et d'autres fois aussi noir que la terre ? Ne serait-ce pas que tu penses à me trahir ?

— Non, je n'y pense pas, dit Kark.

— On dit, continua le jarl, que nous sommes nés le même jour, et qu'il n'y aura pas grande distance entre nos morts. Prends garde ! »

Lorsque vint la nuit ils mangèrent ensemble, et tous deux burent à la même coupe ; mais le jarl essaya de se tenir éveillé, car il ne se fiait pas à l'esclave. Enfin Kark s'endormit, et eut un sommeil tellement agité que le jarl l'éveilla et lui demanda ce qu'il avait rêvé.

« Je rêvais, dit Kark, que nous étions tous deux à bord d'un même vaisseau, et que je tenais le gouvernail.

— C'est un bon signe, dit le jarl. Cela signifie que tu as pouvoir à la fois sur ma vie et sur la tienne. En conséquence sois fidèle, et je te récompenserai lorsque viendront de meilleurs jours. »

L'esclave s'endormit, et rêva de nouveau, et de nouveau le jarl l'interrogea sur son rêve.

« Il m'a semblé, dit-il, que je venais aux Granges, et que j'y voyais Olaf, le fils de Tryggvi, et qu'il me passait un collier d'or autour du cou.

— Cela présage, dit le jarl, qu'Olaf, fils de Tryggvi, te fera faire un anneau rouge autour du cou si tu vas le trouver. En conséquence, prends garde à lui, et reste-moi attaché, et je te récompenserai comme dans les jours d'autrefois. »

« Par ces rêves on peut facilement comprendre quelles pensées couraient dans la tête de l'esclave.

C'est ainsi qu'ils passèrent la nuit, tous deux se craignant mutuellement, chacun surveillant l'autre et redoutant de s'endormir. La nuit se passa ainsi, mais sur le matin, épuisé par la fatigue et la veille, le jarl s'endormit. Son sommeil fut troublé, comme c'était assez naturel. Il gémit tout haut, dressant tantôt la tête, et tantôt frappant des talons, comme s'il était sur le point de s'éveiller en sursaut. Alors Kark tira son cruel couteau, et dit :

« Maintenant est venue l'heure, que j'ai si souvent senti devoir venir, où cette lame goûtera du sang de jarl, bien que je ne songeasse guères que ce serait celui de ce jarl. »

Puis, après une pause : « Voyez quel aspect terrible il a ! c'est le moment, maintenant ou jamais. »

En prononçant ces mots il se précipita sur le jarl, enfonça le couteau dans sa gorge et la lui fendit d'une oreille à l'autre.

« C'est fini, cria-t-il, fini, fini, » et avec cette exclamation il repoussa le corps de l'homme qui quoique son maître avait été aussi son ami.

Puis il mangea et but, et lorsqu'il eut rassasié sa faim et sa soif il revint à sa victime, et sépara du cou avec son couteau la tête du jarl.

« Maintenant, aux Granges ! cria-t-il, portons cette tête à Olaf, et réclamons la grande récompense. »

Il ne mit pas longtemps à sortir de la fosse, et comme cet endroit n'était pas loin des Granges, il y arriva sur le soir de cette même journée, avec sa sinistre pièce de témoignage.

« Le roi Olaf est-il ici? demanda-t-il à la porte de la Grange qui si récemment encore était la résidence du jarl Hacon.

— Le roi est à table, dit la sentinelle. Entrez si vous avez quelque chose à dire, et portez-lui votre message. »

Le sombre esclave entra dans la salle, portant un sac à la main, et se dirigea immédiatement vers le haut siége où était assis le jeune roi.

« Salut, roi! cria-t-il, j'ai une pièce de témoignage pour toi.

— Pour le bien ou pour le mal? dit Olaf.

— Pour le bien, et la voici. » Et en parlant ainsi Kark enfonça sa main dans le sac et en tira la tête.

« De qui est cette tête? dit le roi, je ne connais pas l'homme.

— C'était ce matin le jarl Hacon le puissant, dit l'esclave. J'étais avec lui dans l'étable à cochons sous la grosse pierre où vous montâtes hier pour offrir une récompense à quiconque mettrait fin à la vie du jarl Hacon. J'ai mis fin à sa vie, et voici sa tête.

— Étais-tu donc son serviteur, ou son esclave, pour te trouver avec lui dans l'étable? demanda le roi Olaf.

— J'étais son esclave, dit Kark.

— Et cependant tu l'as trahi pour le gain, dit le roi. Mais tu auras ta récompense. Ici, porteur de notre bourse, payez à ce garçon cent marcs. »

Le porteur de la bourse s'avança et pesa l'argent, pendant que les yeux de l'esclave étincelaient en contemplant le monceau brillant. Lorsque l'or fut compté et pesé, Kark fit un mouvement pour s'en aller.

« Un instant, un instant, dit le roi ; c'est la récompense que j'avais promise, tu l'as obtenue. Maintenant c'est mon devoir, comme roi de ce pays, de punir les traîtres. Ici, bourreau, prends ta hache, conduis-le à la porte, et

fais tomber sa tête. Puis que leurs deux têtes, la tête du
jarl qui trahit les hommes libres, et la tête de l'esclave
qui trahit son maître, soient placées demain sur les plus
hautes potences, afin que tous les habitants de ce pays
sachent que j'entends gouverner par la loi et la justice. »

Il en fut fait comme le roi l'ordonnait, et ce fut là la
fin du jarl Hacon le mauvais qui vainquit les Vikings,
et de Kark, l'esclave qui trahit son maître.

FIN.

TABLE DES MATIÈRES

DU SECOND VOLUME.

DEUXIÈME PARTIE

FIN DE LA TABLE DU SECOND VOLUME.

COULOMMIERS.— Typog. ALBERT PONSOT et P. BRODARD